Marie Darrieussecq

Prinzessinnen

Roman

Aus dem Französischen
von Patricia Klobusiczky

Carl Hanser Verlag

Die französische Originalausgabe erschien 2011
unter dem Titel *Clèves* bei P.O.L in Paris.

Die Übersetzerin dankt dem Deutschen Übersetzerfonds
für die Förderung der vorliegenden Übersetzung.

Dieses Buch erscheint im Rahmen des Förderprogramms
des französischen Außenministeriums, vertreten durch
die Kulturabteilung der französischen Botschaft in Berlin.

Liberté • Égalité • Fraternité
République Française
Ambassade de France en République Fédérale d'Allemagne
Bureau du Livre

1 2 3 4 5 17 16 15 14 13

ISBN 978-3-446-24120-6

Satz: Satz für Satz. Barbara Reischmann, Leutkirch
Druck und Bindung: Friedrich Pustet, Regensburg
Printed in Germany

MIX
Papier aus verantwortungsvollen Quellen
FSC® C014889
FSC
www.fsc.org

Ist es möglich, daß man von den Mädchen nichts weiß, die doch leben? Ist es möglich, daß man »die Frauen« sagt, »die Kinder«, »die Knaben« und nicht ahnt (bei aller Bildung nicht ahnt), daß diese Worte längst …

Rainer Maria Rilke

I

Sie haben

»Na, geh schon zu deiner Kirmes.«

Zehn Uhr an einem Juniabend.

Ihre Eltern haben Gäste. Sie trinken Rosé. »Na, geh schon zu deiner Kirmes.« Die Kumpels ihrer Eltern pfeifen, als sie in ihrem Kleid erscheint. Ihre Mutter küsst sie und reibt ihr die Wange, wegen dem Lippenstift. Ihr Vater steckt ihr einen Zehn-Francs-Schein zu.

Sie hüpft die Straße entlang, jeder Schritt ein kleiner Sprung, ein schlüpfriges Geräusch, *schiff, schiff*. Das Kleid wippt gegen ihre Kniekehlen. Der Saum ist rundherum mit roten Hunden bestickt. Es ist ihr Lieblingskleid.

Sie kommt am Haus von Monsieur Bihotz vorbei, ist froh, dass er nicht auf der Vordertreppe steht.

Die Menschenmenge regt sich, und sie hört »dein Vater, dein Vater«. Sie sieht zum Kirchturm hoch. Die Uhrzeiger bilden einen Winkel wie Daumen und Zeigefinger, einen Revolver. Viertel vor zwölf. Um halb zwölf hätte sie zu Hause sein müssen. *Heilige Scheiße*. Nathalie bleibt der Mund offen stehen: »dein Vater!«, tönt es rot und feucht.

Sie sieht ihn. Splitternackt. Mit rotem Halstuch und der Schirmmütze von Air Inter auf dem Kopf. Neben seinem Kumpel Georges, ebenfalls nackt. Sie singen ein Lied von Pfarrer und Nonne. »Du sollst uns den Schwanz segnen!«, brüllt ihr Vater und rennt auf sie zu. Nein, auf den Pfarrer hinter ihr. Der Schwanz ihres Vaters, eine zappelnde Weißwurst, ist ganz anders als der von Monsieur Bihotz.

*

Dabei hat sie's in der Schule schon schwer genug. Als einzige, die nicht zum Religionsunterricht geht. Raphaël Bidegarraï aus der vierten Klasse wölbt die Hände über seinen Hosenstall und fordert sie auf, ihm den Schwanz zu segnen.

Nathalies Mutter hat ihr ein Gebetbuch geliehen, und sie übt fleißig in ihrem Zimmer. *Liebes Jesuskind, beschütze meine Eltern und schenke ihnen Seelenfrieden. Und vergib uns unsere Schuld, wie auch wir vergeben unseren Schuldigern.* Sie fragt ihre Mutter: *Was bedeutet das eigentlich, vergeben?* »Wenn man seine Chancen nicht nutzt. So wie ich, wenn ich putze, während dein Vater über den Wolken fliegt.«

Und erlöse uns von der Versuchung. Jeden Abend sagt sie zwanzig Mal das Vaterunser auf. Sie faltet die Tagesdecke in gleichmäßige Lagen. Weder Füße noch Hände dürfen den Matratzenrand berühren, und ihr Kopf muss genau in der Kissenmitte liegen.

Hinter der Kirche steht eine Statue der Jungfrau Maria, sie trägt ein blau-weißes Kleid, wie eine Röhre, aus der Hände, Kopf und Heiligenschein herausragen.

Gegrüßet seist du, Maria, voll der Gnade, der Herr ist mit dir. Du bist gebenedeit unter den Frauen, und gebenedeit ist die Frucht deines Leibes, Jesus. Heilige Maria, Mutter Gottes, bitte für uns Sünder, jetzt und in der Stunde unseres Todes. Amen.

Zehn Mal. Die Hände, die Füße, der Kopf genau in der Kissenmitte. Wenn sie bei Monsieur Bihotz übernachtet, wirft er alles über den Haufen, weil er sie immer zudeckt.

Monsieur Bihotz sagt, dass ihr Vater Spaß wollte und dass das auch sein Gutes hat.

*

Alle Kinder ähneln den Kindern aus diesem Film, *Das Dorf der Verdammten*, wo Außerirdische bewusstlose Frauen besamen.

Sie hat das Bild im Fernsehen gesehen. Die sehr blassen Augen eines blassen Kindes. Eine Schrecksekunde lang. In dieser Sekunde hat sie sich selbst gesehen. Die Augen, die sie anstarren, die viel zu weiße Haut, dieser Andere mit den viel zu hellen Augen, der sie ist, totenbleich, und sie zwingt, sich mit allen Mitteln in ihrem Bett zu verbarrikadieren und alles, was hervorgucken könnte, unter dem Laken zu verstecken. Es sei denn, sie legt sich zu Monsieur Bihotz, sein massiger Körper bietet ihr Schutz.

Nathalie meint, dem Pfarrer kann man alles sagen, das soll man sogar, die bösen Sachen, die man sich vorstellt, und die bösen Sachen, die man anstellt, wegen der Vergebung. Aber wie ist das mit dem Schwanz ihres Vaters?

Sie würde gern wissen, ob sie im Innern gut oder böse ist. Was in ihr steckt. Was in der Nussschale steckt. Was man dort entdeckt.

*

Die ganze Schule ist von Sex besessen. Raphaël Bidegarraï fragt, ob sie weiß, was das ist, eine Nutte. Geduldig erklärt er's ihr, mit einer Mischung aus Mitleid und Erregung.

Knallen, da weiß sie nicht so recht. »Dem könnt ich eine knallen«, sagt ihr Vater. »Knall auf Fall«, sagt Monsieur Bihotz. »Was sie wohl für ein Gesicht macht, wenn sie kommt?«, denkt Georges laut über eine Stewardess nach; sie begreift, dass dieser Satz am ehesten mit »Nutte« zu tun hat.

Dieses Wort begreift sie, voll und ganz, für immer. Es gibt ein Leben vor und ein Leben nach dem Begreifen des Worts Nutte. Im Innern eines kleinen Mädchens steckt eine Nutte.

Raphaël Bidegarraï, schon immer der größte, lässt die Mädchen in einer Reihe antreten, die Jungen ihnen gegenüber. Die Mädchen heben die Röcke, und die Jungen greifen ihnen ans Höschen.

Am Tag, als er Peggy Salami entblößt, die mit ihrem Namen sowieso schon gestraft ist, sehen alle (sie ist froh, dass es nicht sie getroffen hat) die Ritze zwischen den Beinen, mit dem Zirkel gezeichnet, zwei Halbkugeln, vom Unterleib bis zum Kreuz, zwei vollkommen passgenaue, aber leicht auseinanderklaffende Teile, die den Körper und die

Klasse und das Dorf und die Welt in zwei Hälften trennen, anatomisch weitaus klarer als das, was ihr Vater und Monsieur Bihotz haben und vermutlich alle Männer.

Ihre Mutter ist genauso gebaut. Vorne ist alles von Haaren verdeckt, aber hinten gibt es die Pobacken. Im Sommer verbringt sie die Sonntage nackt auf der Terrasse, erst auf dem Rücken, dann auf dem Bauch, um nahtlos braun zu werden, und jammert, weil das Meer so weit weg ist. Bei Madame Bihotz fällt es schwerer, sich das auszumalen. Madame Bihotz: eine Art Pyramide im Nylonkittel. So dick, dass die Ritze – falls sie überhaupt eine Ritze hatte –, ausgefüllt sein musste.

Abends zog Monsieur Bihotz seine Mutter aus und brachte sie ins Bett. Unter dem Kittel trug sie ein riesiges Unterkleid. Aus ihren Achseln quollen Extrabrüste.

Wenn sie auf das sehr hohe Bett kletterte, erzählte ihr Madame Bihotz mit blitzblanken, behaarten Backen die Geschichte vom Däumling oder die vom Rotkäppchen, die alten Fassungen, die einen gruseln lassen.

Am Sonntagmorgen brachte Monsieur Bihotz seine Mutter im Rollstuhl zur Messe. Er schob sie vom Haus bis zum Dorfplatz. Dafür brauchten sie eine halbe Stunde, weil es so steil hochging. Auf dem Heimweg waren sie viel schneller, da musste er ein Gegengewicht erzeugen. Ihr Vater rief von der Terrasse dazu auf, sich das Spektakel anzusehen, Mutter und Sohn Bihotz im Kampf gegen die Schwerkraft.

*

Am Sonntagmorgen fuhr ihr Vater manchmal mit ihr spazieren.

Sie durfte auf dem Vordersitz des Alpine Platz nehmen. Es machte ihnen Spaß, die Steigung hinaufzuknattern und auf der Geraden unterhalb der Silos weiterzubrettern, *wawawumm*. Anschließend fuhren sie wieder Richtung Fluss ins Unterdorf, wo sie Kuchen kauften. Von dort aus kamen zwei Ziele in Frage: das Meer, eine Stunde, oder die Wassersportanlage, fünf Minuten entfernt.

Sie parkten vor der Wassersportanlage und aßen den Kuchen. Ihr Vater erzählte von Notlandungen, von Cumulonimbuswolken mit Sogwirkung und vom Tag, als diese dämliche Stewardess die Rutschen nicht gesichert hatte.

Er sagte, in Clèves haben wir kein Meer, dafür haben wir einen hübschen See.

Er rauchte eine mit Georges im Jachtclub. An der Wand hing ein Kalender mit nackten Frauen.

Phasenweise parkten sie auch in den Siedlungen. Ihr Vater überließ ihr den Kuchen und das Radio und kam nach einer Weile zurück.

Sie blickte auf das stille Wasser. Das Auto wackelte mit den Böen. Sie öffnete das Fenster einen Spalt breit. Der graue Wind glitt über das Wasser. Unsichtbar blies er ihr auf die Backen.

Sie setzte sich ans Steuer. Stellte sich zum Schalten auf die Pedale und setzte sich wieder. Die Straße zog an ihr vorbei, von Rehen überquert, von Hasen umstellt. Oder sie befand sich in einem Flugzeug und drückte auf die kleinen Schalter an der Decke. Die Motoren brummten, sie riss das Steuer herum und beschleunigte, der Boden gab nach, auf einmal flog sie davon und der See wurde winzig, ein blauer Krümel.

*

Nicht zu fassen, wie von einem Haus zum nächsten alles anders ist.

Wie mag erst der Unterschied zwischen, beispielsweise, einer mongolischen Jurte und einem amerikanischen Wolkenkratzer sein, wenn schon das Haus ihrer Eltern so anders ist als das der Bihotz' (oder das von Rose)?

Ihre Mutter hat ihr aus dem Laden einen Hocker in Form einer Coladose mitgebracht. Und zum Geburtstag Vorhänge mit dem Muster *Freiheitsstatue*. Und Monsieur Bihotz hat ihr ein Poster geschenkt, das sie über alles liebt, einen fallenden Soldaten mit der Aufschrift *WHY?* Ihre Mutter sagt aber, dass sie dafür zu jung ist.

Das Zimmer von Rose ist ganz anders. Licht, duftig. Sogar die Wände sind anders, die Zimmerform. Man bräuchte dafür ein eigenes Wort, vor allem, wenn man das Zimmer von Monsieur Bihotz hinzunimmt, mit dem France-Gall-Poster und den *Sud-Ouest*-Stapeln und den geschwärzten Tassen.

Ihr Vater sagt, bei Rose riecht es nach Rosen. Bei den Bihotz riecht es nach Hund und nach Suppe, besser gesagt, es roch nach Suppe, vor dem Tod von Madame Bihotz. Im Zimmer von Madame Bihotz riecht es nach irgendwas Reglosem. Staub vielleicht. Von nahem ähnelt Staub Wolltierchen, Aschepartikeln. Ihre Mutter wischt im Laden ständig alles ab, wegen dem Straßenverkehr. Der Staub nimmt unablässig zu, erklärt ihre Mutter.

Das Zimmer ihrer Eltern ist braun. Die Vorhänge sind mit orangebraunen Blumen bedruckt. Zwei farblich abgestimmte Lampen auf zwei samtbezogenen Nachttischen. Wenn ihre Mutter da ist, verbringt sie die ganze Zeit im Bett. Auf ihrer Seite steht ein Foto, das Foto eines kleinen Jungen.

Sie hält sich die Augen zu und nimmt in Gedanken einen Gegenstand weg, das Bett, eine Lampe, das Foto, schon ist das Zimmer wie ausgewechselt, eine Kleinigkeit genügt, um alles zu verändern. Und wenn ihr Vater da ist, ist noch mal alles anders.

*

Sie liegt in der Klasse auf einem der Pulte, in denen ein Loch für das Tintenfass ausgespart ist. Raphaël Bidegarraï, Christian Goyenetche, Nathalie, Rose, Delphine Peyreborde, die beiden Villebarrouins, sämtliche Boursenaves, sogar die kleinen Lavinasses, sie sind alle da. Köpfe überlagern sich, Augenpaare wie Stecknadelköpfe, und jeder drückt ihr Reißzwecken in den Leib. Rote, wie jene, die der Lehrer in die Weltkarte drückt, damit sie hält – sorgfältig, eine nach der anderen, jeder kommt an die Reihe. Unter ihrer Hand wächst der Druck, der harte, heiße Punkt, der die ganze Geschichte zusammenhält, Stich um Stich, die ganze Klasse, die ganze Welt um sie herum. Sie ist nicht festgebunden, kann sich aber trotzdem nicht rühren, sie kann genauso wenig weg wie ein Schüler, der zur Strafe in die Ecke muss. Sie lässt es sich gefallen, jedes einzelne Eindringen, langsam, tief, reibt mit der Hand am entscheidenden Punkt, die Beine weitestmöglich gespreizt, die Lust ist bald nicht auszuhalten, und als der Lehrer, ein unerhörter Moment, die letzte Reißzwecke eindrückt – konnte sie einschlafen, in den kaum verrutschten Laken ihres Kinderbetts.

*

Wenn sie den Liter Eau de Cologne *Bien-être* entstöpselte, kam Madame Bihotz herausgeschossen, blütenfrisch, wie ein Flaschengeist, und damit ihr Schlafzimmer und ihre Nylonkittel. Und sank gleich wieder hinein, auch wenn sie ganz stark einatmete. Blieb die starre Erinnerung an eine dicke, sitzende Frau. Man musste die Flasche zustöpseln und versuchen zu vergessen. Dann wieder öffnen, und Madame Bihotz schoss empor.

»Du kannst ihr Zimmer haben«, hatte Monsieur Bihotz gesagt.

Dabei schniefte er und drückte sie ganz fest an sich. Warm und feucht wie ein großer Mund.

Auf dem Bett von Madame Bihotz lagen drei Plüschhunde, mittendrin der lebendige Hund. Er hieß Lulu, war eine Hündin. Lulu ähnelte zusehends Madame Bihotz.

Sind die Toten immer noch nett, wenn sie tot sind?

Das Zimmer von Monsieur Bihotz mochte sie lieber, über sich die Poster mit Motorrädern und France Gall.

Um Punkt 23.30 Uhr zog das Flugzeug ihres Vaters über die Dächer hinweg. Sie schmiegte sich an Monsieur Bihotz. »Das ist Papas Flugzeug«, murmelte sie daumenlutschend, und er sagte, hör auf, aus dem Alter sei sie raus.

*

Papas Mutter, die Nannie genannt wurde, nannte sie Nono, kein Bezug zu Solange, falls nicht eigentlich Soso gemeint war. »Solange«, korrigierte ihre Mutter, »ja, Nono«, wiederholte Nannie, und so ging es in einer Tour. »Wie groß du jetzt bist, Nono. Du hast dich ja richtig gemacht, Nono.« Nannie konnte wie Papa aus heiterem Himmel schlimmste Wutanfälle bekommen, ich bin doch nicht bekloppt, ich weiß schließlich, wovon ich rede. Wenn sie im Alpine nach Hause zurückfuhren, hieß es, Nannie sei anstrengend.

Nach Nannies Tod begann Lulu, auch ihr zu ähneln, das Kinn (falls Hunde ein Kinn haben) wurde fliehend, die Stirn wölbte sich immer stärker, der Schädel ragte über der nicht vorhandenen Nase.

*

»Mein armer Monsieur Bihotz. Wie traurig, Ihre Mama so jung zu verlieren. Es bedeutet aber auch eine Befreiung. Sie müssen jetzt nach vorne blicken. Wenn die Kleine Sie so sieht, nimmt sie das furchtbar mit.«

Wenn Monsieur Bihotz zu ihnen nach Hause kommt, groß und steif auf dem Sofa sitzt, fällt das Atmen schwer: die Luftmoleküle wissen nicht wohin, die Wände schwanken. Die Lampen, das Zinngerät, die Lithographie von Toffoli: Monsieur Bihotz wirkt, als könnte er das alles jederzeit zu Boden fegen. Unter dem Hemd, das er extra für diesen Anlass angezogen hat, sieht man sein ärmelloses T-Shirt.

»Danke für die Blumen«, sagt ihre Mutter.

»Sie haben sie ganz schön gerupft, Ihre Hortensien«, sagt ihr Vater.

Monsieur Bihotz und ihr Vater im selben Raum, unter demselben Dach, das ist wie mit Tieren, die nicht derselben Art angehören, man weiß nicht, wer wen frisst, Pflanzen- oder Fleischfresser, ein Ochse im Termitenbau, ein Hund, der zwischen zwei Reihern schwimmt – eine drohende Katastrophe.

Sie fragt, ob sie den Hortensienstrauß in ihr Zimmer stellen darf. »Eine richtige kleine Hausfrau«, sagt ihr Vater lächelnd.

(»Glück gehabt«, wird er später sagen, »vor Weihnachten hätte er sie mit Goldlack besprüht, dann hätten wir sie ein halbes Jahr vor der Nase gehabt.« – »Am schlimmsten«, fügt ihre Mutter hinzu, »sind die Gladiolen, du weißt schon, diese roten Dinger unter seinem Balkon.«)

Monsieur Bihotz löffelt nur ein Stück Zucker in den Kaffeebecher, während er bei sich zu Hause drei Stück in seine Tasse tut, die mit einem Vogel verziert ist.

Auf seiner von Haaren verhängten Stirn ist noch zu sehen, wo sie ihm mal Mitesser entfernt hat.

Durch sein Hemd kann man die Tattoos erahnen, **AC⚡DC** auf dem einen Arm, auf dem anderen ein Totenkopf. Auf seine Brust ist ein Tiger mit einer Rose tätowiert, aber das wird vom T-Shirt verdeckt.

»Auf dem Schwanz hat er auch eins«, sagt ihr Vater an einem der Rosé-und-Kumpels-Abende. »MA steht da, das heißt MAMA. Ich hab dasselbe, und das heißt MACH MICH VERDAMMT NOCH MAL NICHT AN, DU GOTTVERDAMMTER ARSCH.«

*

Geschichten von Kindesentführungen. Von Müttern, die hinter Autos her rennen und schreien mein Kind mein Kind.

Er verbietet ihr, ohne ihn rauszugehen, und wenn es nur in den Garten ist. Sie wartet darauf, dass er aufwacht. Steigt auf einen Stuhl und betrachtet die Hennen, die Kaninchenställe, die Holzscheite unter einer schwarzen Segeltuchplane. Den Baum mit dem Namen einer Insel, *Albiz-*

zia. Die alten Drahtgitterrollen. Die Reifen. Den Tümpel weiter unten im Garten. Und weiter oben die kleinen, zu Kugeln gestutzten Bäume, und das Blumenrohr. Große rote Blüten, die wie Truthahnköpfe aussehen. Und die Ecke mit dem unverwüstlichen Moos, die Monsieur Bihotz sich vergeblich zu jäten abmüht.

Eines Tages hebe ich für dich ein Schwimmbecken aus. Dann kannst du baden.

Von diesem Fenster aus sieht sie ihr Haus. Unter der Platte ihres kleinen Schreibtischs baumelt noch eine Puppe, die sie zur Strafe an den Bock gehängt hat.

»Ohne dich«, sagt Monsieur Bihotz, »käme ich nicht aus dem Bett.« Er macht ihr Indianer-Brote, zeichnet Federn in die Butter. Er taucht einen Suppenlöffel in das Ein-Kilo-Glas Marmelade. Er zwingt sie, einen Apfel zu essen. »Deine Mutter hat gesagt, du sollst Obst essen.« Er entfernt das Kerngehäuse auf einen Schlag, indem er einen Sparschäler hineindrückt.

Er schraubt den Deckel der elektrischen Mühle zu. Ein ungeheurer Krach, die Bohnen hüpfen und lösen sich in einer schwarzen Wolke auf, und Lulu bellt und bellt. Eine riesige Hand schraubt das Hausdach zu, und sie lösen sich auf, zu Pulver zermahlen.

Nachmittags wärmte er die gleiche Kanne nochmal auf und sagte wie Madame Bihotz: »Verkochter Kaffee, verkorkster Kaffee.«

»Madame Bihotz selig«, sagte er auch. So macht man das mit Toten.

»Er ist ein bisschen eigen«, sagte ihre Mutter. »Aber was täten wir ohne ihn.«

Angesichts der Arbeitszeiten ihrer Eltern war es am einfachsten, wenn sie bei ihm übernachtete, jedenfalls unter der Woche.

Nach dem Kaffee gingen sie in den Keller, um Mais zu entkörnen. Hockten rittlings auf dem Rand des Metallbottichs und schabten zwischen den Schenkeln die Kolben ab. Er zerstieß die Körner mit einem Schlägel, für die Enten. Sie kam mit Splittern und Maisbart in den Haaren nach Hause. »Eine richtige kleine Bäuerin«, sagte ihre Mutter.

Madame Bihotz hatte man eingeäschert. Gott habe die Asche von Madame Bihotz selig.

»Madame Bihotz ist in der Urne drin«, hatte sie ihren Eltern mitgeteilt, »Monsieur Bihotz schläft mit ihr.« Ihr Vater seufzte: »Gibt es im Dorf vielleicht auch eine richtige Kinderfrau?« – »Kümmer du dich doch darum«, entgegnete ihre Mutter.

*

»Extrovertiert«, erklärt Rose, »bedeutet, dass man viel lacht, Geschichten erzählt, dass man zum Beispiel auch tanzt … Dein Vater, der ist extrovertiert. Introvertiert bedeutet, man ist ein bisschen traurig, mit einer geheimnisvollen Aura. Ich bin introvertiert. Meine Mutter ist extrovertiert. Mein Vater ist introvertiert. So gesehen ist meine Familie das genaue Gegenteil deiner Familie.«

Es ist fünf Uhr, Zeit für den Kakao, die Mutter von Rose steht in der Küche. »Mädels, ich habe Lebkuchen gebacken!«

»Wie geht es deinen Eltern? Vor ein paar Tagen habe ich im Laden vorbeigeschaut. Deine Mutter hat wieder hübsche Sachen im Angebot.«

Ihre Stiefel klappern auf dem Holzboden. Sie setzt sich auf den Tisch, zwischen die Kakaobecher, mit ihrem kurzen Fransenrock. Sie zündet sich eine Zigarette an. Man sieht ihr Höschen.

Immer tut sie verblüffende Dinge, legt ihr jetzt sanft die Hand in den Nacken und flüstert:

»Und dir, Solange, wie geht es dir?«

Gut, was sonst.

Die Mutter von Rose trägt immer hohe rote Stiefel, sogar im Haus. Diese hohen Stiefel geben ihr Bodenhaftung, wie auf einem Magnetfeld.

»Die ist völlig durchgeknallt«, sagt ihr Vater. »Völlig durchgeknallt und dämlich dazu.«

»Wenn es dir nicht so gut ginge, würdest du es mir doch sagen, nicht wahr?«

Ihr Kopf neigt sich unter der sanften Hand. Und aus unerfindlichen Gründen spürt sie den Druck von Wasser in der Kehle und hinter den Augen, wie eine Karaffe.

Monsieur Bihotz holte sie um sechs ab. Die Mutter von Rose bot ihm hartnäckig etwas zu trinken an.

Der Vater von Rose kam kurz nach unten, um guten Abend zu sagen. Er machte immer Scherze über sie und Rose, die Prinzessinnen von Clèves, mit vielsagender Miene, und keinem fiel eine Antwort ein. Vor allem nicht Monsieur Bihotz, er schien sich unter einer Glocke zu bewegen, die seine seltenen Laute erstickte und ihn zusammendrückte, ihn zugleich kleiner und massiger machte.

Mit der Mutter von Rose verhielt sich Monsieur Bihotz einigermaßen normal. Er trank einen Ricard, sie einen Whisky, und sie stießen an.

*

Die anderen kamen in Fahrt, sobald sie den Pausenhof betrat.

Das war unvermeidlich. Ein Ungleichgewicht ergab sich. Ein jähes Kippen: plötzlich – die Blicke aller. Zwar nicht jeden Tag, aber es konnte jeden Tag passieren und man konnte nichts tun.

Um Raphaël scharte sich eine Gruppe. Nur ein einziges Mal weinte sie, am Tag, als sie ihr seitlich eine dicke Haarsträhne abschnitten. Sie rannte ohnehin nie weg. Sonst hätten die anderen sie noch mehr ausgelacht. Sie musterte sich im Spiegel. Was hatte sie nur an sich? Ihr Fernbleiben vom Religionsunterricht, die *Extravertiertheit* ihres Vaters?

Dabei gab es keinen Mangel an Gestörten. Die Lavinasses hatten neun Kinder, davon zwei in Pflege bei ihren Cousins Boursenave, die ihrerseits sechs Kinder hatten, von denen keines lesen konnte. Und Madame Bihotz war bei ihrem Tod ungeheuer dick, aber trotzdem allgemein geachtet gewesen. Als Concepción Gonzáles mit ihren Korkenzieherlocken in der Schule aufgetaucht war, in einem Kleid mit Spitzenbesatz und ohne ein Wort Französisch zu sprechen, hatte sie gehofft, nun würde die Rutschbahn umgeleitet, die die ganze Schule wellenartig auf sie einstürzen ließ. Concepción Gonzáles hatte jedoch nach zwei Tagen eine Jeans angezogen, nach einem Monat Französisch gesprochen und mit allen innige Freundschaft geschlossen.

Concepción Gonzáles war im Laden gewesen, auf der Suche nach einem Erstkommunionsgeschenk. »Diese kleine Spanackin ist einfach süß. Und sie wurde sicher nicht mit einem Silberlöffel im Mund geboren. Du musst nett zu ihr sein.«

Natürlich gab es da noch Peggy Salami, aber die war nun wirklich debil, und an einer Hand hatte sie einen sechsten Finger ohne Knochen und Nagel.

Ganz zu schweigen vom gestörtesten Sohn der Boursenaves, der sich hin und her wiegte und dabei den Hosenschlitz hielt. Oder von den Kudeshayans, die »Hundeärsche« gerufen wurden, ihre Haut war schwärzer als die jedes Afrikaners, aber man musste ja *tolerant* sein.

»Schwuchtel!«, brüllte der kleine Boursenave, wenn ihm jemand zu nahe kam.

Sie sehnte sich nach dem Gymnasium, der fünften Klasse, um diesem Krater zu entkommen. Die Grundschule hinter sich zu lassen wie eine versunkene Welt von Dinosauriern und Fossilien.

»Wurdest du von Indianern skalpiert?«, hatte Monsieur Bihotz gefragt.

Und als er sie am Abend ins Bett brachte: »Man hat's nicht immer leicht, in der Schule.« Wenn er wüsste. Kleiner Rettungsring inmitten der Sintflut.

*

Auch Rose war draußen anders als daheim. An dem nassen Tag, als Raphaël ihr den Kopf unter die Regenrinne gedrückt hatte, während Roland Lavinasse und André Boursenave sie je an einem Arm festhielten, an dem Tag, als es wie aus Eimern goss, hatte Rose ihr selbstredend nicht den Kopf unter das Wasser gehalten oder sich der Gruppe von Mädchen angeschlossen, die die Jungen anfeuerten und mit ihrem Lachen den Regen übertönten. Aber sie hatte gesehen, wie Rose sie betrachtete, ein wenig abseits stehend. Als würde Rose sie nicht kennen, oder nicht wiedererkennen. Es schien ihr leid zu tun, es tat ihr leid, dass sie dorthin geraten war, an der Grenze des Zumutbaren, wo man weder weg- noch hinsehen wollte.

Ihre beste Freundin Rose.

»Ich schätze dich, weil du sehr intelligent bist«, hatte Rose zu ihr gesagt, als sie beim Kakao saßen. »Das sagt sogar mein Vater.«

Sie blickte sie durchdringend an.

»Du hast dieses Etwas, das nur wenige haben. Meine Mutter hat's. Ich auch. Deine Mutter eher nicht, ihr fehlt etwas, keine Ahnung was. Vielleicht die Trennung von deinem Vater?«

Rose sagte in knappen Sätzen und ihrem eleganten Tonfall die verstörendsten Dinge.

War das vielleicht *sexuell*? Betraf das Leute, die wie sie ständig an Dinge dachten, die den anderen anscheinend nicht in den Sinn kamen?

Concepción, mittlerweile hübsch, mit wippendem Pferdeschwanz, spielte Gummitwist mit Rose und Nathalie. Sie malte sich aus, wie Concepción sich die Füße verhedderte und mit aufgerissener Klappe auf einen Löffel knallte, der sich in ihr Hirn bohrte. *Krack*.

*

Im Wohnzimmer gab es auch ein Foto. Es war genauso vorhanden wie die Gardinen, der Kamin, die Zinnfiguren und ein ganzer Haufen Dinge, die keinen Namen hatten, weil sie eben schon vorher da waren, vor ihr, Solange. Der kleine Junge gehört zum Foto wie der Gegenstand, der daneben hängt, zur Wand gehört und ein weiterer zum Kaminsims. Auf Nachfrage bekommt man zur Antwort, dass es sich beim Gegenstand an der Wand um einen Bettwärmer handelt, früher, als es keine Heizung gab, griff man darauf zurück. Man füllte das Ding mit glühenden Kohlen und konnte dank des langen Stiels die Betten damit *vorwärmen*. Der Gegenstand auf dem Kamin ist ein Fernrohr, es gehörte einem Urgroßvater, der Hochseematrose war.

*

»Du bist also allein zur Kirmes gegangen. Obwohl du noch so klein bist. Ganz allein. Während die Autos nur so um die Kurve schießen. Und welches Kleid? Na klar. Die roten Hunde. Nachts um zehn. Weißt du denn nicht, was kleinen Mädchen passiert, die nachts um zehn in einem Kleid mit roten Hunden ganz allein zur Kirmes gehen? Nein, ich habe nicht geschlafen. Deine Eltern hätten mich ruhig anrufen können. Sonst haben sie da ja auch keine Hemmungen.«

Monsieur Bihotz ist rot, riesig, er beugt sich vor, aber sobald er ihnen zu nahe kommt, ihren Eltern, weicht er zurück. Er ist mit der Schnauze an einen elektrischen Zaun gestoßen. Er beruhigt sich.

»Komm zu mir«, er drückt sie ganz fest an sich und schmiegt seinen riesigen Kopf in ihre Halskuhle, krümmt sich dabei. Seine Miene wird »mystisch«, so bezeichnet Rose das, wenn jemand einen in ihren Augen lächerlichen Ausdruck annimmt, dem Himmel zugewandt, der »wahren Wirklichkeit« enthoben. Und er betrachtet still den Garten, als wären sie die letzten Überlebenden auf Erden. Als wäre vom Dorf nur ihr Haus übriggeblieben, und von der Menschheit nur sie beide.

*

Was wäre schlimmer, zur Kirmes zu gehen oder nicht, es einfach zu wagen, in der Hoffnung, sie hätten anderes um die Ohren, anderes am Hals, anstatt im Zimmer zu bleiben, hinter dem Gitter roter Sonnenstrahlen, in den gedämpften Klängen, die von unten durch die Fensterläden dringen, um zehn Uhr an einem Juniabend?

Sie versucht, Tagebuch zu führen, wie Rose. Rose hat ihr zum Geburtstag sogar ein Hallmark-Heft geschenkt. Aber es ist öde. Das Leben ist langweilig. Dabei darf man seine Jugend nicht vergessen, sagt Rose, man darf nicht vergessen, wer man gewesen ist, und darüber zum alten Deppen werden.

Sie sollte sich vielleicht aufnehmen. Hier ist das Tonbandgerät, mit dem ihr Vater versucht hat, Englisch zu lernen. Sie drückt auf Record:

Ich durfte zur Kirmes gehen. Es war zehn Uhr abends und warm. Ich habe mein Kleid mit den kleinen roten Hunden angezogen. Ich bin mit Rose und Christian Skooter gefahren. Rose ist meine beste Freundin. Christian und ich sind verliebt. Das weiß keiner, außer Rose. Von der Schule waren viele da, aber niemand hat mich

Sie traut sich nicht, »verarscht« zu sagen.

hat mich genervt. Ich habe beschlossen, von heute an dieses Tagebuch zu führen. Gezeichnet Solange. Top secret.

Sie drückt auf Pause. Das Band gibt einen fast unmerklichen Laut von sich, als würde es vor Anstrengung ächzen.

Sie lässt die Taste los.

Wer lauscht, ist blöd.

Sie drückt auf Rewind. Auf Play. Das Band dreht sich mit einem leisen *schsch*:

»Es war zehn Uhr abends und warm.«

Eine weinerliche, gekünstelte Stimme. Wie die ihrer Mutter. Nicht ihre Stimme.

Rose erklärt ihr, dass der Schädel wie ein Resonanzkörper wirkt und die Stimme im Kopf nicht die Stimme ist, die die anderen hören.

Irgendwie hat sie den Eindruck, dass das eine ganze Menge erklärt.

*

Im Auto von ihrem Vater gibt es Zeitschriften, Ausgaben von *Jours de France* und *Lui*. Vor einem Haus am Ende einer Straße geparkt, während Pappelblätter *pock pock* auf der Karosserie landen, betritt sie einen Wald von nackten Frauen. Sie haben alle die gleiche Ritze zwischen den Beinen, die Wirkung ist allerdings nicht dieselbe wie bei Peggy Salami. Die Frauen sehen ihr direkt in die Augen, die Finger in der Ritze, die Beine weit gespreizt. Ein paar haben dort Haare, andere keine (wie sie) oder fast keine (wie sie). Sie schnappt zwei Wörter auf, *keuchend und durchgebogen*, nicht ganz leicht zu verstehen, aber auf Anhieb sprechend. Der Blick dieser Frauen, und ihre Finger, und was noch – die Überraschung, das Bedürfnis Pipi zu machen, seit sie im Auto sitzt, die Gesellschaft all dieser Frauen, Frauen wie sie, sie ist wie diese Frauen, sie steckt die Hand in ihre kleine Jeans und reibt, schnell, hart, vor den Augen der Frauen und *keuchend und durchgebogen* und die Erleichterung stellt sich sogleich ein, und ihre Finger spüren etwas Feuchtes, komisch, sie hat doch wohl nicht Pipi gemacht.

*

Die Russen sind in Afghanistan einmarschiert. Ihre Mutter kauft kiloweise Zucker und Mehl, und Suppenwürfel. »Geht das schon wieder los, wie 62«, sagt Georges, der auf einen Rosé vorbeigekommen ist. »Die Schweinebucht?«, fragt ihre Mutter. »Nein, was eine dumme Gans (sagt ihr Vater), die Kubakrise, aber du hast beide Male Zucker gekauft.«

Sie blickt auf die Terrasse und darüber hinaus, zu Monsieur Bihotz, dem Schuppen, den Hühnern und noch weiter hinaus auf das Wäldchen. Stattdessen ein Tal aus Obsidian. Sie hat das in einem Science-Fiction-Buch gelesen. Wie schwarzes Glas. Der Obsidian überzieht alle Unebenheiten: die Häuser, den Schuppen, das Loch des ausgetrockneten Tümpels und die versteinerten Baumstämme. Der Pfad, der zum Dorfplatz hinaufführt, ist aus Obsidian, genau wie der Kirchturm, die Schule, und auch die Leute sind aus Obsidian.

Die Raketen steigen aus der Sowjetunion auf und fliegen gerade in diesem Moment auf das Dorf zu. Georges und ihr Vater trinken Rosé und ihre Mutter räumt mit ihrer sturen beleidigten Art den Tisch ab. Monsieur Bihotz sieht bestimmt fern, und auch alle anderen stecken brav in ihren Häusern, die neun Söhne Lavinasse und die sechs Kinder Boursenave und Raphaël Bidegarraï, auch Rose und ihre Familie stecken brav im Haus von Rose. Und alles wird zu Glas verschmelzen. Und wenn die Amerikaner endlich ihre eigenen Raketen abschießen, werden sie ihrerseits zerstört, und die Russen werden nicht mehr da sein, während ihre Raketen noch fliegen, wie diese erloschenen Sterne, die nach wie vor am Himmel leuchten. Und die ganze Erde wird sein wie das Dorf, unter einer Lava begraben, die zu schwarzem Glas erstarrt. Und falls ein Außerirdischer kommt, wird er eine Weile brauchen, um die einstigen Lebewesen unter dem Glas zu erkennen, eine Menge, die deutlich kleiner ist als die des Materials, das sie umschließen wird, winzige Bienen im Bernstein.

Und ihre Mutter ruft, sie soll ihr beim Abräumen helfen, aber wenn sie den Obsidiangarten nicht mehr vor Augen hat, wird es passieren. Und sie werden alle sterben, ihre Eltern, Monsieur Bihotz, Rose und Raphaël und überhaupt alle, Statuen aus schwarzem Glas.

*

»**Paarung** Subst. Fem. Das Paaren oder Sichpaaren. || Annäherung zwischen zwei Individuen der gleichen Art zum Zwecke der Fortpflanzung. (Vgl. *Enzykl.*) || Zuordnung, Verbindung, Zusammenstellung. ENZYKL. Die *Paarung* ist vielen Meerestieren (Seeigeln, Knochenfischen) fremd, aber sie ist unverzichtbar für alle Arten, die sich außerhalb des Wassers fortpflanzen (Insekten, höhere Wirbeltiere). Sie wird sogar von hermaphroditischen Individuen (Schnecke, Regenwurm) praktiziert.«

Das steht im Universal-Lexikon, gleich nach **Päan** *(altgriechische Hymne, Bitt-, Dank- oder Sühnelied)* und vor **pachten** *(sie tut so, als habe sie die Weisheit für sich gepachtet)*. Das Lexikon ist ein Jahr vor ihrer Geburt erschienen, als hätten ihre Eltern sich ebenfalls damit behelfen müssen, um die Unterscheidung Wasser/Land, pflanzlich/tierisch, Mann/Frau, tot/lebendig zu begreifen: die zoologischen Zyklen.

»**Sex** [sɛks] Subst. Mask. (von lat. *sexus*, zu *secare*, scheiden). Geschlechtsverkehr. Vgl. **Geschlecht** Subst. Neutr. Die Unterscheidung von Lebewesen in männl. oder weibl. Geschlechtszellen hervorbringende Individuen, deren Vereinigung dem Zwecke der Fortpflanzung dient. (Vgl. Bildtafel FORTPFLANZUNG und *Enzykl.*) || Geschlechtsorgane. || *Das schwache, das schöne Geschlecht*, die Frauen. || *Das starke Geschlecht*, die Männer. ENZYKL. Der Unterschied zwischen den Geschlechtern ist in manchen Fällen unmerklich (etwa bei Pilzen, Algen, Seeigeln, diversen Fischen, Tauben), in anderen wird er durch mehr oder weniger ausgeprägte *sekundäre Geschlechtsmerkmale* herausgestellt (Hirschgeweih, Hahnensporn, Hornschrötermandibeln). Zuweilen behält das Weibchen Larvengestalt (Glühwürmchen), zuweilen hat im Gegenteil das Männchen Zwergengestalt (Rutenangler). Besonders Schmetterlinge zeichnen sich durch eine große Anzahl unterschiedlicher Erscheinungsformen aus. Bei den hermaphroditischen Arten (Schnecken, Regenwürmer) sind sämtliche Individuen sowohl männlich als auch weiblich. Das Organ, welches die befruchtenden Keimzellen ausbildet (tierische Hoden, pflanzliche Staubgefäße), wird als »männlich« bezeichnet. Das Organ, welches die zu befruchtenden Keimzellen ausbildet (tierische Eierstöcke, pflanzliche Fruchtknoten), wird als »weiblich« bezeichnet.«

Die Bildtafel **FORTPFLANZUNG** gegenüber der Tafel **FOSSILIEN** zeigt – in Schwarz-Weiß – ein Fischpaar, eine Kolonie Blattläuse, einen Klumpen Algen und eine merkwürdige Haube, fleischig, fett und glänzend, mit Falten, die den Blick auf einen geschwollenen Knoten freigeben: eine **Paarung** (von Nacktschnecken). In einer Ecke gibt es einen Einschub zur SELBSTBEFRUCHTUNG (»Sehr selten: Gewöhnliche Berberitze, Bandwurm«).

Zu **Schwuchtel** findet sie keinen Eintrag, als ihre Mutter die Tür öffnet, um ihr die Wäsche ins Zimmer zu bringen.

Gewöhnliche Berberitze Subst. Fem. *(Berberis vulgaris)*, Dornstrauch mit gelben Blüten und roten Beeren.

Der **Bandwurm** hingegen ist einfach nur eklig.

Ihre Mutter geht aus dem Zimmer.

Zwischen **Peninsula** und **Pension** steht »**Penis** Subst. Mask. Männliches Paarungsorgan«, mit Verweis auf »**Glied** Subst. Neutr. Arm oder Bein || Teilstück einer Kette || Teil eines Ganzen || männliches Geschlechtsteil. (Das röhrenförmige Organ schließt mit dem Eichelbereich ab, wo die Harnröhrenmündung liegt.) [Syn. PENIS; derb *Schwanz* oder *Schwengel*] || *Mil. u. Sport* Reihe einer angetretenen Mannschaft.

Unter **Schwengel** steht nur »Subst. Mask. Klöppel || Beweglicher Teil einer Pumpe.« Und bei **Eichel** ist bloß von Eichen die Rede, deren Achäne die Eichel ist, von einer Cupula umschlossen.

*

Es war nicht alles verloren. Es gab noch ein paar, die sie nicht für hoffnungslos beknackt hielten. Bevor der Schwanz auftauchte, war die Kirmes eigentlich ganz gut verlaufen. Dank Rose konnte sie hinten in Christians Skooter zusteigen. Die Musik und die Lichter, alles dröhnte und wirbelte, man wurde hin und her geschleudert, Rose, die vorne saß, fiel auf Christian drauf und das Licht fiel einem in die Augen und man bekam ständig Stöße in Herz und Bauch und es war sehr heiß und alles drehte sich. »Zieh die Hände ein!«, brüllte Rose.

Danach war sie ihnen zum Schießstand gefolgt, wer unter zwölf ist, darf nicht schießen, aber Rose sieht älter aus, sie hat schon Brüste. Ein kleiner weißer Luftballon bebt in einem Käfig. Sieht aus wie ein verschrecktes Gespenst. Es knallt in den Ohren und der Luftballon ist weg.

Anschließend kaufen sie sich alle Zuckerwatte und haben noch zwei Francs und fünfundvierzig Centimes übrig und ihr Vater zeigt allen seinen Schwanz.

Sie rennt den Abhang zur Siedlung hinunter. Die Musik verklingt. Sie hat Bauchschmerzen, aber ihre Beine rennen ohne sie, rennen schneller als sie. Es ist Nacht, der Mond leuchtet weiß. Kein Wind weht, die Bäume stehen reglos da, Schattenrisse, und Tausende Augen beobachten sie.

Jemand sitzt auf der Terrasse. Die Freundin von Georges. Sie schläft, nach hinten gekippt. Ein Camembert ist über den ganzen Tisch zerlaufen und, seltsamer Anblick, ein dicker Tropfen hängt über ihren Knien.

Die heiße Luft ist wie eine genau abgestimmte Masse. Die Stühle, der Tisch, die Weinflaschen und die Freundin von Georges, die Bäume, das Haus, die Siedlung: nichts kann sich mehr rühren. Sie ist die einzige, die vom Fleck kommt, langsam, die ihren Brustkorb in Gang setzen kann, um wieder Atem zu schöpfen.

Sämtliche Türen stehen offen. Im Zimmer ihrer Eltern ist eine Nachttischlampe umgefallen, es herrscht eine gelbe und düstere Hitze. Ihre Mutter liegt vollständig bekleidet auf dem Bett, das Gesicht im Kissen vergraben. Anscheinend schläft sie nicht, denn ihr Kopf windet sich unter den Haaren hin und her, und sie sagt:

»Hast du deinen Vater gesehen?«

Ja.

»Allein oder in Begleitung?«

Mit Georges.

Das Gesicht ihrer Mutter ist rot und geschwollen.

»Georges und sonst niemand?«

Ja.

Ihre Mutter streckt die Hand aus.

»Was hast du mit deinen Haaren gemacht?«

»Hast du dir die Haare geschnitten?«

Ihre Mutter zieht ein bisschen an ihnen, wie um sie zu verlängern.

»Weißt du, wie lange das dauert, bis sie nachgewachsen sind? Pro Monat ein Zentimeter. Egal, mach, was du willst. Sind ja nicht meine Haare.«

»Und was ist mit deinem Kleid? Guck dir mal dein Kleid an.«

Am Saum mit den kleinen roten Hunden ziehen sich dunkle Streifen entlang. Auf dem makellosen Weiß sind kleine rote Hunde hinzugekommen.

Ihre Mutter lässt den Kopf wieder aufs Kissen sinken. Von der Dorfkirche ertönt ein einziger lauter Glockenschlag.

»Bist du sicher, dass es nur Georges war?«

Ja.

Im elektrischen Licht ist auch ihr Höschen voller dunkler Streifen, und auf dem Klopapier sind Flecken, leuchtend rot.

»Weg da«, sagt eine Stimme. Vor ihr ragt riesenhaft die Freundin von Georges auf, sie übergibt sich mit einem Schwall in die Kloschüssel.

Ihr großer Körper ist eingeknickt, die Ellbogen auf den Knien, und sie hängt fast mit der Nase in den kleinen Hunden.

»Das ist Blut«, hickst sie.

Die Skooter müssen etwas kaputtgemacht haben in ihrem Bauch.

*

»In der Fünften. Dabei ist sie noch flach wie ein Brett«, sagt ihre Mutter zur Freundin von Georges. Kaffeetrinkend inmitten von Austernschalen. Der Saft ist auf den Kachelboden getropft. »Ich hätte kein Weiß nehmen dürfen« (auf den Kachelboden bezogen).

So flach ist sie gar nicht. Im Vergleich zu Nathalie, beispielsweise. Wenn sie die Hand als Schale darunter hält, füllt ihre Brust sie zur Hälfte aus. Fast ganz, wenn sie sich vorbeugt, aber zählt das überhaupt?

Warum haben Truthähne keine Hände? (Eine Scherzfrage von Raphaël.) Weil Puten keinen Busen haben.

Aber »Pute« kann auch Frau heißen. Genau wie »Mieze«. Und »Muschi« heißt das, was sie zwischen den Beinen haben.

Im Schwimmbad hat ihr Raphaël von hinten an den Busen gegriffen, sie hat sich gewehrt, aber er ließ einfach nicht los. Danach hat er vor seinen Kumpels damit geprahlt.

Die Freundin von Georges und ihre Mutter reden inmitten der Muschelschalenhaufen, und zwar weder über Georges noch über ihren Vater, sondern allem Anschein nach über sie. Darüber, dass sie keine *Monatsbinden* haben und alles noch geschlossen hat. Watte, tja, die verrutscht so leicht, aber ein Tampon ist auch heikel. Etwa nicht?

Die Freundin von Georges findet das nicht. Heikel warum?

»Man merkt, dass sie nicht deine Tochter ist«, sagt ihre Mutter. »In der Fünften. Das hat mir gerade noch gefehlt. Schöne Bescherung.«

Sie raucht und betrachtet die Terrasse wie ein Katastrophengebiet.

»Jetzt ist sie zur Frau geworden«, sagt die Freundin von Georges.

Ihre Mutter murrt.

»Und was wird sie, wenn irgendein Depp sie flachlegt? Und wenn sie ein Balg kriegt? Das Frauwerden hört gar nicht mehr auf. Ich würde gut und gern damit aufhören.«

»Wie wär's mit einem Waschlappen?«, schlägt die Freundin von Georges vor.

*

Sie sitzt im Schatten mit einem *Schnieff und Schnuff*-Heft. Es ist schon heiß. Die Terrassenplatte dreht sich langsam. Die Austernschalen stinken. Der Saft klebt unter den Füßen.

»Hol uns mal Aspirin!«, ruft ihre Mutter.

Beim Aufstehen verschiebt sich der Waschlappen im Höschen, hinten in der Jeans. Das kratzt.

»Zu meiner Zeit«, sagt die Freundin von Georges, als sie sie so ausgestopft sieht, »haben wir Gummischlüpfer getragen und eine Art Windel hineingesteckt. Im Ernst.«

Die beiden Frauen sehen dabei zu, wie sich die Tabletten in ihren Gläsern auflösen.

Es fühlt sich an, als würde das Haus für immer schmutzig bleiben.

*

Ihr Vater und sie werden zur Apotheke geschickt. (Als er schließlich wieder auftauchte, war er in voller Montur.)

Die Freundin von Georges hat sich gestern Abend übergeben.

»Echt? Ich hab deiner Mutter schon immer gesagt, Austern isst man nicht in den Monaten ohne R.«

Mai, Juni, Juli, August. Juli und August haben beide 31 Tage, die Fäuste zusammenhalten, ein Fingerknöchel fällt aus der Reihe.

Papa, kannst du das auch?

Die Hände aneinanderlegen, die Mittelfinger kreuzen und wie einen einzigen seltsamen Finger drehen.

»Ich fahr doch, mein Hase.«

Die Bereitschaftsapotheke ist neben der Wassersportanlage. Man muss klingeln und warten, bis geöffnet wird. Auf dem Schaufenster steht: GERN MESSEN WIR IHREN BLUTDRUCK.

»Damit kennen Sie sich besser aus als ich«, sagt ihr Vater mit einem Augenzwinkern zur Apothekerin.

»Was soll's denn sein, Mademoiselle.«

Ihr fällt das Wort Tampon ein, aber sie weiß, das ist nicht das Richtige. Tampons sind für ihre Mutter und die Freundin von Georges. Das Wort, nach dem sie sucht, ist ganz einfach, klingt irgendwie nach Krankenhaus, nach Verband.

Ein Plakat zeigt einen Mann mit abgezogener Haut, der einen Saft gegen Verstopfung trinkt. Ein grüner Pfeil führt direkt durch seine Eingeweide, ohne den Darmwindungen zu folgen.

»Eine Packung Vania«, sagt ihr Vater schließlich.

»Vania führen wir nicht. Ruby?«

»Ruby geht auch. Dann kann sie sogar Rugby spielen. Ist doch so?«

Er knufft sie in die Seite.

Sie hat *die Szene schon mal erlebt*. Dieses Gefühl gibt ihr die Scham, aber auch der Knuff, genau wie die Apothekerin, und Ruby, und Rugby: Sie hat die Apothekerin schon mal gesehen, und sie wird sich ihr Leben lang daran erinnern, ganz bestimmt, an diesen Augenblick hier mit ihrem Vater und der Apothekerin, an diesen wiederkehrenden Augenblick wird sie sich erinnern. In der Zeit hat sich ein Loch aufgetan. Vergangenheit und Zukunft sind miteinander verbunden wie Mund und After beim Mann mit der abgezogenen Haut - eine monströse Verknüpfung, die die Windungen der Gegenwart umgeht.

Und ihr Vater fühlt sich verpflichtet, noch eine ganze Weile mit der Dame zu scherzen. Seine Art von Höflichkeit. Seine Art zu reden.

Sie würde so gern fragen, es wagen, die Toilette benutzen können, sich frisch machen, die *Monatsbinde* einlegen. Sie verlagert das Gewicht von einem Bein auf das andere, aber der Lappen bleibt an einer Seite haften.

Als sie sich ins Auto setzt, fließt es heiß aus ihr heraus und durchnässt ihr Höschen.

Jetzt müssen sie auch noch Blumen holen. Ihr Vater gestikuliert wild und spricht laut und der Blumenhändler häuft alles, was ihm an Ware geblieben ist, in den Kofferraum: rote und gelbe Rosen, Callas, gefärbtes Zeug und sogar Gladiolen.

»Mach nicht so ein Gesicht, du erinnerst mich an deine Mutter. Man lebt nur einmal, mein Häschen.«

*

Ob Lulu das auch hat? Sie erinnert sich dunkel, dass einmal von einem Höschen für Hunde die Rede war. Für Hündinnen.

Es regnet. Der Boden dampft und öffnet sich den Tropfen. Jeder Tropfen setzt den Geruch des Grases, den Geruch des Teers frei. Wenn sie auf dem Schulweg von einem Schauer überrascht wird, wie soll sie dann rennen, mit diesem klebrigen Päckchen zwischen den Beinen? Die Welt entfaltet ihre Formen, Geräusche, Farben, doch sie ist davon abgeschnitten, in einem Glaskasten.

»Komm, lass uns ein bisschen kuscheln«, ruft Monsieur Bihotz.

Im Bett mit Monsieur Bihotz bleibt dieses gläserne Gefühl bestehen. Die starken, vertrauten Gerüche, der große, kräftige Körper von Monsieur Bihotz – der Kontrast lässt sie frösteln.

Sie rückt von ihm ab. Er fängt sie mit einer Tatze ein, wie ein Bär, der einen Lachs angelt. Wieder rückt sie von ihm ab.

Die kleinen Kaulquappen, die in Männerschwänzen stecken, krabbeln über die Laken wie sie im Schwimmbecken schwimmen und kriechen in die Mädchen hinein. Sie treiben mit dem Blut nach oben, und so entstehen Babys.

Monsieur Bihotz scheint davon nichts zu wissen, also ist es an ihr aufzupassen.

Dabei hat auch er Momente, in denen er sich am äußersten Bettrand windet. Momente, in denen er seinen Bademantel um sich zieht und sagt: »Ich hülle mich in meine Würde.«

Wenn sie ihn dann in der Küche antrifft, mit der Kaffeemühle bewehrt, den Kopf unter dem Lampenschirm, den Bademantel fest gegürtet, kommt es ihr vor, als wäre der Abstand, den sie gerade zu ihm gewonnen hat, der gleiche, den er manchmal an den Tag legt, als wäre er seinerseits vor etwas auf der Hut.

*

Auf dem Schwanz von Monsieur Bihotz ist weder MA noch MAMA noch irgendwas mit Arsch tätowiert. Da ist gar nichts tätowiert.

Als sie noch klein war und Madame Bihotz sie badete, kam er immer zum Pinkeln rein. Er pinkelt auch auf die Hortensien, sagt, davon werden sie blau.

Er hat zwei Schwänze. Den einen zum Pinkeln, und den anderen. Der andere ist viel größer, er hat die Farbe von Truthahnköpfen, wie das Blumenrohr.

Monsieur Bihotz kann ganze Tage im Bett verbringen. Nicht so wie ihre Mutter, die wimmert, wenn man die Tür öffnet, und wegen ihrer Migräne völlige Stille und Dunkelheit braucht. Bei ihm sind die Fensterläden zwar geschlossen, aber die Lampe bleibt an, und er liest Zeitung oder hört Radio oder dreht **AC⚡DC** gleich voll auf oder liegt einfach nur da, und er trinkt viel Kaffee. Wenn es zu lange anhält, sagt er zu ihr: »Ich habe gerade meine Kaffeekrise.«

Während einer dieser Kaffeekrisen ruhte Monsieur Bihotz auf dem Bett, von seinen Zeitungen umgeben, mit offenem Bademantel, und hielt seinen großen roten Schwanz in der Hand.

Sie sahen sich eine Weile an, es kam ihr vor wie eine Ewigkeit, aber solange sie ihm in die Augen blickte, sah sie seine Hand nicht. Das Gesicht von Monsieur Bihotz wurde immer schwermütiger und nachdenklicher. Schließlich wickelte er sich wieder in seinen Bademantel, drehte sich zur Seite und fing an zu wimmern, ein wenig wie ihre Mutter.

*

Unter der Dusche fließt das Wasser rot ab. Ab und zu taucht ein kleiner schwarzer Kringel auf, er wirkt lebendig, vom Strudel erfasst.

Eine Maxi-Extra-Binde für die Nacht. »Nachts fließt es stärker«, hat ihre Mutter gesagt.

Papas Flugzeug lässt auf der Startbahn die Motoren dröhnen. Sie kennt das Geräusch in- und auswendig. Eine immer schriller werdende Stimme, die dann den Ton hält, ganz laut. Das Flugzeug zieht dicht über das Haus hinweg. Das ist der Gute-Nacht-Gruß ihres Vaters, wenn er am Wochenende nicht hier schläft. Eigens für sie macht er einen Umweg. Die Lichter durchstreifen den schwarzen

Himmel, sie blinken durch die Wolken hindurch. Beleuchten sie, und verschwinden.

Sie geht durch den Flur, ohne das Licht anzumachen, und achtet darauf, nicht auf die Kachelränder zu treten.

Leise öffnet sie die Tür zum Zimmer ihrer Mutter.

Sie weicht zurück, weil die Farbe merkwürdig ist. Im Dunkeln glitzert es pudrig.

Das Glanzpapier der Sträuße. Ihre Mutter hat die Blumen alle auf ihr Bett gelegt, es sieht aus, als wäre sie gestorben.

Sie nimmt leere Marmeladengläser und füllt sie mit Wasser, dann lässt sie's sein, es sind zu viele, totaler Blödsinn, all diese Blumen, die ihr Vater gekauft hat.

*

»Du wirst das große Tiersterben vermutlich noch miterleben«, sagt ihr Vater zu ihr. »Es wird nur noch Nutztiere geben. Essbare oder dekorative Exemplare. Überleben werden die Ratten und die Mücken. Und die Möwen.«

Er zeigt mit einer Dunhill angewidert auf das, was sich auf dem See noch rührt.

»Möwen sind nicht totzukriegen. Die können jede Luft atmen, auf jedem Wasser treiben, jeden Mist fressen. Die kommen sogar in Clèves zurecht.«

»Ich wollte ja gern am Meer leben. Aber deine Mutter wollte das nicht, weil in der Seeluft die Metallläden rosten.«

»Am Ende werden nur noch die Kakerlaken bleiben. Ihr Panzer ist ein Atomschutzbunker. Sie können ohne Wasser und Nahrung überleben. Unser Planet wird von Kakerlaken bevölkert sein, die in einer Wüste herumkriechen. Und weißt du was? Das wird keinen großen Unterschied machen.«

»Pass auf, mein Häschen. In den Silos sind genug Bomben, um den ganzen Planeten zu vernichten. Allein in der BRD befindet sich tausend Mal mehr Sprengladung als alles, was während des Zweiten Weltkriegs in die Luft gejagt wurde. Das reicht, um die Erde so richtig rotieren zu lassen. Die Dinosaurier sind schließlich auch untergegangen. Aber wir müssen es uns dann selbst zuschreiben. Zum ersten Mal seit Entstehung des Lebens wird man der totalen Selbstauslöschung nicht nur einer ganzen Art, sondern auch ihres Lebensraums beiwohnen.«

Er zündet sich eine weitere Dunhill an, während er den See betrachtet.

»Mein Pummelchen. Mein süßes Lämmchen.«

Seine höher werdende Stimme, die nervöse Stimme. Er packt sie am Hals und presst ihren Kopf unter sein kratziges Kinn.

»Auch unter diesem See gibt es vielleicht ein Silo. Und damit meine ich kein Maissilo. Lange Zeit dachte ich, von oben würde ich sie erkennen. Die Zeichen der Maya kann man nicht sehen, solange man wie ein Rindvieh am Boden klebt. Aber sobald man fliegt, sieht man ihre Landebahnen. Die vielen kleinen Teile, die unten nicht auszumachen sind. Ich dachte, vom Flugzeug aus würde ich die Silos erkennen. Aber ich habe sie nie gesehen.«

Auch unter der Schule (sagt sie) *gibt es vielleicht ein Silo. Oder unter unserem Haus.*

Der See wurde zum sprudelnden Geysir, aus dem langsam, schwerfällig eine lange Rakete hervorstieg, um die eigene Achse kreiselnd.

Er tat tiefe, knisternde Züge. Schmatzen, Rauch einziehen, dann langsam ausatmen. Eine weiße Welle, die in seinem Mund verschwand und wieder auftauchte, blasser geworden.

Monsieur Bihotz mag Tiere auch.

Den Stummel warf er immer ruckartig weg, mit einer Grimasse, als hätte er sich verbrannt.

»Ach was, mein Hase. Monsieur Bihotz mag seinen Hund.«

Er mag Igel. Und Enten.

»Ich mag Tiere nicht. Verstehst du? Aber sie existieren nun mal. Sie sind da. IN ECHT. Anders als Schoßhündchen oder Haushühner. Sie lassen sich nicht zähmen.«

»Kann ich dir fürs Leben wenigstens EINS beibringen? Kannst du mir einmal zuhören? Richtig zuhören? Monsieur Bihotz ist bloß ein olles Weib mit Schoßhündchen. Genau wie seine Mutter. Er ist in ihre Fußstapfen getreten.«

Er stieg aus dem Auto und lief am Seeufer entlang. Sie traute sich nicht, ihm zu folgen.

Er konnte Lulu wohl kaum ins Tierheim geben, brütete sie vor sich hin.

Er lief am Seeufer entlang, als befände er sich in einem Flughafen, von einer unsichtbaren Menschenmenge umgeben, als einziger mit einem festen Ziel, mit einer richtigen Funktion. Mit zusammengezogenen Augenbrauen, starrem Blick, anhaltendem Jetlag. Erwachsener als jeder Erwachsene.

Am liebsten hätte sie geweint.

Er stieg wieder ins Auto.

»Einem Wal, einem einzelnen Wal, weint man doch keine Träne nach. Man trägt ihn nicht zu Grabe. Sonst müsste man ein Loch machen, so breit wie die alte Bihotz.«

Sie rang sich ein Lachen ab.

»Wenn, dann aber alle Wale. Ein Planet, dem nur noch Massenrindhaltung und Schlachthöfe bleiben.«

Sie rückt näher an ihn heran, die Nase dicht unterhalb seiner Rippen, dort, wo es atmet. Der Rauch tritt ein und aus, mit jedem Herzschlag, eine große Maschine, weise und geheimnisvoll. Sie fühlt sich fast in Sicherheit und schlummert ein, erschöpft.

*

»Jetzt ist sie eine kleine Frau«, sagt ihr Vater zu Georges.

Georges betrachtet sie. Es kommt selten vor, dass die Erwachsenen sprachlos sind, besser gesagt, es ist ganz normal – ein Gespräch ist nicht möglich –, aber diese Art von Schweigen ist ihr vertraut.

»Das ist nicht zu leugnen«, setzt ihr Vater nach und betrachtet sie ebenfalls mit diesem gewissen Blick.

Georges betrachtet sie unterhalb des Kinns. Ihre Brustwarzen brennen. Als klafften dort zwei Augen auf, aber nur mit Mühe, blind und den Blicken anderer preisgegeben.

Bevor sie aufbrechen, rauchen sie noch eine und reißen leise Witze, sie scheint allerdings nicht gemeint zu sein (ihr Vater sagt, die Apothekerin ist *heiß*).

Ob alle Frauen das haben? Bei ihrer Mutter weiß sie's, die sagt »Scheiße«, wenn der Rock Flecken abbekommt –

taucht den Stoff schnell in kaltes Wasser und legt eine Aspirin-Brausetablette darauf. Ein *Trick*: Die Bläschen lösen das Blut auf. (»Eine Tablette fürs Blut«, sagte die alte Bihotz.)

»Beim ersten Mal konnte ich vor Schmerzen weder gehen noch stehen«, hat ihre Mutter gesagt.

»Jungs haben es auch nicht leicht«, hat ihr Vater gesagt.

Ob sich bei ihnen der Schwanz pellt? Sie hat von einem Jungen gehört, der operiert werden musste. Vielleicht ist es wie bei einer Schlange: Die Haut wächst nicht mit, sondern fällt allmählich ab, und manchmal bleibt die abgestreifte Hülle kleben?

Vielleicht entdecken sie in ihrer Unterhose blutige Hautfetzen?

Die Vorstellung, dass Jungs es genauso schwer haben, hilft ein bisschen. Sonst würde sie vor Wut nur so rasen.

Beim Gehen presst sie die Beine zusammen. Vor Schmerzen sieht sie lila Funken. Die Monatsbinde kratzt, klemmt sich ein. Völlig unmöglich, an etwas anderes zu denken.

Ihr Vater hat ihr von einer Frau namens Anne Chopinet erzählt, Jahrgangsbeste an der École Polytechnique. Und von einer Jacqueline Dubut, die als erste Frau Pilotin wurde. Eine Kollegin von ihm.

»Später kannst du auch Pilotin werden.«

Ob Jacqueline Dubut das hat? Wie kann sie sich auf die Steuerung konzentrieren? Ob Anne Chopinet das hatte, als sie über die Champs-Élysées defilierte und vor aller Augen die Fahne trug, hatte sie eine Binde zwischen den Beinen?

Wie soll der Klassenlehrer das verstehen? Dass man an dieser Stelle blutverklebt zur Schule geht, ohne zu wissen, wann es aufhören wird (weil sie das inzwischen begriffen hat: es wird nicht aufhören).

*

»Ich habe ihn noch nie mit einem Mädchen gesehen, noch nie. Und zwar seit wir hier eingezogen sind, als die Kleine geboren wurde und er noch seine Lehre machte.«

Ihr Vater trinkt mit Georges Rosé auf der Terrasse. Sie zeichnet Blumen auf die beschlagene Flasche. Die Tropfen bilden längliche Stiele.

»Wenn eine Mutter ihren Sohn nicht loslässt, wird er garantiert zur Schwuchtel. Und wenn sie dann stirbt, ist die Sache gelaufen.«

»Glaub mir (sagt Georges), ob Schwuchtel oder nicht, an deinem Bihotz ist was faul.«

»Ist doch keine Krankheit, eine Schwuchtel zu sein. Ist auch nicht unbedingt angeboren. Die Sache ist komplexer. Wenn du's genau wissen willst (führt ihr Vater weiter aus): Schwuchteln können supergut mit Kindern umgehen. Was soll er meiner Tochter schon tun? Er hat ihr die Windeln gewechselt, genau wie er seiner Mutter die Windeln gewechselt hat. Und selbst wenn er mal die Muschi meiner Tochter zu sehen kriegt, für ihn ist das doch nur eine eklige Ritze.«

*

Anatomisch gesehen hat das eine gewisse Logik, ihr Verstand sträubt sich nicht dagegen, wenn sie darüber nachdenkt, kommt sie zu folgendem Schluss: bei den Männern ragt ein Teil hervor, die Mädchen haben ein Loch. Das eine geht wahrscheinlich in das andere rein.

In Maupassants *Ein Menschenleben* steht: »Ein jäher Schmerz riss sie plötzlich entzwei; und sie fing an zu wimmern, sich in seinen Armen windend, während er sie mit Gewalt nahm.«

Das gibt ihnen die Mutter von Rose zu lesen. André Sallenave sagt, es geht durch den Bauchnabel, aber das ist kompletter Schwachsinn. Bloß dass es nach dem, was sie gesehen hat, auf alten Gemälden beispielsweise, nie im Leben reingehen kann. Jedenfalls nicht bei ihr. Das tut bestimmt höllisch weh, und es kommt nicht in Frage, dass man sie mit *Gewalt nimmt*. Mit Gewalt nimmt man eine Burg oder eine Stadt, jedenfalls ein Ding, springt ihr Verstand ihr bei.

Sie reibt sich von allen Seiten an diesem Satz, »während er sie mit Gewalt nahm«, und in ihrem Gehirn wird ein Schalter umgelegt, Strom freigesetzt: das, was sie zwischen den Beinen hat, will gleich die ganze Welt in Besitz nehmen.

*

Concepción gibt eine Fete, eine Silvesterfete.

Die Läden sind geschlossen und die Musik ist sehr laut und die Mutter von Concepción raucht in der Küche und ihre Tochter brüllt sie auf Spanisch an (offenbar soll sie nicht mehr ins Wohnzimmer kommen). Auf den Sofas knutschen alle.

Die Musik sagt: *früher oder später verliebt sich jeder, pumm pumm pumm, früher oder später verliebt sich jeder.* Sie nicht. Sie wird das nie erleben. Niemand wird sie küssen. Nie wird sie mit einem Jungen gehen. *Pumm pumm pumm.*

Raphaël Bidegarraï und Nathalie küssen sich mit der Zunge, als würden sie aus ihren Mündern Nacktschnecken essen. Concepción küsst einen der Lavinasse-Söhne. Sogar zwei Kleine aus der vierten Klasse küssen sich. Rose und Christian küssen sich zwar nicht, aber sie sitzen nebeneinander und unterhalten sich. Und alle anderen tanzen mit langsamen Bewegungen, die Taillen umfangen, die Köpfe an Halskuhlen geschmiegt.

Sie steht neben dem Plattenspieler und verlagert das Gewicht von einem Fuß auf den anderen. Die Musik ist unwiderstehlich, aber sie sollte lieber verzichten, sollte lieber das zehnte Glas Orangensaft trinken als ganz allein mit dem unsichtbaren Mann zu tanzen.

Der Schwanz ihres Vaters, darüber reden sie gerade, flüstern hinter Haarvorhängen. Der Schwanz ihres Vaters war weithin für alle sichtbar gewesen.

Alles und jedes dreht sich um diesen Schwanz, Mikrorille um Mikrorille. *Früher oder später verliebt sich jeder*, kreist um den kleinen Stift in der Mitte des Plattenspielers, *jeder, jeder*, keiner sieht sie an, aber jeder denkt daran. Der kleine Stift dringt in ihre Netzhaut ein und verdeckt den weißen, hüpfenden, unmöglichen Punkt, den Schwanz ihres Vaters auf der Kirmes um viertel vor zwölf unter dem Kirchturm, von dröhnender Musik unterlegt, *jeder, jeder, nur du nicht.*

Bliebe nur das Exil oder das Verschwinden, weit weg von diesem sinnlosen Dorf, das sinnloserweise an dieser Stelle der Erdkruste liegt und sich dreht, auch jetzt. Weit weg von diesem sinnlosen Körper, den niemand haben wollte, selbst wenn sie ihn feilböte, selbst wenn sie ihn gegen einen Hundekörper tauschte, würde ihn niemand wollen, nicht einmal, um den Ball zu werfen.

*

»Ritter Roland hat ein scharfes Schwert. Und wo ist das Schwert? Nicht in der Scheide. Sondern im Arsch!«

Das gibt Raphaël Bidegarraï zum Besten und Roland Boursenave bekommt vom vielen Lachen ein ganz verzerrtes Gesicht, die Augen einer fauchenden Katze.

»Schwuchtel!«, stammelt Roland.

»Arschficker! Heckpopper!«

Es gibt auch dieses Lied, letztens noch auf der Kirmes gehört: *Hab dich nicht so, hör auf zu zicken, wie soll ich dich sonst in den Arsch ficken.*

Was heißt Arschficker?

Monsieur Bihotz harkt gerade die Stelle unter dem Blumenrohr, dort, wo das Moos immer nachwächst, egal, was er dagegen unternimmt, dieses Moos ist echt außerirdisch, ob er es umgräbt, verbrennt, verbrüht, mit Salz, Säure, Natron oder Unkrautvertilgungsmittel traktiert.

Im Universal-Lexikon gibt es zwischen **Arsakide** und **Arschin** nur eine Lücke.

»Das ist ein sehr unanständiges Wort«, erklärt Monsieur Bihotz.

So viel hätte sie auch von ihren Eltern erfahren.

»Ganz besonders, wenn ein junges Mädchen es in den Mund nimmt«, fügt er hinzu.

Bisher bezeichnete er sie immer als »kleines Mädchen«.

Ihr fällt ein Märchen ein, in dem einer Prinzessin Perlen statt Wörter über die Lippen kommen. Sie spürt die kleinen harten Kugeln auf der Zunge, wie Kirschkerne, *putt, putt*, zwischen den Lippen.

Sie setzt sich auf seinen Schoß, um Hoppe Hoppe Reiter zu spielen.

Heute sagt er: »Hör auf.«

Was bedeutet Arschficker.

»Hör auf.«

Sie legt ihm die Arme um den Hals und achtet dabei auf die Zähne, auf das fleischfressende Spiel seiner Zähne.

Monsieur Bihotz steht jedoch auf, er ist kräftig und schwer, sie fällt fast hin. Er geht in sein Zimmer, und sie glaubt, jetzt kriegt er eine Kaffeekrise, aber nein, er kommt wieder raus, mit einem kleinen Kugelfangspiel.

Behutsam nimmt er die Kugel zwischen Daumen und Zeigefinger, wie ein zerbrechliches Ei.

»Das ist dein Arsch«, erklärt er.

Er wirft die Kugel hoch und sie landet gleich beim ersten Mal auf der Spitze.

*

Manchmal stecken Hunde ihr die Schnauze zwischen die Beine. Sie schubst sie weg, die Hand auf ihrem harten kleinen Schädel. Sie sind wie jüngere Kinder, harmlos und ein bisschen außer Rand und Band.

Wieder ein Sommertag, am Aufgang zum Dorfplatz sammeln sich die Hunde. Sie kommen und gehen, als gehörte die Straße ihnen. Sie durchschreiten eine Welt ohne Menschen, eine vierbeinige Welt mit beweglichen Ohren. Sie ist unsichtbar und geruchlos, sie ruft die Hunde, aber sie haben keine Namen mehr. Sie selbst ist bloß ein Hindernis, zwischen ihnen und dem, was sich dort drüben unter einem Baum befindet.

Unter dem Baum ist Lulu. Auf Lulu ist der Große Gelbe. Andere Hunde wollen Lulu besteigen, aber der Große Gelbe knurrt und schlägt die Zähne aufeinander. Alle hecheln und jaulen. Die meisten haben unter dem Leib einen glänzenden roten Schwanz. Die Runde der Hunde, die kommen und gehen, und der Große Gelbe, der unaufhörlich weitermacht, und das Hecheln und die Zungen und die Pfoten, die am Boden scharren und über Lulu, und überall der gleiche starre funkelnde Blick. Lulu wimmert und ihre Hinterläufe geben nach, sie setzt und erhebt sich unablässig, der Große Gelbe ist größer als sie, und die kleineren Hunde probieren es mit ihren kleineren Schwänzen, und Lulu sieht aus, als wollte sie und wollte sie nicht, hechelnd mitgerissen von etwas, das sich reihum ausgebreitet und in sämtlichen Augenpaaren eingenistet hat, gleichsam ein riesiges Auge unter dem Baum.

Sie bewirft die Hunde mit Kieselsteinen. Sie gibt ihnen Fußtritte. Sie schreit, aber nichts passiert, sie sind weiterhin die Hunde, für die sie nicht existiert, mit diesem Etwas, das vom Baum ausgeht, das sie mitreißt und einhüllt, etwas, das furchtbar erwachsen ist, althergebracht, etwas, das kein Spiel mehr ist.

Im Haus von Rose, hinter der Hecke, gibt es alles, was nicht die Hunde ist, es gibt Gebäck am Nachmittag, Musik und schicke Stiefel, es gibt weder Schwänze noch Blut noch Körperhaare.

Rose scheint in einer anderen Siedlung zu leben, einer Parallelsiedlung, zu der sie keinen Zugang hat, obwohl die Siedlung doch da ist, in Rufweite.

Man hört Wasser plätschern. Starke Spritzer und Sommerrufe, und das perlende Lachen von Rose und die schrillen Stimmen von Jungen aus ihrer Schule. Kopfsprünge wie Pistolenschüsse.

In ihrem Haus hingegen das Huschen von Schatten, und das Glöckchen am Eingang, es bimmelt, ganz ohne Wind.

*

Sie hat Schmerzen und die gehen nicht weg, ihre Mutter vereinbart einen Termin bei ihrer Gynäkologin.

Kilometerweit reifer Mais. Ein Werbeplakat mit einer Frau, die eine Flasche zwischen den Brüsten hält. Das gleißende Weiß der Genossenschaftssilos. Durch die offenen Fenster dringen vier heiße Luftströme, wirbeln ihnen tosend um den Kopf.

»Die Maschine springt jetzt an«, erklärt die Gynäkologin. Sie soll sich nackt auf ein Metallbett legen und die Beine spreizen. Sie soll sich entspannen, das hier sei ein

Jungfrauenspekulum. Sie verspürt einen kühlen Schmerz und will die Beine schließen, aber die Gynäkologin sagt, dass die Untersuchung bald vorbei ist, huch, ist das alles eng.

Während sie das Rezept ausstellt, redet sie mit ihrer Mutter über die Ankunft der Sommerurlauber. Über die Freundin von Georges, die ein Kind erwartet.

An der Promenade mietet ihre Mutter zwei Liegestühle. Sie legen sich hin, ihre Mutter im Bikini und sie in Bermudashorts. Letztes Jahr hat sie unten im Sand Burgen gebaut.

Ihre Mutter hat die Sonnenbrille aufgesetzt, streckt Augen und Mund dem Unsichtbaren entgegen. Das Licht blendet. Die Hotels und Kasinos stanzen den Himmel in große blaue Aufkleber.

Sie setzt ihre Vuarnet auf, ein Geschenk ihres Vaters. Die rot-weißen Kabinen, der Sandstreifen, die Körper, das Meer.

Jungen springen vom Mäuerchen, mit dem Surfbrett unterm Arm. In Schwarz gegossene Beine, muskulöser Oberkörper, lange blonde Haare, Angehörige einer anderen Spezies, unerreichbare Wesen, die Luft, die sie atmen, ist nicht die gleiche, nach der sie mühsam schnappt.

Die Frauen am Strand, in ihren so unterschiedlichen Körpern, haben die sie auch? Nicht hier, nicht jetzt (oder vielleicht doch, mit einem Tampon), aber allgemein, als Teil ihres Lebens? Ist es möglich, dass die Frauen sie haben und alle Welt so tut, als ob nichts wäre?

Das ist sicher gefährlich, das Blut, wegen der Haie. Man soll sowieso nicht im Meer baden, weil das Salzwasser starke Blutungen auslöst.

Kann ich ein Eis haben?

Ihre Mutter wendet sich ihr zu. »Von jetzt an bleibt alles, was du isst, an deinen Hüften hängen.«

Dann versinkt sie schlagartig wieder in ihrem Liegestuhl; mit demselben verzweifelten Ruck zieht sie die Träger ihres Oberteils nach unten, um Streifen zu vermeiden.

Am Horizont ist nichts. Weder Rückenflosse noch Walfontäne, noch Riesententakel. Obwohl zur Zeit im selben Meer, im selben Wasser neben den Badenden sagenhafte Tiere schwimmen.

Sie wirft nun auch den Kopf zurück, zum Himmel hin.

Ihr Liegestuhl kreiselt auf die gelbe Sonnenpastille zu. Etwas löst sich auf und setzt sich wieder zusammen, überlagert den Himmel mit weiteren Himmeln, etwas, das sie langsam in den Abgrund stürzt.

Die Zeit bildet ein langes blaues Band, gewellt, mit breiten Streifen für die kommenden Jahre – die Mittelstufe, die siebte, achte, neunte Klasse –, in Richtung Oberstufe werden sie schmaler und laufen dann zusehends blasser und verschwommener auf das Jahr 2000 zu. Danach werden die Streifen noch feiner, immer undeutlicher: ein watteweicher, unendlicher Himmel.

*

Sie schaut sich mit Monsieur Bihotz einen Western an.

Eine Squaw liegt gefesselt im Staub. Sie wird nur knapp von Pferden verfehlt, auf denen brüllende, behütete Cowboys reiten. Die Seile um ihren schmalen Körper spannen sich straff über dem Fransenkleid.

Sie würde das Bild gern anhalten, als Foto festhalten und immer griffbereit haben, es in Ruhe betrachten, wenn sie allein ist.

Die Squaw wurde gerade auf ein Pferd gehievt, der Cowboy klopft mit der flachen Hand kräftig auf die Kruppe, jii-cha! Wenn man es nur stoppen könnte, nicht den Fernseher, sondern diesen Galopp in ihr drin, dieses Pferd, das immer schneller wird und stürzt, ständig stürzt. Dem etwas entgegensetzen, dieser Raserei.

Vielleicht geht es in Wahrheit um Christian. In einer Ausgabe von *Jour de France* gibt es die Zeichnung von einer liegenden Dame und darunter steht: »Während sie von ihm träumt, überkommt sie ein köstlicher Schwindel.« Das trifft es genau. Während sie von Christian träumt, überkommt sie ein köstlicher Schwindel. Von Christian kann sie sehr lange träumen.

Davon, wie sie mit Christian spazierengehen wird. Wie ihr Haus aussehen wird (mit Kamin). Wie ihre Kinder heißen werden (Coralie, Aurélie, Athéna, Jennifer). Sie schmiegt sich an ihn, den Arm um die Taille gelegt, den Kopf in ihr Kissen gedrückt, zärtlich ihre Nackenrolle umfangend.

Sie reibt mit der flachen Hand knapp unterhalb der harten Stelle, dort, wo ihr Skelett aufhört und das weiche, dicke, warme Fleisch beginnt. Sie bleibt am Rand. Sie dringt nicht weiter vor, erst recht nicht in letzter Zeit, mit dem Blut. Sie reibt, mit kleinen kreisenden Bewegungen. Ein Knoten schwillt an und zieht sich zusammen, ein Mechanismus, der sich dort, wo Knochen und Fleisch aufeinandertreffen, leicht und wirksam in Gang setzen lässt, als wäre ihr Knochengerüst dazu bestimmt, mittendrin diese Knospung fleischiger Herzen zu tragen. Bilder ziehen vorüber, die Squaw auf dem Pferd und eine nackte Frau, kniend, im Katalog *France Loisirs* ihrer Mutter in der Rubrik »für Erwachsene«. Der Druck wird fast unerträglich, sie hält sich so lange wie möglich zurück, damit er sich dann schlagartig entlädt – darauf folgt eine vertraute Benommenheit. Sie wischt sich mit dem Laken ab und lässt sich vom Bild eines Pferdes forttragen.

*

Rose lädt sie ein, zusammen mit ihren drei Cousinen aus Paris an den Strand zu fahren.

Sie hat inzwischen wieder das beruhigende Gefühl, nur von Haut umhüllt zu sein, trocken und verlässlich bis in die Falten, ein verschlossener Sack, der sich jeder Körperregung anpasst und den man im Meer baden, unbekleidet der Sonne aussetzen kann.

Die beiden Mütter haben auf beunruhigende Weise die Stimme gesenkt. Sie könnte schwören, dass sie darüber reden, und die Mutter von Rose wirft ihr einen gerührten, besorgten Blick zu.

Tatsächlich gibt es ein Problem mit dem Auto. Für fünf junge Mädchen – Rose, plus Mutter, die drei Cousinen und sie noch dazu – zack, ist der R16 zu klein.

»Ich frag mal den jungen Bihotz, er ist so hilfsbereit, der junge Bihotz löst alle unsere Probleme.«

Die Sätze ihrer Mutter gleiten wie Schlittschuhe über die Welt. Nun scheint sie hier, im engen Laden, ein kleines Ballett zu vollführen, mit ein paar Pirouetten als Zugabe.

»Im Lieferwagen von Monsieur Bihotz, das wird ein Spaß!«, trällert die Mutter von Rose, die sich ebenfalls als Eiskunstlaufmeisterin entpuppt, von internationalem Format, mit ihren roten Stiefeln.

Obwohl sie schon um elf Uhr startklar waren (zehn Uhr spätestens, hatte Monsieur Bihotz gesagt), sieht der Strand bereits aus wie die Tagesdecke der alten Bihotz: kleine bunte Quadrate, dicht an dicht. »Wie lange haben wir gebraucht, Monsieur Bihotz?«

Monsieur Bihotz möchte lieber auf der Promenade bleiben. »Kommen Sie doch mit«, beharrt die Mutter von Rose, »je mehr, desto lustiger.« Sie zeigt auf die winzige freie Fläche, wo sie alle Platz finden sollen.

»Ein Glück, dass Mama mit uns zum Strand fährt«, sagt Rose (und dann kommt dieses peinliche Getue mit ihrer Mutter, sie geben sich einen Kuss auf den Mund, ein Küsschen).

»Wir (sagt eine Cousine, die große, das muss Sixtine sein) haben kein Meer, dafür haben wir die Seine.«

Wenn mein Vater das Flugzeug nach Paris steuert, geht er abends auf den Champs-Élysées essen.

»Du bist ja süß«, sagt die Mutter von Rose in einem merkwürdigen Ton, beinahe nachsichtig.

»Mein Vater ist Radiologe«, sagt Meredith. »Habt ihr auch ein Schwimmbad?«

Die drei Pariserinnen haben Pareos ausgebreitet, Rose und ihre Mutter Strandmatten, sie ihr Snoopy-Badelaken. Monsieur Bihotz hat ein grauenhaftes geblümtes Handtuch hervorgeholt, das in dem unteren Klo hing. Obwohl sie zu ihm den größtmöglichen Abstand hält, hat sie das Gefühl, vielleicht liegt es am Material, am Frotteestoff, sie *rieche* wie er.

Er hat seine blauen Shorts angezogen und das T-Shirt anbehalten, ein Segen. Er schwitzt stark, und das kleine Handtuch verschwindet fast ganz unter seinen Pobacken, wie ein Blatt Löschpapier. Sie vermeidet jeden Blick in seine Richtung.

Die Dreiecke auf Roses Brust sind voller, als sie gedacht hätte. Während Sixtine, die ihre Caprihose anbehalten hat und ein sehr hübsches Bikini-Oberteil trägt, fast genauso viel Busen hat wie die Mutter von Rose, aber sie geht in die siebte Klasse. Rose lüpft den Gummizug über dem Po, um die Bräune zu prüfen. Sixtine reibt ihre Schwestern mit der neuen »Ambre Solaire totale« ein. Sie sagt, Monoi-Öl bringt nichts, nur, dass man nach Kokosnuss riecht. »Kokosnuss, Kokosnuss!«, ruft Alma und lacht aus vollem Hals, aber sie geht in die dritte Klasse. »Es soll sich ruhig pellen«, meint die Mutter von Rose dazu, »das härtet die Haut ab.« Sie löst ihr Oberteil, um sich oben ohne zu sonnen.

Monsieur Bihotz richtet seinen massigen Körper so gerade wie möglich auf, um niemanden zu berühren, und gibt einen unhörbaren Satz von sich. Also wiederholt sie den Satz für ihn, als würde sie übersetzen: *Er geht sich ein Eis holen.* Monsieur Bihotz läuft tiefrot an und wiederholt seinen Satz lauter, zu laut, als wollte er den gesamten Strand ansprechen, so laut, dass die Nachbarn den Kopf heben:

»Ich gehe für alle Eis holen.«

»Für mich nicht«, sagt Sixtine. »Méré, Alma, wollt ihr Eis?«

»Das ist aber nett, Monsieur Bihotz«, wirft die Mutter von Rose hastig ein, »warten Sie, mein Portemonnaie.«

Doch Monsieur Bihotz stakst bereits in seinen Shorts, den Kopf wie ein römischer Kaiser erhoben, über die Matten, man muss ihm die Sorten zurufen. Zwei Kugeln Vanille für die Mutter von Rose. Aprikose-Birne für Alma. Kirsch-Nougat für Méré. Lakritze, wenn es kein Nougat gibt.

Sie rennt ihm hinterher. Pistazie-Schokolade für Rose. Für sie das Gleiche.

Das wird Sie ein Vermögen kosten.

Das Benzin hat er auch schon bezahlt.

»Davon redest du erst, wenn du dein eigenes Geld hast.«

Er steuert nicht den *Espace Ice-cream* an, sondern den Lopez-Laster. Monsieur Lopez erkennt ihn wieder und nimmt ihn vor den Sommerurlaubern dran. Sie plaudern. Die Sonne scheint. »Seid ihr zu zweit hier?« Monsieur Bihotz streckt den Arm ins Ungefähre, aber Monsieur Lopez sieht sie, sieht die vier Cousinen und die Mutter von Rose. Der lässt nichts anbrennen, der Bibi (anscheinend der Spitzname von Monsieur Bihotz), stimmt's?

Bibi nimmt für alle Vanille-Erdbeer-Softeis (für die Mutter von Rose zweimal Vanille). Bis sie wieder über die Menschenmenge hinweggestiegen sind, fangen die sieben Waffeltüten schon an zu tropfen. Sie müssen zum Lecken kurz stehenbleiben, schnell, schnell. Und sie lachen wie daheim, als wären sie allein unter der Sonne, als wäre er beispielsweise ihr großer Bruder (denkt sie) und nicht dieser Yeti, der nirgendwo hinpasst.

»Herrlich ist das hier«, sagt Sixtine und lehnt ihr Eis ab. »Ihr habt alles gleich vor Ort. In Paris muss man kilometerweit fahren, um das beste Eis zu kriegen, und dann wieder kilometerweit für den besten Tee. Hier ist doch alles in derselben Straße, oder? Habt ihr auch ein Cacharel-Geschäft?«

Die Mutter von Rose schlägt vor, schwimmen zu gehen, aber Sixtine sagt mit einem verschämten und verschnupften Schmollen, dass sie unpässlich ist. Die Mitteilung wird mit andächtigem Schweigen aufgenommen. Die Mutter von Rose steht auf. Sie hüpft von einem Bein auf das andere, weil der Sand glühend heiß ist. Ihre Brüste sind rund und weiß wie zwei Kugeln Vanille, die Bastmatte hat rosa Streifen hinterlassen.

»Wollen Sie nicht mitkommen, Monsieur Bihotz?«

Monsieur Bihotz' Kopf sagt nein und seine Füße ja.

»Aber Sie können doch bestimmt ins Wasser, Monsieur Bihotz?«

Rose und die Cousinen brechen in fassungsloses Gelächter aus.

Die Mutter von Rose schwimmt schnurstracks los, im makellosen Kraul, taucht unter die Wogen, als wäre das Meer nur ein lächerliches Hindernis zwischen ihr und Amerika, taucht in immer größerer Ferne wieder hervor, von ihren Stiefeln befreit, die hier stinken, unter der Sonne. Rose und Sixtine flüstern miteinander, hinter einem Vorhang aus Haaren. Monsieur Bihotz hat sich auf den Bauch gedreht, die Arme an die Seiten gepresst, seine riesigen Füße dicht am Hintern von Rose. Im Bemühen, mit seinem großen Körper möglichst wenig Platz einzunehmen, besetzt er sein Fünfmilliardstel Erdkruste: in diesem Fall brennend heißen Sand.

Sie würde gern, wie die Mutter von Rose, schnurstracks im feuchten Element davonschwimmen. Sie würde gern glauben, dass zwischen dem Meer und ihr ein ganz besonderer Pakt besteht, der den Rest der Menschheit ausschließt. Aber sie hat (von der Tatsache abgesehen, dass sie nicht richtig schwimmen kann) das Gefühl, dass sie Monsieur Bihotz retten muss, hier, an Land. Zwischen den Spitzen dieses Dreiecks, Rose, Sixtine und Monsieur Bihotz, erahnt sie einen dringenden Hilferuf.

Er hat den abwesenden Blick seiner Kaffeekrisen. Wird von einem unmerklichen Zittern erfasst, als versuchte er, sich nicht zu bewegen.

Rose und Sixtine sind rot vor mühsam unterdrücktem Gelächter. Sixtine sagt nichts, und als Rose zu sprechen anhebt, versteckt sie sich in ihrem Pareo.

»Er kriegt einen Ständer«, haucht Rose, und dann will sie ebenfalls den Kopf vergraben, aber in ihrer Bastmatte klappt das nicht so gut.

Sixtine flüstert eine Geschichte, die sie in der Metro erlebt hat – die Geschichte ist für Rose bestimmt, aber sie ist trotz Meer und Kindergeschrei gut hörbar –, von einem

Mann, der sich an sie drückte, und sie konnte nicht erkennen, ob das Harte sein Aktenkoffer war oder etwas anderes, das ist das Problem bei öffentlichen Verkehrsmitteln. Sie hat sich bei ihrer Mutter beschwert, die sie seither überall hinkutschiert. »Das ist ja ekelhaft«, sagt Rose voller Mitgefühl, »einfach widerlich, wie furchtbar, ich werde niemals die Metro nehmen!«

»Monsieur Bilost!«, ruft Sixtine ganz unvermittelt. »Monsieur Bilost!«

Monsieur Bihotz verdreht den Kopf.

»Monsieur Bilost, hätten Sie vielleicht Lust, mit uns Beachvolleyball zu spielen?«

Rose schaut Sixtine an, als wäre sie auf wundersame Weise verrückt.

Doch da kommt ihre Mutter zurück, greift nach einem T-Shirt, um sich notdürftig abzutrocknen. Ihre blendend weißen Zähne reflektieren unter den Bo-Derek-Zöpfchen das Sonnenlicht. Sie winkt einem Rettungsschwimmer einen feuchten Gruß zu.

Monsieur Bihotz geht schließlich ins Wasser. Ganz allein.

Auf der Rückfahrt dösen sie vor sich hin, in den überhitzten Schatten des Lieferwagens gezwängt. Die Sonne trifft auf die Rückspiegel, zwei viereckige Lichtflecken springen über die Wände.

»Was haben Sie für Musik dabei?«, fragt die Mutter von Rose, sie liegt förmlich auf Monsieur Bihotz, während sie in den Kassetten wühlt und an allen Seiten anstößt und lacht und ruft »SEHT MAL, MÄDELS, DIE PYRENÄEN«, unterlegt von *cherche ton bonheur partout refuse ce monde egoï-iste.*

»Das sind sehr schöne Silos (fährt sie fort), typisch für die Architektur der Zwischenkriegszeit, achtet mal auf dieses Stufendach, darin drückt sich die ganze Genossenschaftsbewegung aus, das Gebäude an sich verkörpert die Hoffnung, den Zusammenhalt.«

Die Sonne gleitet von einem Rückspiegel zum nächsten, Landschaft, Straße, Himmel, Pyrenäen drehen sich langsam im Wageninneren, eine gezackte Lichtgirlande, die in den Kurven aufblitzt, die Stirn von Roses Mutter erhellt, sich diese Stirn, diese Augen einverleibt und dann im Schatten zurücklässt, während ihre Schenkel und das Handschuhfach und die ganze Windschutzscheibe und die darin gespiegelten Gesichter aufleuchten, die beiden kleinen schlafenden Cousinen im Fond, Rose verträumt, Sixtine verärgert, weil es zu heiß ist, die Mutter von Rose entzückt, weil ihr plötzlich etwas eingefallen ist, Monsieur Bihotz, der zum Lied die Lippen bewegt – und noch jemand, das junge, runde, rote Gesicht eines Mädchens, das in der Mitte sitzt, erstaunt und beharrlich schauend, zarte Schultern und blauer Badeanzug über zwei spitzen Brüstchen, das im Rückspiegel zu erspähen versucht, wer das sein mag, inmitten dieser sechs anderen Gesichter, wer außer ihnen sechs und Monsieur Bihotz noch im Lieferwagen ist, bis ein scharfer Lichtstrahl von Westen das Bild sprengt und sie endlich versteht – ihr blauer Badeanzug, ihre kleinen Brüste, ihr Gesicht, Solange, das ist sie, Solange, ich mit dem Namen Solange bin das im Rückspiegel, ich komme mit meinem zehnjährigen Körper vom Strand zurück, ich warte mit den Pyrenäen im Hintergrund auf die Zukunft.

II

Es tun

Ein paar Sommer später fängt der gleiche Sommer wieder an. Mit etwas volleren Brüsten.

Nathalie erzählt ihr, dass Raphaël sie befingern will. Soll sie sich darauf einlassen?

Das kann ich dir nicht sagen (antwortet sie auf gut Glück).

Sie spielen Mastermind. Die Sonne ist ländlich, gelb und grün, ausweglos.

Sie sieht klebrige Finger, ausgestreckte Finger, wie die Stinkefinger der Jungs.

Cool bleiben. Ja nicht verklemmt wirken.

»Glaubst du, man ist danach noch Jungfrau?«, bohrt Nathalie weiter.

Eine Meinung äußern. Ein Finger ist doch kleiner als ein Schwanz, oder?

Nathalie hat ihr selbstgebackene Cookies mitgebracht. Ihre Fingernägel sind schwarz vor Schokolade. Lieber sterben als welche zu essen.

»Ich mach mich nämlich nass«, bekennt ihre zuckerbackende Freundin.

Dabei hat sie doch schon so viele coole Sachen getan, mit Zunge geküsst und sich an die Brüste fassen lassen und all so was.

Sich nass machen – bedeutet das etwa *auch* Angst haben?

Und wie viele Löcher sind es insgesamt? Kommt man unterm Strich in alle rein? Kommen die *Jungs* in alle rein? Und machen sich die Jungs auch nass?

*

Am Waschplatz, der zum Brunnen umfunktioniert wurde, trinkt eine Gruppe von Jakobspilgern aus den mitgebrachten Schalen.

Warum muss sie, wenn ihr Vater doch bis nach Paris fliegt, warum muss sie hier wohnen?

Die Sprache hängt über dem Haus wie eine Wolke. Ein Wort würde genügen, um eine Katastrophe herbeizuführen, ein Desaster, eine zertrümmerte Boeing.

Aber Clèves ist doch sehr hübsch (sagt ihr Vater). Mit dem Rokoko-Schloss. Den Fachwerkhäusern. Der Wassersportanlage, den Surfbrettern. Dem Maronenkuchen. Dem Zinnfigurenladen. Der Marienstatue. Dem Kletterfelsen, der Besucher anlockt.

Der Apothekerin, fügt jemand hinzu - niemand, kann gar nicht sein. Das ist die Stimme in ihrem Kopf, sie spricht die Dinge aus, die sich in der Wolke zusammengeballt haben.

Unter dem Gewölbe versammelt sind Christian auf seinem Mofa, Rose und Sixtine, Nathalie und Delphine (die, die im Schloss wohnt) und Raphaël Bidegarraï. Raphaël raucht eine Zigarette, ziemlich dreist, so mitten im Dorf. Er hat einen dünnen schwarzen Schnurrbart und Pickel. Christian zieht ihn auf, weil er mit Peggy Salami geht.

»Loch ist Loch, und mein Schwanz hat keine Augen«, bringt er zu seiner Verteidigung vor.

Sixtine trägt eine 501 mit Armeegürtel unter einem XXL-T-Shirt mit aufgerollten Ärmeln; als hätte sich ihr zarter Körper mit abgelegten Männerkleidern begnügen müssen, aus denen, umso graziler, ihre schmalen braungebrannten Arme ragen. Ihre Ballerinaschuhe lassen ihre Füße unter dem ausgefransten Saum praktisch verschwinden. Ein unerhört langbeiniges Mädchen, das wie auf Flügeln dahinschreitet: keine Zehen, keine Nägel, kein Gewicht. Und sie in Jogginghose, auf dem Fahrrad, mit ihren riesigen Turnschuhen, die nicht mal von Stan Smith sind …

Rose zufolge hat Sixtine es getan. Macht das ihre Wirkung aus? Ihre körperliche Erscheinung, ihre Haltung? Vermutlich ist es genau umgekehrt: *gerade weil* sie diese Ausstrahlung hat, diese Klasse, konnte sie es tun.

Die Pilger sind gebannt. Schon klar, dass die Blicke nicht ihr gelten, dem rotbackigen Landei – oder bloß verstohlen –, was hat dieser alte Kerl denn? Klebt ihr was an der Nase? Fehlt nur noch, dass er ein Foto von ihr macht, während sie die Zinnfiguren ihrer Mutter feilbietet und Maronenkuchen mampft.

»Fahrradfahren strengt an. Da wird einem heiß«, ruft er ihr vor aller Augen zu.

Sie wird knallrot. Schämt sich, schämt sich in Grund und Boden.

Und später, als sie am Steilhang absteigt, wo sich immer Hunde tummeln, sieht sie tatsächlich den seligen Narren mit seiner Plastikmuschel wieder, und vor Verlegenheit fängt sie an, die Hunde zu streicheln.

»Zu ihnen bist du also nett«, sagt der Pilger, »und was ist mit mir? Willst du zu mir nicht nett sein?«

Sie stürmt auf das Haus von Monsieur Bihotz zu, lässt jeden Stolz fahren.

*

Rose hat es auch getan. In England. Mit einem Kerl, den kennst du nicht. Sie weigert sich, ihr die Details zu erzählen, aus Feingefühl, wir sind doch wie Schwestern, aber Nathalie, die es ihr weitererzählt, hat von Rose gehört, sie habe die Zähne zusammengebissen und darauf gewartet, dass es vorbei ist. Am Anfang sei er nicht reingegangen. Und dann sei er auf einen Schlag rein, ganz schlimm. Als hätte man sie von innen aufgerissen. Danach war überall Blut. So viel, dass sie zum Waschraum rennen musste, mit umgewickeltem Handtuch, und das Blut SCHOSS nur so aus ihr heraus. Auch sein Schwanz war voller Blut. Er hat sich abgewischt und ihr durch die Tür zugerufen, es sei alles in Ordnung, das Blut stamme nicht von ihm. Zwei Tage lang hat sie so weitergeblutet und sich nicht getraut, es jemandem zu sagen. Und dann hat es aufgehört, aber es tat noch weh. Sie hat überlegt, ob sie ins Krankenhaus gehen soll, um das Ganze vielleicht nähen zu lassen, aber wie hätte sie das in England zur Sprache bringen können.

»Rose ist bestimmt frigide«, vermutet Nathalie.

Concepción meint, wenn man verliebt ist, tut es weniger weh. Und Delphine meint, wenn die Regelblutung nicht so stark ist, blutet man gar nicht oder nur ganz leicht.

*

Der englische Brieffreund von Rose heißt Terry, und er ist für zwei Wochen hier.

Ein außerirdisches Wesen. Zwanzig Zentimeter größer als alle im Dorf, und seine Haare sind so blond, seine Augen so hell, dass man ihn für einen Besucher aus dem *Dorf der Verdammten* halten könnte.

Sie übt die Aussprache von *Terry*, das T feucht, das r ganz sanft. *Terry*, zwischen beiden Silben lässt sie Luft, so sanft und elegant wie möglich, das i am Schluss nur noch ein

Hauch. Sie übt vor dem Spiegel, *Terry*. Danach sagt sie *Christian*.

Terry. Christian.

Wie soll sie sich entscheiden? *Nein, Terry, nicht,* murmelt sie in den Spiegel, seine Küsse abwehrend. Dann hält sie lange Christians Hand und leidet mit ihm wegen dieser unmöglichen Entscheidung. Sie küsst ihr Spiegelbild, das ist *Christian*, das ist *Terry*. Sie küsst ihren Handrücken, das ist wärmer, wirklicher, ihre Armbeuge, mit der Zunge, dabei legt sie sich den anderen Arm um die Taille.

Sie darf bis halb eins auf die Kirmes gehen (hat eine halbe Stunde länger ausgehandelt, unter der Bedingung, dass sie stets bei Rose und Nathalie bleibt). Sie hat ihrer Mutter vorgeflunkert, dass sie bei Monsieur Bihotz übernachtet, und Monsieur Bihotz, dass sie zu Hause schlafen wird.

Rose lässt Terry drei Schritte vorgehen. Theatralisch verdreht sie die Augen: »Er sieht zwar toll aus, ist aber eine richtige Klette!« Auf ihr Lachen hin dreht er sich um: »Uas hast duh gesagt?«

Vor lauter Lachen müssen sie unter einer Platane stehenbleiben. Unter der Platane steht ein Typ, er raucht und geht in die Oberstufe und er spielt Bass und gibt Rose und Nathalie Küsschen.

Und sie, sie steckt die Hände in die Taschen ihrer Jeans. Aber das sieht doof aus. Die Arme einfach hängen zu lassen, ist noch schlimmer. Sie schaut auf ihre Schuhe, ihr

Sommerpaar, von La Redoute, braun, damit sie zu allem passen.

Der englische Brieffreund ist auch komisch ausstaffiert, aber vielleicht besteht genau darin das Englische. Wenn er mit dem Flugzeug hergekommen ist, kann er sich bestimmt auch angesagte Schuhe leisten.

Je mehr sie ihn betrachtet, desto schöner ist er. Besser gebaut, *männlicher* als die hiesigen Jungs, obwohl er schüchtern wirkt. Ein richtiges Kinogesicht. Ein Anflug von Verzweiflung und Melancholie.

Sie betrachtet seinen Mund, *Terry*, seine Oberlippe. Immer meint man, dass er gleich etwas sagen wird, aber nein; diese Lippe bebt unablässig – sie ist ganz gerade, ohne die gewöhnliche Einbuchtung –, wie sie sich spannt, blond umschattet, über makellose Zähne gleitend, die sie abwechselnd bedeckt und entblößt ... Sie pfeift auf Rose und Nathalie, sie pfeift sogar auf den Bassisten, der sich mit ihnen unterhält, sie könnte ewig so verharren und die Oberlippe des englischen Brieffreunds betrachten, *Terry*.

»Na, ihr fetten Schwuchteln«, grüßt Raphaël Bidegarraï in die Runde. »Hey, bald bist du eine richtig heiße Schnecke.« Er will ihr den Hintern tätscheln, zur persönlichen Begrüßung, aber sie springt beiseite und Nathalie grölt vor Lachen: »Du hast vielleicht ein Gesicht gemacht!« Was für ein Gesicht, was hat sie für ein Gesicht gemacht? Ein beleidigtes Gesicht wie ihre Mutter? Das Gesicht einer gezierten Pute, obwohl Raphaël es nur als Spaß meint, wenn man ihn näher kennt, ist er ein sehr netter Kerl.

Im Schwimmbad, damals in der Fünften, als er sie an den Beckenrand gedrückt und seine Hände auf ihre Brüste gepresst hatte und sie vor Verblüffung wie gelähmt war – mit einem kräftigen Fußtritt hätte sie sich befreien können, sie hat diese Szene in Gedanken tausendmal wieder ablaufen lassen – und jetzt steht derselbe Raphaël vor ihr, mit denselben Händen – die eine nachlässig die Kippe haltend, die andere in der Jeanstasche. Sein anerkennender Blick, sein Kennerblick. Angeblich geht er mit den begehrtesten Mädchen der Oberstufe.

»Was machst du so?«, fragt er sie und hebt das Kinn, um den Rauch auszublasen.

Sie ist unschlüssig: was sie demnächst macht (in die Zehnte versetzt werden) oder was sie hier macht, in der Gegenwart, jetzt gleich, ein Mädchen sein, die Kirmes besuchen, die gleiche Kirmes, auf der ihr Vater seinen Schwanz zur Schau gestellt hatte – was sie macht?

Sie nimmt sich vor, ernsthaft zu antworten, ehrlich (ihr ist aufgefallen, dass man interessant wirkt, wenn man seine ehrliche Meinung äußert). Sie beugt sich leicht zu ihm: »Ich möchte mit dem Engländer gehen.«

Raphaël sieht Terry an. Dann sieht er sie an.

Er verkündet sein Urteil:

»Man muss in seiner Liga spielen.«

Hält er sich etwa für genauso attraktiv wie die Mädchen, mit denen er geht?

Für eine Retourkutsche ist es zu spät.

Hast du mal in den Spiegel geguckt?

Schönheit ist nicht alles.

Meinst du deine Schwachsinnsliga?

So wie du damals mit Peggy Salami?

Sie ist kein bisschen schlagfertig. Sie ist eine Null.

*

Christian sagt, davon kriegt man Krebs, aber dann nimmt er doch eine und Nathalie auch und sie auch. Ihr Vater hat sie bereits an einer Dunhill ziehen lassen, damit sie gar nicht erst auf den Geschmack kommt. Sie lässt die Hand an der Jeansnaht herunterhangen, Rauchen, das tut sie schon ein Leben lang.

Keiner hustet.

Kinder bespritzen sie mit einer Wasserpistole, Nathalie schimpft ihnen hinterher. Am Karussell streiten sich andere Gören um das Flugzeug, das rauf- und runtergeht.

Und dann geschieht das Wunder, dass Terry ihr zu verstehen gibt, er möchte mit ihr schprekken.

Sie setzen sich ein wenig abseits. Terry ringt offenbar um Fassung und die richtigen Worte, gar nicht so leicht in der Fuemdschprakke. Knallfrösche platzen, er zuckt zusammen, sie lachen beide. Er sagt irgendetwas über Uose – sie hört ihn nicht, wegen dem Lärm.

Rose ist das Letzte, worüber sie sprechen möchte – soll er aber ruhig sprechen, so viel er mag, soll seine Oberlippe rauf- und runtergehen, das ü klingt wie *u*, lauer Atem entweicht diesen stetig geöffneten Lippen – soll er sprechen, soll er über Uose sprechen, die guausam ist und ihn imm, was, immör ignowiert.

Heftige dumpfe Stöße aus dem Schuppen, an den sie beide lehnen, wie Nachbarn, die sich beschweren. Dicke Nachbarn. Das ist die Zirkusmenagerie, die zu jeder Kirmes wiederkommt. Als Kind ist sie mit Madame Bihotz hingegangen, es gab einen alten Löwen mit demselben beigen Flies wie der Boden im Zimmer ihrer Eltern, ein wolliges Kamel und einen Seebären, der sich sichtlich unwohl fühlte. Tieren, die derart fehl am Platz sind (»Uoas ist diese Kraak?«), muss das Dorf vorkommen (»Schprikt Uose mit dir uber mik?«) wie eine weitere enttäuschende Etappe auf dem langen Heimweg, den man ihnen vorgaukelt, weder Savanne noch Steppe, weder Wüste noch Meer. Sie sollte es endlich wagen – Uose, Uose, er redet immer nur von Uose –, sich ein paar Minuten konzentrieren – einen Jungen küssen, mit einem Jungen gehen, mit ihm oder einem anderen, lieber mit ihm als mit einem anderen. Und egal was kommt, dieser Terry wird das Dorf wieder verlassen, und egal was kommt – fällt ihr plötzlich ein –, auch sie wird das Dorf eines Tages verlassen.

Ihre Lungen füllen sich mit Luft. Luft von oberhalb der Kirmes und des Zirkus und der Wolken, Steppenluft, Milchstraßenluft.

Möchtest du mit mir gehen? fragt sie ihn klipp und klar und hyper-deutlich, viel klarer und deutlicher als sie gedacht hätte (gedaakt).

»Geyn«, wiederholt er, »sikker, geyn, gute Idee.«

Er entfaltet seine ganze britische Größe, sie reckt den Hals wie eine Giraffe, aber es passiert nichts.

Sie gehen.

Sie gehen, na ja, von der Kirmes weg, aus dem Dorf raus. Er läuft sehr schnell, sie trottet hinterher.

Dabei hat sie den Eindruck, dass man auch im Englischen *go out* für Küssen sagt.

Sie laufen am DynaFit vorbei. Sie laufen am Teppich'Spar vorbei. Sie laufen am Schrottplatz und an der Kiesgrube vorbei. Das *out* nimmt riesige Ausmaße an, das Missverständnis hat kein Ende, das *out* breitet sich am Dorfausgang aus, umfasst die Silos, den Wald und die Hügel, reicht bis zum schwarzen Himmel und zum Horizont.

Sie laufen weiter, er vorneweg, sie hinterher. Die Wiesen verschwinden unter grauem Nebel, der auf die Straße übergreift und knapp kniehoch aufsteigt, als zerstäubte der Planet, um in die Nacht einzugehen. Hu hu der Eulen in den schwarzen Bäumen. Das rosa-grüne Leuchtschild des Milord kommt in Sicht, Zylinderhut und Gehstock aus Neon.

Sie schließt zu ihm auf, schweißgebadet und mit großen Schritten, Hu Hu: um sich in seine Arme zu schmiegen, vielleicht? Oder einen Schwächeanfall, Unterzuckerung vorzutäuschen? Milord schwingt Stock und Hut. Ein Lebewesen raschelt im Gebüsch, ein Fuchs vielleicht (eine Fuks)? Sie greift nach seinem Arm, er stolpert, sie stoßen zusammen, »O, hast du dik wehgetan?«

Sie gibt auf.

Lass uns einfach ins Milord gehen, beschließt sie.

Als täte sie das schon ein Leben lang, genau wie das Rauchen.

Mädchen zahlen keinen Eintritt, Jungs aber doch. Sie lässt ihn das allein aushandeln und bestellt einen Malibu-Ananas mit Strohhalm. Es ist kaum etwas los. Eine Tanzfläche, leer, darüber dreht sich eine Discokugel.

Er bestellt eyne Bär, eyne Bär, *ein Bier*, übersetzt sie. Berauschend, einen Nachtclub zu besuchen. Und das in Begleitung, so dass die paar anwesenden Hanseln annehmen müssen, sie wäre mit diesem Prachtkerl zusammen. Die Musik ist wahnsinnig laut. Sie geht ein bisschen tänzeln, mit dem Glas in der Hand, dem Strohhalm im Mund. Die Bodenkacheln leuchten auf wie im Video zu *Billie Jean*.

»Wie heißt du?«

Ein Typ bewegt sich im Takt auf sie zu.

Charlotte.

Seit ein paar Wochen ist das ihr Lieblingsname.

»Was?«

Charlotte!

Aus einem Song, den sie über alles liebt. Auf der Schultoilette toupiert sie sich die Haare wie der Sänger, und Nathalie malt sich sogar schwarzen Kajal unter die Augen, so wie er.

»Voll die Härte, der Name! Und wo kommst du her?«

Aus Clèves!

»Und da bist du nicht auf der Kirmes?«

Die ist voll öde!

»Die Kirmes ist voll öde?«

Ja, voll öde!

Das bringt ihn zum Lachen, sie hat keine Ahnung, warum.

Er ist etwa Mitte Zwanzig. Ein Dutzendgesicht (wie ihre Mutter sagen würde). Aber muskulös unter dem T-Shirt mit Wolfsmotiv (Monsieur Bihotz hat das gleiche). Er ist Feuerwehrmann (brüllt er), er ist mit zwei Kollegen hier, um seinen Junggesellenabschied zu begehen.

»Ich heirate morgen!«

Gratuliere!

Terrys Anwesenheit, dort an der Bar, macht sie mundfertig. Zumindest etwas flinkzüngiger.

»Ist das dein Freund?«

Nein!

Der Feuerwehrmann wirft einen letzten Blick auf den Engländer und brüllt dann wieder, aus Leibeskräften:

»Gibst du mir einen Kuss, zur Feier des Tages?«

Jetzt ist es so weit. Jetzt passiert's. Wenn der Club nicht in Flammen aufgeht, wenn Monsieur Bihotz nicht axtbewehrt hereinstürmt oder ihr Vater mitten auf der Tanzfläche landet, ist es so weit, sie wird *mit einem Jungen gehen.*

Und vielleicht mehr, vielleicht wird sie weiter gehen, weil zwei Hände sie am Hintern packen, sie in die Wolfsmangel nehmen, zwei Hände sie stemmen, ohne länger auf den Takt der Musik zu achten, ein zunehmend größeres Gesicht hält auf sie zu und der Wolf fängt an zu schielen und der Mund trifft auf ihren Mund – es fühlt sich trocken und lau an, etwas rauh, sie öffnet den Mund und die Hände packen fester zu und ein unglaublicher Strom entlädt sich zwischen ihren Beinen, geht ihr durch Po und Nieren, auch ihr Mund verflüssigt sich und ihre Zunge dringt in den Mund des großen Körpers, der mit harter, spitzer Zunge reagiert, er küsst nicht so, wie sie es gern hätte, aber das spielt keine Rolle, ihr ganzer Körper ist von diesem Strom erfüllt und eine Hand lässt ihren Po los und gleitet unter ihr T-Shirt, an einer Brustwarze wird gezupft und gespielt, der gewaltige Strom beginnt zu strudeln, drängt danach, sich in etwas anderes zu verwandeln, das genauso strahlt und vibriert, und ihre eigenen Hände greifen und graben und tasten und suchen – »Oh, Charlotte«, sagt der große Körper.

Nicht gerade verzückt; eher so, wie man ein Pferd zügelt. »Oh, Charlotte«, wie eine Stute.

Sie reißt sich zusammen. Ein bisschen Haltung bitte. Tänzelt in den Armen des Feuerwehrmanns. Er riecht nach Schweiß und Tabak, sie hat noch den Likörgeschmack im Mund. Die Musik schmettert und die Kacheln blitzen im Takt. Er sagt: »Du willst es doch auch. Komm« oder »Tu nicht so fromm«. Sie versteht ihn kaum, und so kommt es, dass sie sich im Krebsgang auf einen Pfeiler zubewegen (»Hier lehn dich an«?), hinter dem es ziemlich dunkel ist (»Ich nehm dich ran«?), und eine Feuerwehrmannshand in ihr Höschen greift (»Stell dich nicht an«?) und ein Feuerwehrmannsfinger, verblüffend, in ihre Scheide gleitet (»Du brauchst 'nen Mann«?). Jetzt wird sie Tampons benutzen können.

Peinlich ist das schon. Sie versucht, sich freizuwinden, unhörbare Sätze, er küsst sie und dringt weiter vor, seine Hand klebt an ihrer feucht-saugenden Scheide, echt peinlich, aber egal, wenn es ihm gefällt, soll er ruhig weitermachen – genau so, ja –, sie traut sich nicht mehr, selbst aktiv zu werden, und so klammert sie sich an seine Schultern, er reibt sich an ihr, reibt die Beule in seiner Jeans, er öffnet den Reißverschluss und genau da setzt das Tum tum tum von *Billie Jean* ein.

Das ist ein Zeichen! Ihr zweitliebster Song.

Gemeinsam verleben sie einen einzigartigen Moment, ihren ersten Kuss im Zeichen von Michael Jackson, tum tum tum! Bei diesem Song *muss* sie einfach Füße und Hüften bewegen. *Ich kann nicht anders!* brüllt sie lachend, sich loslösend, tanzend, aber er hält sie zurück, er hält sie wirklich zurück, schreit etwas, das sich anhört wie »Ist das ein Scherz?« (»Machst du jetzt Terz?«; »Hast du kein Herz?«), und sein Schwanz blinkt im Wechsel von Schatten und Licht aus der Jeans hervor.

Billie Jean she's not my love tum tum tum.

»Ik habe dik uberall gesukt«, sagt Terry praktisch ohne Akzent, »what did you do with that guy, what the fuck did you do with that guy?«, am liebsten würde er sie schütteln. *Er ist Feuerwehrmann*, sagt sie zu ihrer Rechtfertigung, bei einem Feuerwehrmann ist man doch sicher, wie sagt man Feuerwehrmann auf Englisch.

Ob die Leute sie ansehen? Ob jemand sie auslachen wird? Auf der Tanzfläche ist niemand, an der Bar hocken vier oder fünf Gestalten und der Feuerwehrmann ist weg.

Bäume und Felder. Tum tum tum verhallt, Hu hu im Geäst, gedämpfte Nacht. In ihrem Kopf hämmert noch die Basslinie. Liegt vielleicht am Malibu-Ananas. Ihr Höschen wird kalt, während sie neben Terry einhertrottet, ein komisches Gefühl.

*

Es ist bestimmt schon drei, als sie wieder im Dorf ankommen und bei dem, was von der Kirmes übrig ist. Christian sitzt an sein Mofa gelehnt, angeblich hat er sich übergeben. Rose ist wutschnaubend nach Hause gegangen, »der übelste Abend, den sie je erlebt hat, die wird dich richtig zur Sau machen« (verheißt ihr Nathalie, deren Kajal verschmiert ist und deren Eltern da sind, drüben beim noch geöffneten Getränkeausschank, mit Georges, dem Freund von Papa).

Die Band spielt *Que je t'aime*, die Sängerin hat die gleiche Frisur wie Boy George. Sie will nicht von Georges gesehen werden (dem Georges ihrer Eltern).

Terry ist verschwunden. Nathalie unterhält sich mit ein paar Typen. Einige Paare tanzen träge. Menschentrauben treiben dahin. Bäume schwanken. Kabel hängen von den Ästen. Der Himmel ist aus gestanztem Blech. Heimzugehen wird allmählich unmöglich. Unmöglich, sich schlafen zu legen.

Sie spürt die Hände des Feuerwehrmanns im Kreuz, seinen rauhen Mund und den Rauchgeschmack und da überkommt es sie, gleich hier, vor den stillstehenden Karussells, heftig, heiß, feucht - allein beim Gedanken an diese Hände und diesen Mund, ein jäher Griff zwischen ihren Beinen. Im Stehen, klaffend, ganz benommen, das heraufbeschwören, was vor einer Stunde passiert ist, mit aller Macht heraufbeschwören - im Osten graut der Himmel und sie ist drüben, im Milord, an diesen unbekannten Körper gepresst, sie muss wieder dahin gelangen, nicht ins Milord, nicht zu diesem Mann, aber hierhin, in die Mitte, die Gegenwart, die brennende Zeit.

Die Band hat aufgehört zu spielen. Die Musiker schleppen schwere schwarze Kästen. Ein Mann und eine Frauen tanzen fest umklammert zur Stille. Der Getränkeausschank ist zu und ihr Vater hockt hier auf einem Stuhl. Weder im Flugzeug noch in Paris, sondern hier. Eine weibliche Gestalt sitzt auf seinem Schoß. Weder ihre Mutter noch die Apothekerin. Sondern die Sängerin, die aussieht wie Boy George.

Er will aufstehen, schafft es aber nicht. Er schreit, er träume wohl. Er schreit, geh sofort ins Bett, und fragt ganz laut, was sie hier verloren hat. Er schreit, wo kommst du her, was hat sie um diese Zeit auf der Straße verloren, wo kommt sie her?

*

Am nächsten Mittag ist die Welt so wie immer. Die Stunden dauern sechzig Minuten und werden am Kirchturm geschlagen, Kellenschläge auf den Blechnapf von Clèves.

Ein Ochse muht, die gelbe Luft verfestigt sich wie Gelee. Das Thermometer zeigt 32° an, die Horizontlinien zittern über den Hügeln.

Monsieur Bihotz ist schon um acht vorbeigekommen, er wollte sie zum Angeln abholen. »Er merkt gar nicht, dass du den Kinderschuhen entwachsen bist«, sagt ihre Mutter (am Telefon, sie ist im Geschäft). »Die Läden schön geschlossen halten, damit es im Haus kühl bleibt.«

Die spröden Lippen, die Hände und diese nie gekannte Berührung. *Mein erster Kuss*, wiederholt sie vor sich hin, *mein erster Kuss*. Ein Hauch des unerhörten Ereignisses bleibt an diesen drei Wörtern haften, mein erster Kuss, mein erster Kuss. »Während sie von ihm träumt, überkommt sie ein köstlicher Schwindel.« Ist es das? »Sie ist läufig wie eine Hündin«, eine andere Wendung, aufgeschnappt aus dem Mund eines Mannes auf einer Kirmes oder Fete oder in einer Bar oder vielleicht war es Georges.

Sie versucht es noch einmal. Ja, das Gesicht neigt sich, das Wolfs-T-Shirt, und schon ballt es sich zwischen ihren Beinen zusammen wie eine Faust, quillt, sie holt diesen Mann nach Belieben an sich heran, und alles an ihr, Leib und Kopf und Hirn und Mark und Schädel und Knochen, alles ist lebendig.

*

Sie stellt ihr Rad im Gras ab, steigt über die Brennnesseln hinweg.

Es ist der Teil des Sommers, der ruhigste, tiefste, in dem die kommenden Tage genauso lang sind wie die vergangenen.

Billie Jean, she's not my love.

Der kleine Fluss schwillt vor grünem Wasser. Wölbt sich, als drängte unter der Oberfläche ein schnellerer Wasserlauf nach. Die Erde bleibt dahinter zurück, staubig, von dieser anderen Materie durchströmt, dieser anderen Gestalt, die Materie annehmen kann. Ohne die kleinste Welle zu schlagen, fließt das Wasser als großer geschlossener Block über die Schlammlagen. Die Stille ist von schrecklicher Sanftheit.

Sie legt sich unter die Bäume, ins Grün der Grundschulzeit, das Grün, das einem einfällt, wenn man an Grün denkt. Sie könnte so liegen bleiben, in die Bäume fallen, mit ihrem zu groß geratenen Körper, dem Muskelkater vom Radfahren, ich schwitze, mir ist heiß – liegen bleiben, um diesen Stachel zu zähmen, der sie ins Freie hinaus treibt, auf die Straßen, querfeldein, unmöglich, in Häusern auszuharren – die unfassbare Folge von Gesten und Worten, die hinter den Pfeiler vom Milord führen –, angesichts dieser verschwenderischen Sonne, während Rose und wer weiß noch am Meer sind oder an einem Pool, während in den Städten die Nachtclubs pulsieren, sicher noblere Schuppen als das Milord – während Paris und New York auf der schillernden Kugel pulsieren, deren einzige blinde Facette dieses Dorf ist – sie steckt die Finger ins Wasser, taucht langsam die Hände ein, bis zum Gelenk.

Wie stumpf dieses Leben, wie stumpf die Bedürftigkeit dieses Körpers, wie beschwerlich das alles ist. Sie senkt das Gesicht in die Schale ihrer Hände, es riecht nach kühlem Felsen und nach Eisen, das Wasser rinnt ihr zwischen die Brüste, so lächerlich geformt. Ihr Rock klebt inzwischen an den Oberschenkeln, und ihre Scham zeichnet sich ab wie ein umgekehrtes Y – diese hartnäckige Präsenz, hohl und voll zugleich, hungrig und übersättigt – ist sie denn die einzige, die das derart beschäftigt?

Die Erwachsenenwelt macht sich darüber anscheinend viele Gedanken, und die ganze Schule auch, schon immer, aber wie hängt diese einsame Raserei, die sie unwillkürlich dazu bringt, die Beine im kalten Wasser auszustrecken, mit dem Pipi-Kacka der Hosenschlitze und Pobacken und dem *Nutte-Schwuchtel-Knallen-Arschficker* zusammen, als würden sie die Hosen mit dem Mund runterlassen?

*

Ihr Vater bringt ihr das Übliche mit, ein Air-Inter-Marmeladenschälchen und eine blau-weiß-rote Serviette, diesmal außerdem ein kleines Geschenk: einen Schlüsselanhänger. Einen blinkenden Eiffelturm.

»Ich muss dir was sagen.«

Alles wird sich aufklären. Die Vergangenheit, die Gegenwart und die Zukunft. Ihre Gesten, ihre Phrasen, all das Unverständliche. Allein bei dem Gedanken möchte sie weinen.

(Solange ist ja so empfindlich.)

»Es gibt da eine Krankheit«, sagt ihr Vater.

Und er hält inne, als wollte er zu sich selbst sagen, was er zu sagen hat.

Er trägt seine Uniform, er riecht so wie immer, der Geruch von Luft.

Und plötzlich wirkt es so, als würde er sich etwas ausdenken, als würde er sich die Krankheit ausdenken.

»Diese Krankheit bringt H-Leute um. Homosexuelle, Haitianer, Hämophile und Heroinsüchtige.«

Die Hälfte der Wörter kennt sie gar nicht. Homosexuell, das weiß sie, das bedeutet Schwuchtel. Bei Mädchen heißt es Kampflesbe, aber hier gibt es keine (abgesehen von der Friseuse mit den ganz kurzen Haaren und dem Fußkettchen).

»Tatsache ist, diese Krankheit wird beim Ficken übertragen. Und ficken tun alle. Kapiert? Daraus folgt: Ficken verboten.«

Sie hat Angst, dass er zu schreien anfängt. Dass er ihr das schreiend verbietet.

»Hörst du?«

Ja.

Er zündet sich eine Zigarette an. Er sieht sehr gut aus. Sehr groß, mit seiner Uniform, die ein flügelförmiges Abzeichen ziert. Die Haare ganz kurz, an den Schläfen grau, und ein (sagt ihre Mutter) energisches Kinn.

»Das nimmst du mir ab?«

Na klar.

»Schön blöd. Du darfst nicht so unkritisch sein. Glaubst du im Ernst, dass ich dir das Ficken verbieten kann? So einen Unsinn glaubt höchstens deine Mutter. Alle ficken. Ich ficke, du fickst, wir werden ficken. Weißt du, was das ist?«

Er zieht ein quadratisches Päckchen aus der Tasche, ein Quadrat, in dem ein Kreis zu erkennen ist.

»Sobald dir irgendein Arsch weismachen will, dass das nichts bringt, schickst du ihn zu mir, und ich polier ihm die Fresse. Du zwingst ihn, das zu benutzen. Du ZWINGST ihn, hörst du? Wenn du dir diese Krankheit einfängst, bist du in zwei Jahren tot. Ich habe riesige Gruben unter freiem Himmel gesehen. Für die Opfermassen. Man kann sie nur vom Flugzeug aus sehen. Und wir sind gehalten, die Luken zu schließen. Ist dir klar, was das jetzt heißt? Du gehst einfach in die Apotheke, und sie wird dir welche geben. Auf meine Rechnung. So viel du willst.«

Er nimmt ihr das Quadrat aus den Händen und reißt die Hülle auf.

Er überlegt es sich anders und gibt ihr das Päckchen zurück. Es riecht ganz stark nach Gummi.

»Zum Üben nimmst du eine Banane. Und du ZWINGST ihn, hörst du? Sterben verboten. Kapiert?«

*

Ich bin mit einem Feuerwehrmann gegangen, teilt sie Rose und Concepción mit.

Sie traut sich nicht so recht zu sagen, sie hätte mit ihm geschlafen. Das wäre eine zu große Lüge.

Natürlich steht es einem nicht auf der Stirn geschrieben. Aber sie hat das Gefühl, dass man es trotzdem sieht, bei Rose. *Entjungfert.* Als hätte man die Jungfrau von ihrem Sockel gestoßen.

Rose hat etwas Steifes an sich. Das vielleicht schon immer da war. Bei manchen Mädchen scheint das fast prinzipiell so zu sein. Wenn sie die auflisten sollte, wären das: Rose, Concepción, vielleicht auch Delphine, das Mädchen vom Schloss. Nathalie nicht, weil sie ein bisschen nuttig wirkt.

Bei Sixtine, beispielsweise, war dieses Steife, oder diese Würde, vor drei oder vier Jahren am Strand voll und ganz zur Geltung gekommen.

Rose. Dadurch, dass sie es getan hat, befreit ist (entstöpselt, sagen die Jungs), hat sich dieses Etwas, das sie aufrechterhält, das ihr Würde verleiht, vollständig in ihr entfaltet, wie ein großer Baum des Anstands und des Schmerzes, eines anständigen Schmerzes, der sie von oben bis unten erfüllt hat, damit sie zur Frau wird.

Dagegen ist sie, Solange, ein noch ziemlich schlaffer Sack, *unreif*, hat die Klassenlehrerin in ihrem Zeugnis vermerkt. Man sieht es also, man sieht es bei Tage. Dass sie es nicht getan hat. Das ist ihr anzusehen.

Anscheinend gibt es in der Scheide eine ganz dicke Haut, die den Zugang versperrt. Das erklärt das Gemetzel im Fall von Rose und andere Geschichten, die sie gehört oder im *Girls Magazine* gelesen hat. Von Jungs, die sich daran stießen wie an einer verschlossenen Tür und alles kurz und klein rissen.

Und auch von Hähnen, die man auf den Hochzeitslaken köpft, wenn die Mädchen *keine* Jungfrauen mehr sind und nicht bluten. Aber das hört sich nach Ammenmärchen an. Die reinsten Vampirgeschichten.

»Ein bisschen rote Tinte müsste eigentlich reichen«, sagt Nathalie.

»Oder man heiratet, wenn man unpässlich ist«, sagt sie, Solange.

Alle lachen. Sie staunt, weil das so gut ankommt – dabei hat sie nur laut gedacht.

»Im Gegenteil«, wirft Nathalie ein, »man muss genau berechnen, dass am Hochzeitstag kein roter Alarm herrscht.

Ist doch megastressig, sich so in die Kirche zu schleppen und die ganze Zeit unpässlich zu sein, und wenn das weiße Kleid auch noch einen Fleck abkriegt, kannst du's eh gleich knicken.«

Von einem Wochenendausflug nach Bordeaux hat Nathalie »megastressig« und »eh gleich knicken« mitgebracht.

»Ist echt megablöd, in der Kirche unpässlich zu sein«, pflichtet ihr Rose bei, auch sie probiert neue Wendungen aus, die bei ihr ungefähr so wirken wie ihre neue Frisur: merkwürdig.

(Blonde *Strähnchen*, wie bei Sixtine. Weil Rose aber brünett ist, sieht es bei ihr ein bisschen nach Zebra aus.)

»Es cheörrt sisch nicht, in eine Kirsche zu chäen, wenn man unpässlich ist«, behauptet Concepción, so verstört, dass ihr Akzent stärker wird – keiner macht sich darüber lustig, weil sich plötzlich alle eine Meinung bilden. Sogar Christian.

Da er ständig mit ihnen rumhängt, wird Christian als Schwuchtel verunglimpft: *eben* weil er Mädchen liebt, das sagt er mit dem unwiderstehlichen Ernst eines Bekenners. In Christians Beisein ist es besonders prickelnd, solche Themen anzuschneiden. Und mit Ausnahme von Concepción, die sich zurückhält, tragen die anderen den Kopf schön hoch und hören sich an wie im Fernsehen.

»Mich wird mein Mann auf keinen Fall anrühren, wenn ich unpässlich bin«, versichert Rose mit der feierlichen Würde, der erstarrten Aura, die ihr eigen sind, seit sie zur Frau geworden ist. Man müsste sie mit einer Polaroidkamera aufnehmen, um zu bannen, was sie ergriffen hat, so wie man die Geister zum Vorschein bringt, die manche Menschen heimsuchen.

Wenn sie doch nur auf ihre Geschichte mit dem Feuerwehrmann zurückkommen könnten. *Ich bin mit einem Feuerwehrmann gegangen.* Oder *Ich habe einen Feuerwehrmann kennengelernt, und zwischen uns hat es sofort gefunkt.* Oder *Es war ein sehr erfahrener Feuerwehrmann und ein köstlicher Schwindel* … Wenn Christian doch nur Bescheid wüsste. Die Lippen, die Hände, die blinkenden Lichter. Das riesige, ihr zugeneigte Gesicht. Die Finger, die sich ihren Weg bahnen … sie bekommt ganz weiche Knie, ihre Beine schmelzen dahin, tragen sie weit, weit weg, weich und flüssig …

Flutsch unterbricht sie, um sich Feuer geben zu lassen. Woraufhin die nächste große Diskussion entbrennt (der Feuerwehrmann ist endgültig gestorben).

Bisher schien klar zu sein, dass Flutsch so heißt, weil sie *lutscht*. Und *was* lutscht sie wohl – ist man kühn genug, kann man es sich leicht denken. Das ist zwar schwer zu glauben, aber auch nicht schwerer als die *Begattung*, »das kommt in den besten Familien vor«, behauptet sogar Christian.

Die Wahrheit ist aber vielschichtiger, überhaupt ist die Wahrheit nie ganz so wie man glaubt, die Wahrheit ist verwickelt und hat oft unerwartete Seiten, die Wahrheit über Flutsch ist, dass bei ihrer Entjungferung durch einen Spieler der Basketballmannschaft aus der internationalen Liga, einer dieser Typen aus Orthez, breitschultrig, sehr groß (also muss auch sein Schwanz sehr groß gewesen sein?) – dass der also fast steckengeblieben wäre.

Offenbar war die Haut in Flutsch' Scheide sehr dick, wie Leder. Der internationale Basketballspieler ließ zwar sämtliche Muskeln spielen, aber vergebens. Da kam er auf die Idee, ein Kondom zu benutzen. Mit Erfolg (dank der Kondom-*Lubrifizierung*). Als er sich zurückzog, blieb das Kondom allerdings stecken, das Jungfernhäutchen erwies sich als eine Art Dichtung. Der internationale Basketballspieler tat mit Daumen und Zeigefinger so etwas wie einen Gynäkologengriff, und *flutsch* quoll das Kondom heraus.

Genau das findet Solange an dieser Geschichte besonders erstaunlich: die ungeheure Präzision am Schluss.

Mit ihrem Feuerwehrmann hätte sie das womöglich auch erlebt. Das hätte ihr genauso passieren können. Man weiß nie, was einem blüht.

Und wie im Fall eines Buches, das man besser versteht, wenn man es in späteren Jahren wiederliest (die Wortspiele bei Asterix oder die Sexszenen bei Barjavel), versteht sie *flutsch* jetzt besser – nicht das Mädchen, sondern das Geräusch. Ihm verdankt sie die Erkenntnis, dass feucht sein normal ist. Und dass die Scheide bei jungen Mädchen tatsächlich eng ist: Was die Gynäkologin gesagt hat, gilt also nicht nur für sie, was letztendlich beruhigend ist; aber trotzdem sehr beunruhigend – in ihrer Wahrnehmung geht beides zusammen. Und war dieses Geräusch nicht eher das Blubbern vom Blut?

Jedenfalls scheint es sich um einen heiklen Vorgang zu handeln. Was in ihrem Fall nicht heißen muss, dass sich so ein Kraftprotz überall mit seinem Kraftakt brüstet (Flutsch wird das Gerücht wohl kaum selbst in die Welt gesetzt haben), so was passiert nur Flittchen wie Flutsch.

Man muss es getan haben, aber diskret, stilvoll, nicht unmäßig, und dabei genauso wirken wie Sixtine, nicht nur unpässlich, sondern auch ganz gelassen.

Sie versucht, diese Wirkung zu trainieren, diesen leicht versehrten Gang.

Seit sie die Geschichte von Flutsch kennt, kommt ihr der Fluss irgendwie verschmutzt vor. An den sandigen Ufern dieses hübschen Flusses sind immer mehr Kondome zu finden. Der hübsche Fluss, der ihr mit all ihrer Empfindlichkeit eine Zuflucht war.

*

Ihre Mutter in der Küche, das Radio läuft, ein Montag, Ruhetag, die Krambude wirft doch sowieso nichts ab. »Du musst wissen«, sagt ihre Mutter (plötzlicher Drang, sich die Ohren zuzuhalten und wegzulaufen), »du musst wissen, dass deine Mutter nicht für diese Krambude bestimmt war, nein, deine Mutter hatte ganz andere Pläne, ich musste alles aufgeben, was mir am Herzen lag, jede Gans kann Nippes verkaufen. Als erstes musst du dir überlegen, was du willst, Solange. Was du wirklich willst. Bevor du heiratest, Solange. Bevor du heiratest.«

Ihre Mutter sagt zum Laden gern »Krambude«, da rollen sich einem die Nägel hoch.

Sie wird vielleicht ein paar Tage wegfahren. Sie braucht etwas Zeit für sich. »Hörst du mir zu?«

Ja doch, sie bemüht sich, nett zu sein. Ihre Mutter hat es nicht leicht, ihre Mutter hat es eigentlich nie leicht gehabt. Sie aber ist dort, im Milord, wo Lippen sich berühren, wo Hände vordringen. Verblüffend, wie sich auf Bestellung der Film abspult – nicht der Film: der Augenblick, die Zeit, das Leben.

Die Hände. Die Lippen. Der Finger.

Im Schritt ist sie schon heiß, gespannt, feucht, sie bräuchte sich nur noch zu berühren. »Dein Papa und ich«, sagt ihre Mutter gerade – und zum zigsten Mal fragt sie sich, ob ihre Eltern es tun, diese Sache mit Schwanz in der Muschi, aber das kommt ihr zu abwegig vor, in dieser Küche mit Radio Monte-Carlo im Hintergrund und dem marmeladeverklebten Resopaltisch. »Dein Papa und ich« – der Schwanz ihres Vaters in der Muschi ihrer Mutter. Natürlich haben ihre Eltern es getan, um sie zu kriegen, einmal mindestens (und einmal, um den anderen zu kriegen, den vom Foto). Es sei denn, sie wurde adoptiert, aber die Ähnlichkeit mit ihrem Vater springt ins Auge (sagt man).

Die Discokugel vom Milord. Der blinkende Schwanz vom Feuerwehrmann. Zu blöd, dass sie ihn nicht nach seiner Nummer gefragt hat. Vielleicht hat sie sich verliebt? Sie will sich ihm hingeben. Sie könnte Rose erzählen: Ich habe mich verliebt und ich habe mich ihm hingegeben. Und Christian davon erzählen. Er nahm sie mit Gewalt. Ihn suchen, landauf, landab. Alle Hebel in Bewegung setzen.

Sie bräuchte nur die Feuerwehr anzurufen. Die 18. Oder wieder ins Milord zu gehen.

Und dann – das ist ein Zeichen – bricht der Bass von *Billie Jean* über die Küche herein, übertönt die Stimme ihrer Mutter. Die Erinnerung ist von solcher Wucht – sie wird im Milord aufwachen, mit dem Finger des Feuerwehrmanns an genau dieser Stelle.

»Ich mag dieses Lied«, fällt ihre Mutter sich selbst ins Wort und trommelt mit den Nägeln auf dem Resopal – sie presst zum schwülen *Tum tum* die Beine zusammen.

*

Sie friert ein wenig in ihrem Pailletten-T-Shirt, aber die Luft ist mild, es ist die Geschwindigkeit, die sie erschauern lässt. Die Bäume rasen auf sie zu, nass und voller Geschrei, die Büsche beben, Feldmäuse, Wiesel und Igel, der ganze Wald ist lebendig.

Und sie sollte eingesperrt bleiben. So ein Quatsch.

Bergauf tritt sie fest in die Pedale, ein paar Autos, Strahlenwerfer, Kieselschleudern. Es ist sehr dunkel. Ihr Vater sollte den Dynamo schon längst repariert haben, es wäre besser, Bihotz darum zu bitten. Sie fährt hinter dem Waschplatz herum, um möglichst niemandem zu begegnen. Es holpert. Sie hört nur ihr Rad, Glockenspiel in der Stille. Sie überlegt, ob der kleine Boursenave, der gestörteste von allen, ebenfalls durch die Nacht spaziert.

(In solchen Fällen, sagt Nathalie, hilft nur ein Tritt in die Eier. Man darf keine Sekunde zögern, das Startfenster ist eng.)

Gewerbegebiet. Lagerhallen. DynaFit. Das rote Schild vom Teppich'Spar. Das Milord kommt in Sicht, das Auto hinter ihr setzt nicht zum Überholen an, sie fährt im Scheinwerferlicht, surft auf ihrem riesigen, doppelten Schatten, zwei radelnde Solange, die immer wieder aufeinander treffen, blendend weiße Straße, rosa-grüne Neonlichter, Kurve – sie beschleunigt, ihre Schattenräder bilden die Acht und die Unendlichkeit nach, hinter ihr immer noch das Auto, der Motorlärm übertönt die Felder voll und ganz, ein Büffel an ihrem Schutzblech – sie müsste anhalten, ihm ins Auge sehen, man kann nichts erkennen, ein Glück, dass sie keinen Rock anhat, sie wird überholt, ein weißer J7, und hört:

»Wo soll's denn hingehen?«

Scheiße. Bihotz.

Lassen Sie mich los, Monsieur Bihotz.

Er sieht wüst aus – *Lassen Sie mich los!* Aber er schnappt sich ihr Rad, als wäre es ein Spielzeug, und wirft es, *bläng*, in den Laderaum seines Lieferwagens. Er entreißt ihr die Tasche, aus der Minirock und Mascara-Döschen fallen,

LASSEN SIE MICH LASSEN SIE MICH LOS LASSEN SIE MICH IN RUHE, zerzaust zeichnet er sich ab, groß und rauchumwölkt im roten Blinklicht, er hebt sie an einem Arm hoch und schleudert sie auf den Vordersitz, mit eisernem Griff, ein Baggerlader, sie ein weiches, komprimierbares Päckchen, und: »Was soll ich deinen Eltern wohl erzählen, wenn man dich mitten in der Nacht tot auffindet, von einem Auto überfahren, was soll ich ihnen erzählen, wenn dich ein Psychopath entführt?«

Ihr Herz pocht. Im rosa-grünen Rhythmus vom Leuchtschild des Milord. Das dieses brüllende Gesicht abwechselnd an- und ausschaltet. Sie hält ihm ihren Arm hin, die Stelle, an der er sie gepackt hat: *Dann werde ich es eben meinen Eltern erzählen, haben Sie die Druckstelle gesehen, hier?*

Er fährt sehr schnell. Er fährt nicht zum Haus. Er fährt geradeaus, hinter ihnen verflüchtigt sich das rosa-grüne Flackern, die furchtbare Nacht fällt auf sie nieder, und sie wird fortgerissen, nicht das kleinste Loch tut sich in der Dunkelheit auf.

Sie trägt ihre Jogginghose – die Hose, in die sie angeblich zum Schlafen geschlüpft ist – »damit kann man leichter ausbüchsen, was, damit kann man bequemer radeln? Und das Röckchen, das knapp über die Muschi reicht, wo ziehst du das an, auf dem Parkplatz vielleicht?«

Wo denkt er hin, sie stellt sich doch nicht nackt auf den Parkplatz vom Milord, sie trägt ja schon ihr Paillettent-T-Shirt (sie zeigt es ihm), und sie wollte erst den Rock überstreifen und DANACH die Jogginghose ausziehen.

»Verdammter Mist!«

Er schreit mit ausdrucksloser, monotoner Stimme. Sätze, die so lang sind wie die Fernstraße. Es tut ihm leid, dass er so ein feines Gehör hat und seine Antennen auf ihre Schwingungen ausgerichtet sind. Er bedauert, dass ihre Mutter immer so viele Schlaftabletten schluckt. Er beklagt den fordernden Beruf ihres Vaters, der offenbar gerade Paris anfliegt, nicht wahr? Er verfällt in diese Sprechweise, die sie hasst, als bräuchte er gar nicht mehr zu atmen, als hätte er einen anderen Körper, eine andere Stimme. »Du bist ja so was von leichtsinnig!«, schreit er.

Sie sieht den kleinen Umkreis, in dem sie ihr Leben verbringen, vom Unterdorf zum Milord, vom Hügel zum See. Von oben, vom Flugzeug aus gesehen, sind sie die einzigen bewegten Punkte auf den verschlafenen Straßen – »Verdammt!«, schreit er.

Sie findet allerdings, dass er aus einer Mücke einen Elefanten macht.

Genau wie das eine Mal, als er sie dabei erwischt hat, einen Porno auf Canal+ zu gucken. Wenn sie nur daran denkt. Trotz der Verschlüsselung, graue, verwackelte Bilder. Die Stimmen, die Schreie, dem Knast der Codierung entweichend. Wenn sie nur daran denkt.

Als wäre vor mir noch niemand jemals ausgebüchst.

Angeblich büchst Delphine regelmäßig aus dem Schloss aus (und das ist ein anderer Schnack, mit den großen Lanzenspitzen auf dem umlaufenden Gitterzaun).

Er prophezeit ihr, dass man sie eines Tages ermordet im Maisfeld finden wird. Und was soll er ihren Eltern dann erzählen? Ihr lebendiger kleiner Körper. Das T-Shirt in Fetzen, die Pailletten verstreut, Spuren vom Kampf, und ihr Nuttenröckchen bis zum Bauchnabel hochgeschoben. Ihre unendlich kostbaren fünfzig Kilo. Als müssten sie unbedingt hin und her bewegt werden, als gäbe es eine Verbindung zwischen ihrem Wandeln auf der Erdkruste und, tja was, was ist schließlich der Unterschied zu dem, was Lulu zweimal jährlich überkommt, was sie dazu bringt, so tief unter dem Zaun zu wühlen, dass sie wahre Tunnel gräbt?

»Was der Unterschied ist?«, brüllt er.

Er steigt aus dem J7 aus und postiert sich vor dem schwarzen Wasser, starrt ins Leere – und er raucht, erinnert stark an ihren Vater, bricht die Tabakfädchen, als wären es ihre kleinen Knochen.

Wenn sie ganz leise aussteigen und dann losrennen würde – aber da dreht er sich schon um, 1-2-3-Ochs am Berg, bloß dass es sich ausgespielt hat, mit den Späßen ist es vorbei.

»Was?«, fragt er brutal, als wäre er der Ertappte, und wütend.

Der See liegt ausgebreitet da wie ein Ölteppich, fast unbewegt, überlappt das lachhaft kleine Ufer. Sie spürt, wie Kinn und Mund sich verziehen, der See saugt sie an, löst sie auf, sie bricht in Tränen aus - was für eine herbe Niederlage - *Sie werden meinen Eltern doch nichts erzählen?* Sie wehrt und sträubt sich, beschimpft ihn, fleht ihn an, benetzt ihn mit ihren Tränen, ist bereit, alles zu beichten, das mit dem Feuerwehrmann vom Milord, oder zu behaupten, dass Rose, dass Nathalie auf sie warten - aber er reißt sich los und - *?* - zieht die Turnschuhe aus, den Blaumann und das T-Shirt, und er geht ins Wasser: Beine, Hintern, Bauch, Arme, sein großer weißer Körper schneidet wie eine Schere die Oberfläche auf, sein Kopf, ein behaarter Knopf, rückt in der Dunkelheit vor, er schwimmt.

Das darf man also, aber nicht ins Milord gehen?

Sie könnte weglaufen, aber da kehrt er schon zurück, weiße Spritzer auf dem gespenstisch schwarzen Wasser, er stürmt auf sie zu, während er die Nacht zerteilt, eine schwere, unsichtbare Materie, er krault durch das Nichts.

Und dann sitzt er einfach da, tropfend, schneuzt sich am Steuer die Nase. Bildet Blasen wie eine Krabbe.

»Verzeih mir. Verzeih mir.«

Dabei ist sie diejenige, die weinen sollte.

Zitternd, klatschnass.

Sie möchte etwas sagen – aber nein, sie verzeiht ihm nicht, wie kann sie ihm verzeihen, dass er sie, mit aller Macht, an ihrem Vorhaben hindert, und überhaupt, was gibt es da zu verzeihen, er tut doch nur, was ein Vater tun würde, oder ein großer Bruder, wenn sie einen hätte, oder sogar Terry oder der Feuerwehrmann oder jeder x-beliebige Mann, etwa nicht?

Monsieur Bihotz. Ist ja gut. Hören Sie auf. Hören Sie endlich auf.

Linkisch legt sie ihm die Hand auf die Schulter. Er beugt sich vor und legt sich auf sie, umschlingt ihre Hüften, vergräbt den schweren Kopf zwischen ihren Schenkeln und schluchzt. Winzige Küsschen prasseln auf die nasse Jogginghose. Darunter trägt sie einen Stringtanga von ihrer Mutter, und sie windet sich, er darf das nicht sehen oder spüren, und die Küsschen hageln auf ihren Bauch (was ist bloß aus der Tasche mit dem Minirock geworden?), und sie kann deutlich erkennen, dass sein Schwanz sich wieder so komisch regt, er richtet sich auf sie, ein überdimensionierter Finger, vorwurfsvoll angeschwollen, warum eigentlich, Nutten-T-Shirt, Schlampe, »kleine Drecksau«, hat er einmal zu ihr gesagt, da war sie mit Christian auf dem Waschplatz, alles ganz harmlos.

Ob er auch deswegen um Verzeihung bittet, weil er manchmal zu viel redet (aber nicht mehr als ihr Vater oder sogar ihre Mutter, wenn sie es bedenkt), wegen des Abdrucks auf ihrem Arm (der aber bereits verschwunden ist), wegen der Angst, die er ihr eingejagt hat, wegen des Schweißgeruchs, des Schwanzes, des dicken Bauchs, oder Verzeihung weswegen – später wird sie begreifen, was das zu bedeuten hatte – er presst sie zu fest an sich – »Solange, meine Solange, meine Sonne, mein Engel« – deswegen bittet er sie um Verzeihung, genau wegen dieser Worte, und weil er sie zu fest an sich presst, Verzeihung, weil er weint, Verzeih, dass ich dich um Verzeihung bitte – sie tätschelt ihm den Kopf und murmelt beschwichtigend, *Psst, ist ja gut, kommen Sie, fahren wir,* wenn sie könnte, würde sie sich ans Steuer setzen, würde sie ihn nach Hause fahren, *nach Hause, Monsieur Bihotz.*

*

Er klingelt, sie ist gerade erst aufgewacht, er klingelt noch einmal und will ihre Mutter sprechen, so läuft das nicht, *Wenn Sie ihr was zu sagen haben, können Sie es doch mir sagen*, er schiebt sie beiseite, sie eilt ihm voraus, sie rennt, *Magst du einen Kaffee, Mama?*, sie sucht die Bohnen einzeln aus, nimm den Gemahlenen, mein Schatz, ich habe solche Kopfschmerzen.

»Lässt du uns bitte allein«, fragt, befiehlt Bihotz – und das in ihrem Haus, ist das zu fassen. Aber ihre Mutter steckt in dieser Phase zwischen Schlaftabletten und der dritten Tasse Kaffee, wo allein der Gedanke an laute Stimmen, an Streit – »Ich kann mich nicht mehr um sie kümmern«, verkündet Bihotz – gleich packt er alles aus.

»Um wen?«, staunt ihre Mutter.

Für den Bruchteil eines Augenblicks stehen sie und Monsieur Bihotz vereint dieser Frau gegenüber, die offenbar glaubt, es ginge um die Hündin, um Lulu. Dann entfaltet sich das Dreieck wieder, »Solange« – ihr Name verteilt sich im Raum wie Mehl.

»Ohne Sie schaffe ich das nicht, Monsieur Bihotz.« Ihre Mutter schreit die Wahrheit heraus. Er sagt, er muss sich eine richtige Arbeit suchen. »Machen Sie sich nichts vor, Monsieur Bihotz, mit der Krise im Moment, besonders hier.«

Und sie, Solange, horcht auf die für sie schicksalhaften Wörter, *Milord, ausgebüchst, Solange, heute Nacht, Pailletten-T-Shirt und Nuttenröckchen*. Seltsamerweise ist auf dem Gesicht von Monsieur Bihotz, in seinen Augen und auf seinen Lippen so etwas wie ein Zögern zu erkennen, als wären ihm Zweifel gekommen.

»Am Geld soll es nicht liegen, Monsieur Bihotz« – »Vielleicht ist sie inzwischen alt genug, um auf sich selbst aufzupassen« – »Alt genug, davon kann keine Rede sein« – »Solange, geh auf dein Zimmer!«

Sie geht hinauf, die Treppe rollt sich ein, sie hat dieses Bild vor Augen, wie sie die Treppe hinaufgeht, die sich um sie herum einrollt, und das hört nicht auf, die Hand am Geländer, der kreisende Körper, die Augen, die die Hand am Geländer betrachten, zwischen ihr und den Wänden vibriert etwas, als könnte sie weder rein noch raus, sie ist hier, von nun an wird sie immer hier bleiben, wird nichts berühren, nichts spüren, nirgendwo hin können – steckt in diesem Körper wie in einem Überlebensanzug – sie hebt eine Playmobilfigur auf, setzt sie in die hohle Hand, *klick*, es passiert nichts, es dauert unendlich lang, die Geste, die

Hand, als würde sie den Film betrachten, der sie dabei zeigt, wie sie sich selbst betrachtet.

Sie hört eine flehentliche, flüsternde Stimme, »dieses Kind und ich, ganz auf mich gestellt, verstehen Sie, Monsieur Bihotz«, sie beugt sich vor und sieht einen merkwürdigen Leib, zwei asymmetrische Köpfe, mehrere Arme, ihre Mutter schmiegt sich an Monsieur Bihotz, spricht in seinen Bauchnabel, wiederholt »mein Ehemann«, weinend, eine unmögliche Erscheinung, vollkommen aufgelöst und schlampig – man sollte für immer *ausbüchsen*, aber man muss bleiben, man muss noch hier bleiben.

*

Im Schloss oben steigt eine Fete, bei Delphine. Nächsten Samstag. Sie ist nicht eingeladen.

Kein Wunder, dass sie nicht eingeladen ist. Sie kennt Delphine kaum. Rose hingegen ist eingeladen, und sogar die Cousinen Sixtine und Meredith (Alma nicht, sie besucht einen Barockgesangskurs in der Ardèche).

Es tut fast unerträglich weh.

Seit sie ihr Zimmer nicht mehr verlässt, zerfällt sie. Ohne Augen, die sie wahrnehmen, ohne Zeugen ihres Daseins, verlassen sie ihre Atome. Staub, der vor den Scheiben schwebt, eine feine Wolke, ein Schleier, den die Strahlen durchbohren.

Mit dem Fahrrad am Fluss entlang, dort ist das Schloss, aufgehängt, ein Abziehbild. Als wäre es gar nicht echt.

Sogar die Hunde kann sie nicht mehr ertragen. Die Art, wie Lulu freudig springt, sobald sie da ist, während sie (Solange) nicht mehr weiß, was sie tun soll, reingehen, nicht reingehen, essen, nicht essen, rausgehen, schlafen, sterben.

Die Tour de France und Bihotz vor seiner Glotze.

»Was ist denn los?«, fragt Bihotz. »Was hast du denn?«

Inzwischen nennt sie ihn Bihotz, das macht ihn fertig.

»Delphine? Die kleine Peyreborde, die von oben?«

»Sie ruft dich bestimmt an. Ist bloß ein Versehen. Meine Mutter hat dort geputzt, im Schloss, und sie hat dich mitgenommen. Du hast von Gespenstern erzählt. Im August wurden weiße Laken über die Sessel gebreitet.«

Und so muss sie sich wohl oder übel mit ihm erinnern, die Bilder steigen auf. Und er spricht mit ihr und muntert sie auf, dieser Stoffel, dieser *Metal-Typ*, der Iron Maiden hört.

Die weißen Umrisse, die offenen Fenster mit Blick auf einen grünen Baumhimmel, verhangen, dicht belaubt, die Farbe und das Gefälle dieser verschwommenen Tage. Es gab einen Swimmingpool. Das blaue Verbot, sich ihm zu nähern.

Sie teilt diese Dinge mit ihm, und das bringt sie auf. Dieser Außenseiter. Dieser *Freak* (zur Zeit lernt sie lauter neue Wörter).

»Die kleine Peyreborde hat aber nichts mit dem Schloss zu tun (sagt er). Im Schloss sind die d'Urbides. Die Peyrebordes sind im Pförtnerhaus.«

Er tut so, als würde er ihre Schulkameradinnen besser kennen als sie. Warum nicht gleich ihr ganzes Leben? (Nein, das, was in ihr steckt, tief in ihr drin – niemand kann sie verstehen.)

»Aber was hast du denn nur?«, jammert Bihotz. »Früher warst du nicht so. Du brauchst gar nicht so erwachsen zu tun. Niemand schaut uns zu.«

Aus allem macht er gleich ein Drama, das nervt. Sie hingegen reißt sich zusammen. Wenn sie daran denkt, dass Nathalie ihr gesagt hat, dass Rose sie (Solange) für *pervers* hält, angeblich macht sie sich ihretwegen Sorgen, aber wie toll sie (Rose) sich vorgekommen sein muss mit ihrem *pervers*! (Sie hat im Lexikon nachgeschlagen, es bedeutet quasi dasselbe wie neurotisch. Ganz schön *pervers*, als Scherz, Rose will sich doch nur in den Vordergrund drängen, sie glaubt, sie hat die Wahrheit gepachtet, sie benutzt diese Wörter, um die Aufmerksamkeit auf sich zu ziehen, sie hält sich für den Nabel der Welt.)

»Hörst du mir eigentlich zu?«, sagt Bihotz. »Du benimmst dich wie das Mädchen in *Der Exorzist*. Muss ich damit rechnen, dass du bald rückwärts redest oder was?«

Nathalie meint, wenn man Iron Maiden rückwärts hört, ergeben sich daraus Botschaften vom Teufel.

»Ruf Delphine an. Lade sie für heute Nachmittag ein. Das ist ein Missverständnis. Ganz bestimmt nur ein Missverständnis. Soll ich sie anrufen? Ich kenne ihre Mutter.«

Als kleiner Junge wurde er von Monsieur d'Urbide geohrfeigt, weil er im Park Pflaumen aufgelesen hatte, vom Baum gefallene Pflaumen, Schlosspflaumen, zusammen mit Delphines Mutter ...

Das haben Sie mir schon hundert Mal erzählt, legen Sie 'ne neue Platte auf.

Er nimmt den Hörer ab und er tut's, er ruft im Schloss an.

Delphine kommt zum Nachmittagskakao. Diese Kuh, die eine Fete plant, ohne sie einzuladen.

Die Musik sucht sie mit Bedacht aus. Jimi Hendrix, das hat Stil, kennt keiner, aber sie hat es als Kind mit ihm gehört, und Delphine klopft gerade dann ans Fenster, als die Gitarre elektrische Tropfen erzeugt, ein Regen, der sie kalt erwischt, die doofe Delphine.

Von vier bis sechs können sie aber schließlich ganz gut miteinander reden. Natürlich gibt es diesen alten Reflex, sich aufzuspielen, es gilt, im Geschwätz die Spreu vom Weizen zu trennen, um sechs muss Delphine wieder gehen und sie haben noch gar nicht über die Fete gesprochen.

Das Thema als erste anzuschneiden, würde alles kaputtmachen, das hat sie inzwischen verstanden, man muss gewisse Standards respektieren, um selbst respektiert zu werden, auch wenn Delphine nicht unbedingt zu den Mädchen zählt, die Respekt gebieten, sie ist überhaupt nicht *gefragt*, jedenfalls ihrer Auffassung nach. So oder so sollte man möglichst viele Erfahrungen wie diese hier sammeln, sich mit den unterschiedlichsten Mädchen zum Kakao treffen, so lernst du die Menschen erst kennen, du kannst dich an ihnen messen und begreifst dabei, wer du bist. Dass Rose und Nathalie so wenig auf andere zugehen, gibt zu denken, im Grunde ist das richtiger Rassismus. Die sollten sich mal umsehen, es wimmelt nur so von unglücklichen Menschen!

Wenigstens darfst du Feten machen.

»Nein«, sagt Delphine. »Meine Mutter ist ein verdammtes Miststück.«

Und was ist mit der Fete am Samstag?

»Nichts, die gibt die Tochter der Chefin. Das sind die einzigen Feste, auf die ich gehen darf. Die kleine d'Urbide tut an mir ein *gutes Werk*. Alles, was ich am Leib trage, ist von ihr, sie schenkt mir ihre alten Klamotten. Aber sie ist schlanker als ich.«

Du wohnst nicht im Schloss?

»Doch, vorne.«

Vorne?

»Im vorderen Haus, im Pförtnerhaus.«

Das ist doch eine glatte Lüge!

»Ich wohne im Schloss, aber vorne.«

Dabei hast du all die Jahre so getan, als wärst du das Schlossfräulein.

Delphine streitet das ab. Das hat sie nie getan.

Aber du hast andere in dem Glauben gelassen.

»Wer immer das geglaubt hat, ist selbst schuld.«

Und zwar schon seit dem Kindergarten.

»Das ist doch wie damals, als Bidegarraï von dem Fallschirmspringer erzählt hat, der bei ihm zu Hause auf dem Dach gelandet ist. Genau das Gleiche. Wir waren eben Kinder.«

Sie hatte sich diesen Fallschirmspringer auf dem Haus der Bidegarraïs immer so vorgestellt wie den Glockenturm auf dem Dorfplatz (es hat also nie einen Fallschirmspringer gegeben?).

Egal, sie muss wieder auf die Fete zu sprechen kommen, Delphine anbieten, sie zu begleiten, als wollte sie an ihr ein *gutes Werk* tun, an ihr, dem armen Würstchen, der Vogelscheuche, dem *Bauerntrampel* (»Bei der UCPA? Wo all die Bauerntrampel mitmachen?«, hatte Sixtine befremdet gefragt, als Rose an einem der Kurse teilgenommen hatte).

Wobei Delphine über ein erstaunliches Selbstbewusstsein verfügt und sie herausfordernd (oder mitleidig?) mustert:

»Na hör mal, Solange, dass dein Vater Pilot ist, glaubt auch keiner mehr, das ist dir doch klar?«

Das Blut schießt ihr in die Wangen.

»Dein Vater ist *Gepäckträger*, meinst du, ich weiß das nicht? Rose hat gesehen, wie er ihren Koffer eingesammelt hat, als sie nach England geflogen ist.«

Im Raum ist keine Luft mehr.

Sich ja nichts anmerken lassen. Sich so geben wie immer: wie die Tochter eines Piloten von Air Inter und einer Ladenbesitzerin aus Clèves-le-Haut.

*

Das Mädchen, bei dem die Fete steigt, heißt Lætitia, Lætitia d'Urbide, das heißt Freude auf Lateinisch. Es sind mindestens fünfzig Leute da, sogar welche aus der Oberstufe und von der Küste, und es gibt Punsch, er wird kellenweise aus Salatschüsseln geschöpft.

Schön aufrecht gehen, wie eine Stewardess.

Rose wirkt nicht überrascht, sie hier zu sehen. Auch nicht peinlich berührt. Vielleicht hat sie schon ziemlich viel intus.

Inzwischen ist es ohnehin unmöglich, an Rose heranzukommen. Rose zu erreichen, mit Rose ein und denselben Raum zu teilen. Als wären sie durch einen Fluss getrennt: Rose und ihre Pariser Cousinen und Lætitia d'Urbide an einem Ufer, Delphine und sie am anderen. Am selben Ufer wie die Peggy Salamis dieser Welt. Zusammen mit den Gestörten, Stoffeln, Bauerntrampeln, Vogelscheuchen, *Perversen*, Dreckschweinen, mit denen, die ein vorstehendes Kinn haben, mit den zehnköpfigen Familien aus dem Unterdorf, mit denen, die sich kein neues Auto leisten können und mit denen, die Reifen im Garten liegen haben. Wie bei den Bihotz'. Als eine Art Bihotz abgestempelt sein.

Sie schenkt sich eine Kelle Punsch ein, kippt ihn runter und schwingt die Hüften. *Let's Dance*. Sie kann den Text auswendig, und zwar von der Plattenhülle, die sie bei Rose studiert hat. »Echt begabt, die Kleine«, hatte die Mutter von Rose gesagt.

Sie wird Rose nie wieder besuchen. Nie wieder.

Der Vater von Rose ist Lehrer und ihre Mutter eine Art Kursleiterin für bildende Kunst, natürlich wohnen sie nicht in einem Schloss, aber ihr Haus hat eindeutig Klasse und ist dabei unheimlich, wie soll man sagen, einladend.

Ihr ist zum Weinen.

Let's Dance.

Ihr Rock rutscht, das ist ein Problem. Zuerst hatte sie glänzende Leggings angezogen und sich aus einem weißen Kapuzentop einen superkurzen Rock gebastelt, der nur als schmaler Streifen unter ihrem Pulli mit umgedrehtem V-Ausschnitt hervorschaute, mit einem Skaigürtel, der haargenau auf den Hüften sitzt, ein richtiger Madonna-Look, dazu rosa angesprühte Haare und ihre gefakten Docksides. Und dann hat sie alles wieder rückgängig gemacht (zum Glück hatte sie zeitig angefangen), sich den Glencheckrock von ihrer Mutter geborgt, das schwarze Lacoste-Polohemd von ihrem Vater, eine schicke Kombi, geradlinig, *New Wave,* dazu die Kunstleder-Docksides und zum Auflockern große weiße Clips, und schwarze Mascara, die Haare hat sie toupiert, tolles Volumen. Aber das legt sich nach kurzer Zeit. Und der Rock rutscht.

Sie hat sich eine Packung Kools Menthol gekauft, passen gut zum Get 27, den sie eben entdeckt hat.

Vielleicht verträgt er sich nicht mit dem Punsch, denn sie hängt allmählich durch. Das ist blöd, wenn man so richtig *abdrehen* will.

Sie geht ins Bad, um ihren Rock enger zu wickeln.

Sie ist zu dick.

Sie fasst hier und jetzt den feierlichen Entschluss, täglich eine Mahlzeit durch Zigaretten zu ersetzen.

Die Eltern d'Urbide sind offenbar nicht im Schloss. Sie heißen *tatsächlich* d'Urbide, mit Apostroph – »von und zu Schleimscheiß« sagt Delphine, die furchtbar derb ist, ein richtiges Fischweib. Die einzige Erwachsene weit und breit ist Delphines Mutter, die ihnen ständig dazwischenfunkt und die Becher einsammelt. Gerade wischt sie irgendwas vom Boden auf.

Ob Delphine in Gegenwart ihrer Mutter, dieses *verdammten Miststücks*, tun und lassen kann, was sie will? Ist sicher nicht einfach. Wie für Rose damals, als sie bei ihrem Vater Unterricht hatte.

Sie grüßt Delphine, um nicht versnobt zu wirken.

Jemand hat Sade aufgelegt, sanfte, einlullende Stimme, das ist angenehm, und sie kommt ein wenig runter von ihrem üblen Trip.

»So richtig gut geht's mir nicht«, sagt Delphine, sie ist rot im Gesicht und dicker, als ihr bisher aufgefallen war. »Wollen wir 'ne Runde drehen?«

Jetzt tanze ich.

»Komm schon, ich hab Gras von meinem Freund.«

Das muss sie erst mal verarbeiten, dass Delphine *raucht* und dass sie einen *Freund* hat.

Es dauert, bis Delphine ein *Dreiblatt* gedreht hat. Auf der Terrasse gegenüber dem Rosengarten und den Tennisplätzen. Im grellweißen Mondlicht. Mit Hilfe einer Kassettenhülle, zum Mischen und Schneiden.

Du bist unheimlich introvertiert. Dabei haben wir uns letztes Mal richtig gut unterhalten. Ich habe dir alles von mir erzählt. (Dass sie mit einem Feuerwehrmann geht.)

Delphine scheint sich zu langweilen.

»Nahrung und Sex sind zwei Dinge, die es besser nicht geben sollte«, verkündet sie.

Sie hat es also schon getan. Die Tochter der Zugehfrau raucht und hat es schon getan.

»Was glaubst du, was die Zukunft für mich bereithält?«, fragt Delphine und reicht ihr den Joint.

Was soll sie groß antworten. Ist das eine richtige Frage, wie beim Horoskop? Oder bloß eine Feststellung: nichts?

Sie nimmt einen Zug, gut, besser als die Kools, und die Wirkung etwas intensiver.

»Sogar du wirst es besser haben als ich«, fährt Delphine fort. »Das erkennt man gleich. Du kapierst ja nicht mal, worauf ich hinaus will.«

Und von diesem Blickwinkel aus gesehen, im nächtlichen Licht, vor dem märchenhaften Garten, ist Delphine beinah schön, tiefsinnig, ungewöhnlich (wenn man das »sogar du« und das »ja nicht mal« ausblendet, wenn man einfach alles ausblendet, was sie sagt).

*

Christian und Rose küssen sich auf einem Sofa. Grauenhaft.

Eifersucht zu empfinden wäre wirklich eine Erniedrigung. Wäre wirklich eine Zeitverschwendung, die dieses Gefühl *nicht wert ist*, dieses durch und durch entwürdigende Gefühl.

Sich nichts anmerken lassen. Wie die Stewardessen.

Ein entwürdigendes Gefühl, schlicht und einfach *entwürdigend*.

Lætitia küsst ebenfalls einen Typen. Sie trägt ein Kleid. Dieses Mädchen trägt ein Kleid. Fließend und blusig, mit einem schweren goldenen Kettengürtel. Bei ihr (Solange) würde das nach Oma Muff aussehen; bei Lætitia ist die Wirkung atemberaubend. Ein Rätsel.

Ihre Beine sind so schmal wie Arme, sie trägt eine makellose blickdichte Strumpfhose, über die der Typ seine Hand hoch und runter gleiten lässt. Man weiß gar nicht mehr, ob er sich oben, unten, vorne, hinten befindet, alles windet und kräuselt sich. Die Musik (jemand hat wieder Sade aufgelegt) kommt aus diesen Fingern, die auf dieser Strumpfhose spielen. *Seidenstrümpfe*, dieses Mädchen trägt Seidenstrümpfe, die von allein halten, schwarzes Band auf weißem

Schenkel unter dem schwarzen Kleid, blitzt immer wieder hervor, Weiß Schwarz, Schenkel Kleid, die wandernde Hand spreizt sich über dem Band aus Spitze, das Mädchen steht auf, gefolgt vom Typen, der nur aus verirrten Fingern und verwirrtem Gesicht besteht, beide entfalten sie sich, tauchen in den wogenden Schatten ein.

»Sie gehen ficken«, sagt jemand an ihrem Ohr.

Ein Typ, der an einem Joint zieht und ihn dann ihr reicht.

»Bei jeder Fete nimmt sie einen mit hoch. Oben gibt es *ungeheuer* viele Zimmer.«

Er ist älter als sie. Elfte oder zwölfte Klasse. Tiefschwarze Wimpern über tiefgrünen Augen.

Sie zieht am Joint und weicht ein bisschen zurück (ohne sich etwas anmerken zu lassen). Im Schatten schwebt noch ein Hauch vom Kleid, der Glanz schwerer Kettenglieder, die Hand des Freiers kreist über ihr, krönt sie, Lætitia, die freudvolle, die Prinzessin, die sie dort oben verschlingt.

»Weißt du, wie man sie nennt?«

Lætitia d'Urbide?

»Na ja.«

Er nimmt einen tiefen Zug und hält die Luft an, wie es sich gehört.

Keine Ahnung. Læti?

Er lacht. Er lacht mit offenem Mund, lautlos, lange. Als hätte sie was Putziges gesagt.

»Teppich'Spar«, stößt er gleichzeitig mit dem Rauch hervor.

In seiner Stimme schwingt etwas Doppelbödiges mit: nicht so sehr wegen des – bemerkenswerten – Spitznamens, sondern angesichts der gewitzten Dörfler, dieser Hinterwäldler mit ihren ach so ulkigen Sitten.

Sie sieht die Lagerhalle mit den Teppichböden vor sich, neben dem Milord. Sie wäre so gern im Milord. Im blinkenden Licht. Nein. Eigentlich nicht. Sie möchte dort sein, wo sie ist. Mit ihm, der sich auf diesem Sofa fläzt.

Warum denn Teppich'Spar?

Der Junge gibt ein Stöhnen von sich, das im Grunde ein entfesseltes Lachen ist, so würde Lachen klingen, wenn es sich vom Körper löste (überlegt sie, von ihren eigenen Gedanken verblüfft).

Dann wird sie von der widerwärtigen Vorstellung gepackt, dass Lætitia billig zu haben ist. Læti'Spar.

Oder dass die Jungs sie als Fußabtreter benutzen. Als Bodenbelag. Sich darauf betten, darauf gehen und stehen, herumtrampeln, sich wie Affen darauf entlausen.

»Sie hat Haare auf den Brüsten«, sagt der Junge. »Teppich'Spar.«

Mit offenem Mund und stillem Lachen, als würde er den Namen hochhalten wie irgendein ethnologisches Fundstück, wie einen Skalp.

Sie führt sich ihre Brüste vor Augen. Dieses Problem ist ihr noch nie in den Sinn gekommen – nein, erleichtert stellt sie fest, dass sie keine behaarten Brüste hat. Wenigstens von diesem Makel wurde sie verschont.

Sie lacht.

Er nimmt ihr den Joint wieder weg und ihre Finger berühren sich.

»Wo kommst du her?«

Irgendetwas passiert mit der Zeit. Sie vergeht mal schneller, mal langsamer. Lætitia und der Typ haben den Raum eben erst verlassen, dennoch hatte sie (sie, Solange) genug Zeit (die Ewigkeit oder die Zeit im Stillstand), um über mehr Dinge nachzudenken als in ihrem ganzen bisherigen Leben, um darüber nachzudenken, dass sie über mehr Dinge …

Von der Küste.

»Komisch, dass ich dich noch nie gesehen habe. Wie heißt du?«

Er gibt ihr den Joint zurück, nass von seinem Speichel.

Sie überlegt, ob sie Charlotte sagen soll. Oder Sandra. Oder Jennifer.

Solange. Und du?

Er heißt Arnaud. Er kommt auch von der Küste.

Die Zeit macht eine weitere Schleife. Oder Pause. Oder *rewind. Let's Dance*, das wiederkehrende Lied.

»Ich mag diese Art von Ausnahmezustand, wo du entweder hellwach oder halb weggetreten bist …«

Sagt der Junge.

»Ich weiß nicht, was mir lieber ist (fährt er fort, an sie gedrückt). Das hellwache Bewusstsein ist toll, weil es sämtliche Empfindungen verstärkt. Es schlaucht aber total. Und dieser Schwebezustand, so im Halbschlaf, ist auch schön, und dann bekommst du wirklich eine andere Sicht auf die Dinge, keine Ahnung wie, aber mir wird jedes Mal klar, wie alles zusammenhängt, die politischen Probleme und so, du hast echt voll den Durchblick, weil du alles von einem übergeordneten Standpunkt aus siehst, quasi von oben, vom Standpunkt eines Aliens aus, du stehst außerhalb und bist völlig gelassen, weil dich gar nichts betrifft; wie bei einer Sitzung der Schülervertretung, und du bist gar nicht mehr an der Schule, hast längst Abi gemacht und durchschaust alles, bis ins kleinste Detail. Das löst alles, wirklich. Löst alle Probleme. Außerdem ist es spannender als Alkohol. Und man fühlt sich definitiv weniger einsam.«

Ich fühle mich auch einsam.

»In deinem Alter ist das normal. Ich habe mich viel zu wichtig genommen, war nicht so locker wie jetzt. Du kannst dich nämlich nur über andere definieren. Am Anfang hat man kein Bewusstsein, also auch keinen klar definierten Charakter, keinerlei Determination. Das hat Sartre gesagt. Und das ist doch genial, echt genial …«

Das heißt, als ich mich mit der Frage quälte, wer ich bin (beginnt sie, überrascht von der Einsicht, dass sie sich quälte), *und glaubte zu wissen, wer ich bin, allein, ich meine, allein in meinem Kopf, war das völlig sinnlos …*

»Du kannst dich nur über andere definieren. Das steht fest. Das hat Sartre gesagt. Das ist von Grund auf politisch.«

Klar. Eigentlich läuft das ganz instinktiv ab.

»An den Instinkt glaube ich nicht, überhaupt nicht. Was machen deine Eltern?«

Sie sind bei einem Flugzeugabsturz gestorben.

»Sei einfach nur du selbst. So ist es am besten. Sei anderen gegenüber stets du selbst. Tatsächlich kannst du sogar anderen gegenüber am besten dich selbst SPIELEN. Man hat immer die Wahl, egal was passiert. Du hast immer die Wahl, du bist vollkommen frei. Alles, was passiert, hat mit Wahlfreiheit zu tun.«

Ich würde gern in die USA reisen. Der Rotary Club von Clèves bietet ein Jahr Aufenthalt an und übernimmt alle Kosten, von der Anreise abgesehen. Ich habe mir das gut überlegt. Aber jetzt bin ich benebelt. Hänge voll durch. Wir reagieren doch alle, ich meine, jeder von uns reagiert in bestimmten Situationen auf die gleiche Weise, in diesen Standardsituationen? Das ist doch normal? Das mit der Freiheit ist super.

»Man kann es auch umkehren. Weil man immer ein Publikum braucht, um seine eigene kleine Show abzuziehen, andererseits hat dieses Bedürfnis nach Publikum nichts mit Show zu tun, es ist REAL. Sonst versinkst du in Hoffnungslosigkeit. Jemand, war das Hegel, hat von zwei Parametern in unserem Bewusstsein gesprochen, Zeit (Chronologie) und Raum (siehst du, Raum), und von zwölf Quadraten, zwölf Kategorien, denen man die Gedanken zuordnen kann, und auf diese Weise gelangt man zur Erkenntnis.«

Damit kann ich überhaupt nichts anfangen (widerspricht sie, den Kopf voller Kreise und Quadrate). *Diese Vorstellung ist überholt. Sie grenzt zu stark ein. Geist ist für mich ganz und gar unbegrenzt.*

»Das stimmt nicht. Der Geist ist begrenzt. Aber man muss lernen, ihn hundertprozentig zu nutzen. Eigentlich genial, wenn man sich das mal vor Augen führt. Das heißt, die Telepathie. Ich meine, wenn wir unseren Geist zu 100 Prozent nutzen würden, könnten wir sogar ohne Worte kommunizieren. Die unmittelbare Verständigung. Von einem Bewusstsein zum anderen. Ein Traum. Wir sind furchtbar begrenzt. Furchtbar begrenzt. Das ist furchtbar.«

Das trifft vielleicht zu, ist aber bestimmt falsch. Wo ist die Grenze?

»Jetzt zum Beispiel, du glaubst, dass du mit mir sprichst, aber vielleicht tust du das nicht. Vielleicht bildest du dir ein, dass du mit mir sprichst, und ich höre dir in Wirklichkeit gar nicht zu. Dabei könnten wir unmittelbar kommunizieren, von einem Bewusstsein zum anderen. Jedenfalls ist es besser, sich dem Anderen auszusetzen, selbst wenn es einen unglücklich macht, als sich mit seiner kleinen persönlichen Schutzzone zu begnügen. Die Schwachstellen sind das Entscheidende. Nicht das Ruhekissen-Gewissen.«

Sicher.

»Die meisten machen darum ein großes Gewese, sie übertreiben maßlos, aber wenn sie da erst mal durch sind, haben sie ihre Lektion gelernt. Wenn man zu dir sagt: ›Hör auf mit dem Scheiß‹, tut es dir vielleicht richtig weh, aber es tut dir gut. Längerfristig. Genau das hat mein Vater zu mir gesagt, ich soll mit dem Scheiß aufhören, und damit hat er mir den größtmöglichen Gefallen getan. Weil du dir plötzlich ganz klein vorkommst. Ein paar Ohrfeigen – nach dem Motto ›du hast vielleicht Sorgen‹ – holen dich wieder runter. Das gilt auch für dich nach dem Verlust deiner Eltern,

(sie hatte vergessen, dass ihre Eltern *tot* sind)

du kannst nie wieder so werden wie davor. Du kannst eine Erfahrung nicht ungeschehen machen. Du willst du selbst bleiben, klar, aber du kannst nicht zurück. Eine Erfahrung ist eine Erfahrung. Endgültig. Du kannst nicht vergessen, was du gelernt hast, oder vielmehr, dass du überhaupt etwas gelernt hast. Und so ein Mädchen wie Teppich'Spar, die hat keine Ahnung vom Anderen … Du kannst nicht wieder von vorne anfangen. Vergiss dein kleines Ego und stell dich dem Leben, der Wirklichkeit, du weißt schon, was ich meine. Du kannst dich nicht zurückentwickeln. Ganz ehrlich.«

*

Sie hat sich noch nie so gut mit jemandem unterhalten.

Sie steigen die Treppe hinauf, die Absätze sind so groß wie Zimmer, wie ihr Zimmer (wie ihre beiden Zimmer, zu Hause und bei Bihotz) (als wäre sie ein Scheidungskind) (das ist tatsächlich das erste Mal, dass sie daran denkt).

»Dein Arsch ist zum Sterben«, haucht der Junge in ihren Nacken.

Ihr Rock rutscht, das ist ein Problem.

Sie würde das mit ihren toten Eltern gern rückgängig machen, weil das wieder so eine Riesenlüge ist, und früher oder später wird sie ihnen (ihren Eltern) (und sogar Bihotz) (nein, nicht Bihotz) den Jungen ja vorstellen müssen.

Eine Stufe, eine weitere Stufe, sie lässt sich halb fallen, er fängt sie auf, hält sie fest, sie lässt Luft zwischen ihren Schneidezähnen entweichen, wie Marilyn.

»Hast du das gesehen?«

Auf dem Treppenabsatz hängt ein riesiges Gemälde, orangefarbene, gelbe und rote Streifen, die nichts darstellen, aber eine Menge hermachen.

»Ihrem Vater gehören sämtliche Weinberge nördlich von hier«, sagt der Junge mit ausladender Geste, eine Öffnung auf die Topografie der ganzen Welt. »Ständig kauft er Bilder, in den Vereinigten Staaten und überall, und den Rest der Zeit raucht er in seinem Rauchsalon und trinkt.«

Ein alter Mann geht vorbei. Ein König.

Boah, sagt sie.

Die Erde dreht sich an der Spitze von Arnauds ausgestreckter Hand. Die Treppe führt immer weiter hinauf.

Und Lætitia steigt herab, allein. Ihr Liebhaber liegt gerade in einer *Blutlache*. Ihr goldener Kettengürtel rasselt leise. Sie raucht mit angewiderter Miene, die Lider halb geschlossen, ihre langen Beine setzen langsam einen Schritt vor den anderen, die Doc Martens aus Lackleder gehen ihr Stufe um Stufe voraus, als würde diese Anstrengung ihr endgültig Aufschluss darüber geben, wie eitel die Welt ist.

Und er betrachtet sie, hat auf der Treppe innegehalten.

Küssen tut er aber sie, Solange. Er presst sie mit einem Schluchzen an sich. Er drückt ihr seine Zunge in den Mund.

Ein großes Buntglasfenster auf dem letzten Absatz, eine Meereslandschaft im Mondlicht, der echte Garten schimmert in Blautönen hinter den See-Kiefern hervor, als würde Clèves zum Meer werden, die Welt mit wundersamer Stetigkeit umspülend.

Eine Tür gibt unter ihrem Gewicht nach, sie stolpern in ein Zimmer hinein und lachen, einer auf dem anderen, er hält sie fest, drückt ihren Kopf nach unten.

Er drückt mit aller Kraft, kämpft mit seinem Reißverschluss und ihrem Kopf, um den einen zu öffnen und den anderen zu halten, wieder dreht die Zeit einen schummrigen Looping, Knittern von Stoff und Haut, bis sich alles klärt: sie hat seinen Schwanz im Mund.

So, wie er ihren Kopf hin und her bewegt, gibt er ihr zu verstehen, dass es rauf und runter gehen soll. Es fühlt sich leicht körnig an und riecht schlecht, mit einem säuerlichen Geschmack.

Er stöhnt. Ob sie ihm wehtut? Sie lockert den Kiefer.

»Saug schon, verdammt.« Er klingt aufgewühlt.

Sie spannt den Kiefer wieder an und bemüht sich, eine Art Druck, Sog, Vakuum zu erzeugen, anscheinend will er das, wie wenn man am Daumen lutscht, nur dicker.

Der Geschmack ist weg. Der Speichel fließt üppig, etwas davon tropft ihr aufs Kinn und kitzelt sie, genau wie die Schamhaare, die in ihre Nase dringen. An den Geruch hat sie sich gewöhnt, aber ein bisschen schade ist das schon, dass sie den Eindruck hat, ihm den Schwanz sauberzumachen. Sie hätte gern, dass er ihre Haare loslässt, es ziept, und ihr Arm ist eingeklemmt wie beim Judo.

Allmählich tut ihr der Kiefer weh. Krämpfe an den Seiten. Offenbar nutzt sie diese Muskeln nicht genug, jedenfalls nicht so. Ist wohl eine Frage der Übung. Man muss den Mund schon ganz schön weit aufreißen, bei dieser Sache.

Sie versucht, an etwas anderes zu denken, wie wenn man beim Zahnarzt ist.

»Mist (hört sie plötzlich), ich habe einen Roboter erwischt!«

Sie verrenkt sich den Hals, um ihn anzusehen. Der Kiefer entspannt sich, die Schädelhaut auch.

»Du hast echt null Phantasie. Muss ich dir wirklich sagen, dass du ab und zu an der Eichel lecken sollst? Setz deine Zunge ein, spiel ein bisschen!«

Er macht es ihr vor, streckt die Zunge heraus, reckt den Hals. Er hat einen merkwürdigen Gesichtsausdruck, beinah verzweifelt. Diesen Ausdruck hat sie schon bei Bihotz gesehen, am Tag, als er seinen Schwanz in der Hand hielt (oder am Tag des Kugelfangspiels).

Er zeigt ihr, wie man die Wurzel umfasst, nicht zu fest, und dass sie sich hin und wieder den Eiern darunter widmen soll.

Er lässt sich auf das Bett zurückfallen, hält sich an ihren Haaren fest und es scheint ihm besser zu gehen.

So tun, als wäre sie ein solches Mädchen, erfahren und begehrenswert. *Ein köstlicher Schwindel.*

Es passiert just in diesem Augenblick. Just in diesem Augenblick tut sie das für einen Jungen. Die Welt ist lebendig und sie mittendrin.

Es zieht sich allerdings. Sie versucht, an den kleinen Fluss zu denken, der direkt unterhalb des Gartens fließt. An den Pool bei Nacht (man hört Stimmen, Plätschern, Gelächter. Sie wird nachher hingehen). Der Schwanz dringt bis zu ihrem Hirn vor. Prallt gegen ihre Schädelbasis. Die Situation ist schon ziemlich merkwürdig. Es fällt schwer, an anderes zu denken. Der Krampf ist nicht mehr auszuhalten, sie versucht, sich loszumachen, und er schreit:

»Nein, das geht nicht, das geht nicht!«

Er steht auf, mit diesem seltsamen, stocksteifen Winkel, den sie schon bei Bihotz gesehen hat. Ein Sporn. Ein Entstöpsler. Er schüchtert sie ein, weniger der Schwanz als vielmehr, dass er so kampflustig aufragt. Stimmt schon, sie stellt sich blöd an.

Er fängt das Ganze wieder bei Null an (etwas neben sich, aber präzise), sie kniet vor ihm und *saugt*, er klammert sich an ihre Ohren, die Finger in ihren Hinterkopf verkrallt, er schlägt gegen ihre Stimmritze und sie verspürt einen Brechreiz, sie hustet, ihr kommen die Tränen, er zieht und drückt, sie hustet, ihr Kopf ist eine Kokosnuss, eine Spardose, die geschüttelt wird, da ist nichts drin und er gibt einen Schrei von sich und etwas *Ekelerregendes* breitet sich in ihrem Mund aus.

Sie rennt ins Bad, um zu spucken. Spült sich den Mund aus und atmet tief durch.

Im Spiegel ist sie potthässlich. Sie fährt sich mit den Fingern durch die Haare und versucht, ihre Wangen und Lider mit kaltem Wasser zum Abschwellen zu bringen. Die Mascara ist verlaufen, sieht übel aus. Sie reibt mit der Fingerspitze, es wird nicht besser. Und der Geschmack geht einfach nicht weg. Das Zeug ist außerirdisch (wie Bihotz sagen würde). Klebrig, süßlich, durchdringend, grauenhaft.

Er liegt mit geschlossenen Augen auf dem Bett. Mit einem Hauch von Zärtlichkeit sagt er:

»Emanzipiert bist du ja nicht gerade.«

Sein Schwanz hängt als graues Häufchen aus der Jeans.

»Für einen Kerl kann das kränkend sein. So gleich ins Bad zu stürzen. Wenn die Mädchen schlucken, gibt das den Männern ein gutes Gefühl. Ist der krönende Abschluss …«

Er schließt sie in die Arme und küsst ihre Haare.

»Hasch macht mich träge. Und wenn dann noch Alkohol dazukommt … Später wird es für dich aber umso schöner sein. Wir können uns alle Zeit der Welt lassen.«

Sein Schwanz hebt sich leicht, Wahnsinn, hebt sich von allein, wie der Kopf einer Eidechse.

Sie kann kaum glauben, dass sie hier ist, wirklich hier liegt, an die Brust eines Jungen geschmiegt, den Kopf in seiner Schulterbeuge. Nicht die übliche Einbildung, nicht das Kissen in ihrem kleinen Bett, sondern ein Mann, ein richtiger Mann.

Er küsst sie, wieder auf die Haare. Kein Wunder, bei dem Geschmack, den sie auf der Zunge hat. Sie würde sich gern die Zähne putzen. Bestimmt hat sie Mundgeruch.

Es wäre schön, sich wieder zu unterhalten. Die Wirkung des Joints hat bei ihr komplett nachgelassen, er findet sie sicher doof. Er raucht eine Zigarette, den Blick auf den Kronleuchter gerichtet. Düster und geheimnisvoll.

Sie weiß nicht, was sie sagen soll.

Stuck an der Decke. Ein Wandteppich, der mit ähnlichen Vögeln bemalt ist wie die Tassen von Bihotz, aber altmodischer, *pastelliger.* Ein chinesischer Wandschirm und Möbel mit Löwenfüßen. Das halb offene Fenster blickt auf einen kleinen Balkon.

Wäre sie doch eine Lætitia d'Urbide, nur ein bisschen älter. Wäre mit ihm in diesem Schloss zusammen. Sie hätten Pferde unten am Fluss, würden mit ihren Gästen Tennis spielen. Sie hätten *die Biege gemacht* und er hätte sie *genommen*, und sie würde ihr schönes Kleid wieder anziehen, er würde die Bänder in ihrem Rücken schnüren, das Korsett vielleicht enger ziehen, das Knie gegen ihr Kreuz gedrückt, wie sie das mal in einem Film gesehen hat, ein letzter Kuss auf ihren gelösten Haarknoten, dann ein inniger Kuss auf dem obersten Treppenabsatz, sie nach hinten gebeugt, er voller Besitzerstolz, sein ist ihr ganzes Herz, ihre Seele, sie hätte er geheiratet, die Schönste, strahlend im Kreis der verzückten Gäste.

Er steht auf, um sich wieder anzuziehen, entsetzt stellt sie fest, dass sie sich bislang an seinem Oberschenkel gerieben hat, aber er ist schon dabei, ihr etwas zu erzählen:

»Ich war ganz vorne und hab Pogo getanzt, die Bühne zum Greifen nah, ein paar Mädchen wurden ohnmächtig, es war eine irre Stimmung. Bei dem Gedränge haben wir das gar nicht mitbekommen, sie sind im Stehen ohnmächtig geworden, wurden von der Menge gehalten, es sah aus, als ob sie tanzten, und wir reichten sie über die Köpfe hinweg bis zu den Roadies weiter, später haben sie sogar einen Rollstuhlfahrer hochgehoben und weitergetragen, das war echt toll.«

Sie hat genau den gleichen Musikgeschmack wie er. Sie hat vor, zum Cure-Konzert nach Bordeaux zu fahren.

Aber davon hat er doch gerade erzählt, wach auf, Mädchen, das war letzte Woche.

»Robert Smith, hast du seine Texte gelesen, ich meine, *gelesen*? Diese Mischung aus Zynismus und sagenhafter Empfindsamkeit. Das, wovon er schreibt, *empfindet* er wirklich. Wenn man sie nicht gelesen hat, merkt man das nicht, aber es geht wirklich ans Eingemachte, dass man seine wahren Gefühle verstecken muss, sonst leidet man wie ein Hund, Zynismus ist die Höflichkeitsform der Verzweiflung, und das ist cool, das ist genau der Weg, den Robert Smith beschreitet.«

Sie traut sich nicht, Michael Jackson zu erwähnen. Ob Michael Jackson überhaupt so cool ist?

Sie hätte gern, dass er ihr etwas zu trinken besorgt, was Hochprozentiges, aber das wäre zu viel verlangt, unter Umständen.

Er dreht eine weitere Tüte.

Arnaud. *Arnaud*. Beim R zieht sie ganz leicht Luft ein.

»Du siehst ja ganz bedröppelt aus.«

Er knöpft ihr Polohemd auf, ein Knopf nach dem anderen.

Sie versucht, *bedröppelt* auszusehen, es hat sich so nett angehört.

»Dir ist hoffentlich klar, dass das hier nichts weiter zu bedeuten hat.«

Klar. Sicher. Da ist sie ganz cool, offen für alles.

»Ich möchte dir auf keinen Fall wehtun.«

Das sagt er wie in diesen Fernsehserien, sie begreift, dass es ein Witz ist und sie auf derselben Seite stehen. Er zieht ihr das Polohemd aus, das Lacoste-Polohemd ihres Vaters (wenn bloß keine Flecken drauf sind, sonst bringt der sie um).

Er küsst ihren Hals und packt ihre Brüste. Sie hofft, dass sie prall genug sind, dass sie ausreichend *Holz vor der Hütte* hat. Sie will ihn an sich ziehen, damit er ihren Hals besser erreicht und die Brüste nicht so stark durchknetet, sie holt tief Luft und es kommt zu einer Art Missverständnis, er drückt ihren Kopf nach unten, hält sie dort fest, unter dem Meer, unter Wasser. Tränen steigen ihr in die Augen wie eine große Welle von *Zynismus*, der Schwanz ist kalt und verklebt, schlaff und faltig, er schiebt das Becken ungeduldig vor und zurück und sie beeilt sich, kaut ein wenig (wie Hähnchenfett) und das Ding bläht sich auf, schon eigenartig, füllt als harter Ballon den ganzen Mund aus.

Er bezeichnet sie zärtlich als kleine Hündin.

Das Wort schießt ihr zwischen die Beine und plötzlich wird sie feucht. Vielleicht sagt er es mit seiner Art von Distanz, indem er sich das Wort weit vom Mund hält – jedenfalls erwischt es sie genau dort, wie eine Schnauze.

»Bald hast du den Bogen raus«, flüstert Arnaud. »Du wirst von Minute zu Minute besser. Hör auf, sonst *komme* ich.«

Und er dreht sie mit sicheren Griffen um, Griffen, die in ihrem Höschen gleich eine ganze Meute loslassen, bis ihr klar wird, zweifelsfrei – er will es tun, er hebt den Glencheck-Rock ihrer Mutter an, schiebt seinen Schwanz darunter.

Sie will das nicht. Nicht so. Nicht *verkehrt herum*. Sie will sein Gesicht sehen, mit ihm reden, ihn sehen. Sie schlägt um sich, geht unter, fällt ins Nichts.

Er dreht sie richtig herum. Er nimmt sie in die Arme und streicht ihr übers Haar. Ist ja gut, er wird sie schon nicht vergewaltigen.

Er führt ihre Hand zu seinem Schwanz und schiebt sie hin und her, Hand auf Hand.

»Besteigen ist nicht, wenn du Jungfrau bist. Wobei ich d'Urbides Kirsche geknackt habe, und sie ist dabei voll auf ihre Kosten gekommen, das kannst du mir glauben.«

Er atmet schwer.

»Andererseits (er zündet die Tüte wieder an, die auf dem Nachttisch lag) gibt es mehr als eine Möglichkeit, Jungfrau zu bleiben, wenn das deine Sorge ist.«

Er greift ihr in die Haare. Sie saugt eifrig, jetzt hat sie's ja gelernt. Findet den richtigen Rhythmus, *viens je t'emmène,* den Rock bis zum Bauch hochgeschoben, nackte Brüste, auf die seine Hand niedersaust, die sich auch zu ihren nassen Schenkeln vorarbeitet, kleine Hündin, diese Wörter brennen in ihr, sie saugt, sie sieht sich dabei zu, sieht sie beide in diesem Zimmer, das völlig durchnässte Höschen, zwischen den Pobacken eingeklemmt, den verformten Mund und das verschwitzte Gesicht, an Schamhaare und Eier gedrückt, vor und zurück, sie saugt tüchtig. Sie hätte gern, dass er die Hand tiefer gleiten lässt, blöderweise ist sein Arm zu kurz oder sie ist zu weit weg oder irgendwas versperrt, aber eigentlich müsste es gehen, sie ahnt es, er bräuchte sie nur zu *befingern*, um – »Ach du dicke Sau«, Sau als gellender Triller, und sie springt beiseite und das Zeug schießt in die Luft und landet auf dem Rock ihrer Mutter – Mist.

Sie ist nicht wirklich *dick*. Es gibt viel dickere als sie, Delphine zum Beispiel oder sogar Rose, er übrigens auch, seine Bauchgegend erinnert ein bisschen an Bihotz. Oder war das ein Scherz?

»Das war echt fies«, bemerkt er.

Er zieht am Joint, drückt den Stummel am Lampenfuß aus und verschwindet im Bad.

Sie deckt sich mit dem Laken zu und versucht, den Brandfleck auf der Lampe mit ihrem speichelnassen Daumen zu verreiben.

Sie hört einen langen Strahl. Wie intim dieses Plätschern von Urin klingt. Wieder denkt sie an den jungen Bräutigam, der sich nach Besiegelung des Geheimpakts unauffällig unter die Gäste begeben wird. Er hat das ganze Leben vor sich, um sie zu nehmen und wieder zu nehmen und sich um die Pferde zu kümmern, morgen und übermorgen und bis in alle Ewigkeit wieder mit ihr zusammenzukommen. Sie hat nur ein paar Sekunden, um sich zu reiben, schnell und mit kreisender Bewegung, sie ist Schlossherrin und Schlossherr zugleich und erklimmt den Gipfel, den Bauch auf das Bett gepresst, mit bebenden Hüften *kommt* sie in einem überwältigenden Zug.

Arnaud. Sie tut so, als schliefe sie. Sie hört ihn die Treppe hinuntergehen.

Im Badezimmer mustert sie sich von der Seite. Wie soll sie ihm diese Spiegeleier noch einmal auftischen, er ist sicher Besseres gewohnt, sogar die Aureolen sind hässlich. Die von Teppich'Spar machen einen guten Eindruck, selbst die von Delphine sind voller. Wahrscheinlich muss man es *wirklich* tun, damit sie wachsen.

*

Sie zögert, ob sie zu Bihotz oder zu sich nach Hause soll. Wo weniger Fragen gestellt werden. Sie ist durcheinandergekommen, als sie Arnaud ihre Telefonnummer gegeben hat (die toten Eltern), er musste sich die Nummer von Bihotz *(meinem Vormund)* merken (Arnaud hatte keinen Stift bei sich).

»Wann seid ihr denn ins Bett gegangen«, fragt Bihotz. Er sieht ihr tief in die Augen, als führte ein Tunnel in ihr Inneres, von den Augenhöhlen zur *Vagina*, wo ihre *Scheidenklappe* nach wie vor unangetastet ist.

Um Viertel nach eins.

Wie diese Linsenabdeckung bei Fernrohren.

»Und ist die Mutter von Delphine wohlauf?« *Ja, sie ist wohlauf.*

»Dann hast du ja gesehen, dass sie nicht das Schlossfräulein ist?« *Ja, schon kapiert.*

Er lässt von ihr ab und sie kann sich endlich wieder ihrem Film widmen. Arnaud. Sein Blick von unten. Ein Pakt. Eine stillschweigende Übereinkunft. Arnaud. Wie sich das angehört hat.

Hör auf, sonst komme ich.

Sie würde sich gern hinlegen, aber das findet Bihotz bestimmt seltsam, für ein Mädchen, das früh ins Bett gegangen ist.

Sie bleibt dort sitzen, vor der Sportschau, mit ihm, der Lulu betätschelt. *Bald hast du den Bogen raus.*

»Bald«, das bezieht sich auf die Zukunft, das heißt, dass er sie wiedersehen möchte.

Und sein Griff, dieser feste Griff, ein wenig zu fest, aber so unheimlich *souverän.* Sie atmet durch den Mund, zwischen ihren Beinen verflüssigt sich alles. Die Zukunft einer *Kurtisane.* Unter Kristallleuchtern und Wandteppichen träge hingegossen.

Carl Lewis startet beim 100-Meter-Lauf. Carl Lewis rennt so schnell, dass es schon wieder vorbei ist. Bihotz sagt, die Weißen haben keine Chance mehr. (Aber seit sie sich zu all dem eine Meinung gebildet hat, zu diesem Planeten, der sich ohne Sinn und Zweck im leeren Weltall dreht, interessiert sie sich nicht für Politik.)

Sie betrachtet das Telefon als ganz neuen Gegenstand, als Tor, als Schleuse zu einer anderen Welt voller Stoffbehänge und chinesischer Wandschirme. Sie versucht sich daran zu erinnern, ob es Dring macht oder Bili bili. Bili bili macht es bei ihr zu Hause, das neue Tastentelefon. Sie versucht, dieses hier zu hypnotisieren, ein Wählscheibentelefon.

Dring.

Sie springt auf. Sie ist der wahre Carl Lewis.

Ihre Mutter. Die wissen will, ob sie hier isst oder drüben.

Die ihr sagt, dass nein, niemand angerufen hat. Ob sie mit einem Anruf von Rose rechnet? Von Nathalie? War's schön, bei Delphine?

*

23 57 01.

Das ist seine Nummer. Sie kennt sie auswendig, die Nummer hat sich ihr sofort eingeprägt. 23 57 01. Zwei und drei (wir beide und später ein Kind?), fünf bis sieben wie bei heimlichen Rendezvous, und null und eins (warum null und eins?). Jedenfalls kommt, wenn man alles addiert, 2 + 3 + 5 + 7 + 0 + 1, unterm Strich 18 heraus, die Volljährigkeit, das Alter, in dem sie frei sein wird. Sein Alter, vielleicht? Ihnen bleibt am anderen noch so vieles zu entdecken.

23 57 01.

Bihotz geht die Hühner einschließen.

Sie nimmt den Hörer ab und wählt die Nummer in der Luft. Wie geht's dir? Sehr gut und dir. Ich habe gerade an dich gedacht. Ich konnte dich nicht anrufen, weil. Ich muss wieder an deinen Mund und deine Brüste denken. Doch, die sind wunderbar. Du bist wunderschön. Kein anderes Mädchen hat mir solche Lust verschafft. Bald hast du den Bogen raus. Hör auf, sonst komme ich. Kein anderes Mädchen. Du bist schöner als. Hör auf, sonst komme ich. Ich liebe dich. Liebst du mich. Ich liebe dich. Ja. Ja.

Bihotz kommt von den Hühnern zurück.

Es dämmert.

Dring!

Sie nimmt ab, entsetzliches Herzklopfen, sie ist entschieden zu, sie ist viel zu *zynisch* – schon wieder ihre Mutter. Die sie zum Abendessen erwartet. Die sie das ganze Wochenende nicht gesehen hat. Ich habe nur eine Tochter und bekomme sie nie zu Gesicht. Doch, ich habe dir gesagt, dass du hier zu Abend essen sollst. Wo hast du nur deinen Kopf. Muss ich dich wirklich *bitten*, zu mir zu kommen? Wie wird das erst in ein paar Jahren sein.

Sie verbringt den Abend mit ihrer Mutter vor *2001: Odyssee im Weltraum*.

Sie führt sich wieder den Moment vor Augen, als er sie mit gebieterischen Händen nach unten drückte. *Du siehst ja ganz bedröppelt aus.*

Sie muss endlich aufhören, so viel zu träumen. Sie übertreibt wirklich *maßlos*. Warum sollte dieser Typ, der das Abi quasi schon *in der Tasche hat*, sie überhaupt anrufen?

Bestimmt hat er ihre Nummer vergessen. Blöd, das mit dem Stift.

*

Es müsste Telefone mit dehnbarer Schnur geben, die man überallhin mitnehmen kann. Am besten gleich schnurlose Telefone.

Nicht, dass sie viel zu erledigen, viele Orte aufzusuchen hätte. Nicht einmal Lust dazu.

»Ich erkenne dich nicht wieder«, sagt Bihotz. »Früher wolltest du immer raus. Jetzt, wo du ständig in der Bude hockst, siehst du allmählich aus wie Dracula. Komm und hilf mir mit dem Mais.«

Sie schützt Kopfschmerzen vor.

»Ach, und jetzt kommst du mir mit Migräne?«

Zwei Tage später kriegt sie vom ständigen Stubenhocken tatsächlich Kopfschmerzen. Ihre Mutter will, dass sie einen Arzt aufsucht. Diese unerträgliche Anteilnahme in ihrer Stimme.

Eine Telefonschnur, die dem Rad folgen, ihm über Straßen und Wege hinterherlaufen, um das Dorf herumführen und hierher zurückkehren würde, ein Knäuel, das sich immer enger um sie, die Stubenhockerin, zieht.

Bihotz legt eine grauenhafte Platte auf, eine Ballade der Scorpions, *I'm still loving YIIIIOUOUOU,* und er schüttelt die langen Haare.

»Kannst ja deine eigenen Platten auflegen, wenn dir das nicht gefällt.«

23 57 10.

Wo soll sie sich hinstellen. Wo soll sie hingehen. Anrufen oder nicht. Was tun.

Es soll aufhören. Was auch immer, Schluss damit.

Wäre sie doch schon viel weiter. Einen Monat, ein Jahr, zwei Jahre, drei Jahre. Wäre sie doch sechzehn. Achtzehn. Dieses unerträgliche Warten. Wäre sie doch erwachsen. Das, was man eine Frau nennt. Wüsste sie doch über das Leben Bescheid, wie mein Leben aussehen wird, wer ich sein werde. Einfach kommen und gehen, telefonieren, reden, weggehen. Ficken. *Ficken.* Die ganze Erde erobern und ficken.

Sie sieht sich als Riesin, die sich an die Erde klammert, an der Erde klebt und sich daran reibt, die Rotation des Planeten unterbricht und bis zur Lava vordringt, bis zu jenem Punkt, wo man nichts weiß.

*

Vor lauter Warterei weiß sie gar nicht mehr, dass sie da ist.

Sie: nichts.

Beim Dring ist sie wieder da. Das Klingeln rematerialisiert sie. Unerträgliches Pochen in den Schläfen. Die Atome ihrer Hand setzen sich auf dem Hörer zusammen – ihre Mutter ist dran, oder Delphine, und der Frust nagelt sie an Ort und Stelle fest.

Dann zerstäubt sie wieder, ein winziger pulsierender Punkt in einem Dorf eines Landes, eines Kontinents, ein leidender Punkt und null Zeit, null Vergangenheit, null Zukunft.

Ihr fallen die Worte wieder ein, die sie als Kind beim Beten aufsagte:

Gegrüßet seist du, Maria, voll der Gnade, der Herr ist mit dir. Du bist gebenedeit unter den Frauen, und gebenedeit ist die Frucht deines Leibes, Jesus. Heilige Maria, Mutter Gottes, mach, dass Arnaud mich anruft, bitte, Heilige Maria, ich werde alles tun, was du verlangst. Amen.

23 57 01.

Sie lässt es einmal klingeln und legt wieder auf. Die Nummer gibt es wirklich.

Das ist schon mal ein Zeichen.

»Deckst du mal bitte den Tisch!«, ruft Bihotz.

Das Geklapper des Bestecks aus rostfreiem Stahl.

Sie legt eine Kassette ein, die Delphine ihr überspielt hat, laut, von den Texten versteht sie kein Wort, aber die Musik spricht von ihr, von ihrem Leben, sie hält sich die Augen zu und schüttelt den Kopf und Bihotz macht sich wieder bemerkbar.

»Dafür, dass du Migräne hast.«

Sie drückt auf Pause und seufzt und harrt aus, bis er sie endlich in Ruhe lässt.

Wenn ihr Vater bloß *Gepäckträger* ist, kann sie noch lange auf einen Walkman warten.

»Geh doch heim zu deiner Mutter, wenn ich dich nerve.«

Er knallt die Tür zu. Reizend.

Sie ist allein am Rand der Welt. Von einer Zentrifugalkraft herausgeschleudert, allein, fern vom Zentrum, wo alles lebendig ist.

*

23 57 01.

Es bloß einmal klingeln lassen. Schnell auflegen.

23 57 01.

Bloß noch ein einziges Mal.

»Hallo.« Die Stimme einer Frau. Die gereizt ist. Die gleich beim allerallerersten Klingeln abgenommen hat.

Ist Arnaud da?

»Wer ist dran?«

Ihr Herz pocht so stark.

»Wer ist denn dran?«

Offenbar hat ihr Vater, der Gepäckträger, ihr nicht beigebracht, wie man sich korrekt vorstellt.

Solange.

Was für ein scheußlicher Name.

Sie hört eine Art Flöten, »Arnooooooo«, ein elegantes, spöttisches Flöten.

Sie legt wieder auf.

Sie öffnet das Fenster und blickt nach unten. Nur ein Stockwerk, aber ziemlich hoch. Zementplatten. Welchen Schaden das wohl anrichten würde. Man müsste es an Lulu ausprobieren.

Das Telefon klingelt.

Sie zwingt sich, es dreimal klingeln zu lassen.

Eins. Zwei. Drei.

Ja?

Eleganter als Hallo.

»Solange?«

Ja.

»Hast du eben angerufen?«

Nein.

»Meine Mutter sagte Solange.«

Nein.

»Ich kenne aber nur eine …«

Seine tiefe Stimme, seine doppelstimmige Stimme. Alles, was sie zusammen erlebt haben, alle gemeinsamen Momente kommen ihr wieder in den Sinn, das blaue Zimmer und unten der Fluss. (War das Zimmer blau? Mit einem chinesischen Wandschirm.)

»Wollen wir uns treffen?«

Ja.

»Wann?«

Morgen?

»Morgen kann ich nicht. Übermorgen?«

*

Frei.

Sie tritt mit aller Kraft in die Pedale. Dorfplatz, Silos, Milord, Wassersportanlage. Sie fährt im Wind, ins Weiße, keine Bilder, Geschwindigkeit, lässt Punkte auf einer Karte hinter sich. Eine gewaltige Kraft steigt in ihr auf, jeder Pedaltritt bringt sie voran, immer weiter, immer schneller, jeder Tritt ein Sprung.

Auf dem Felsvorsprung am See steht eine Statue der Jungfrau Maria. Danke, Maria, danke, dass Arnaud mich angerufen hat. Sich reinen Herzens hinbegeben, sich der Gottheit so rein wie möglich zeigen, die mit Röntgenaugen durch unseren Körper hindurch sieht, bis auf den Kesselgrund unseres Schädels, wie in einen Hohlspiegel, voll von unseren Träumen und Wünschen, Amen. Weil Maria natürlich erkennt, dass sie (Solange) rein ist, so rein wie als

Kind (sogar reiner, wenn sie sich an die Gedanken von damals erinnert).

Sie fährt im Freilauf zum Fluss hinab. Betrachtet das Schloss am Ufer gegenüber. Späht nach dem Fenster. Der Balkon im letzten Stock. Das blaue Zimmer.

Da bewegt sich etwas. Vielleicht nur eine Spiegelung in den Scheiben, ihr war das schadhafte Glas aufgefallen (als sie unter dem Laken liegengeblieben war und gegen den Drang angekämpft hatte, sofort wieder zu ihm zu gehen, ihm *nachzulaufen*).

Als sie ein Stückchen weiter am Fluss entlangfährt, bewegt sich da wirklich etwas. Lætitia d'Urbide? Dienstboten?

Rosengarten. Tennisplätze. Swimmingpool. Jedes Zimmer mit eigenem Bad. *Dressingroom*. Es gibt sogar einen *Videoraum*. Und eine Sitzgarnitur aus echtem Leder. Bezahlen Sie in vier Raten. Bezahlen Sie den Teppichboden, nicht die Teppichreste.

Teppich'Spar – Lætitia d'Urbide, Lætitia d'U, Lady Di, Lady d'U.

Ob sie es tut? Ob sie dann auch so ist? Keuchend und durchgebogen? Wird sie *penetriert*? *Defloriert*? Gibt sie Laute von sich wie auf Canal+? Und Lady Di?

Ihre Mutter. Ihre Mutter in diesem Schloss. Von Dienstboten versorgt. Warum auch nicht. Ihre Mutter, die ihr ständig eintrichtert, dass eine Frau einen Beruf braucht. Nicht arbeiten, das wäre der wahre Traum.

(Ein Witz, den Georges über Bonzen in der Hochzeitsnacht gerissen hat, ging etwa so – aristokratisches Näseln – »Wollen Sie nun rein oder raus, mein Teuerster, entscheiden Sie sich und hören Sie endlich mit diesem albernen Hin und Her auf«.)

Und das Wort *Fickodrom*, das ein Kumpel von Arnaud benutzt hat. Arnaud und dieser Kumpel, von oben gesehen, als sie die Treppe hinunterging. Tief ins Glas schauend und lächelnd einander zugeneigt. Der Blick, mit dem dieser Kumpel sie (durchgebogen, keuchend) bedacht hat (als wüsste er, was sie gerade getan oder nicht getan hat).

Arnaud und sie eng umschlungen am Fenster stehend. Schlossherren auf ihrem Anwesen.

Ein Arm um einen Baum gelegt wie um einen imaginären Körper, geöffneter Mund und in die Luft gehauchte Küsse, leicht gebogen, leicht keuchend, mit schweifendem Blick, um sicherzugehen, dass sie vom Laub gut versteckt wird.

*

Sie stellt ihr Rad ab und läuft mit großen Schritten zum Seeufer.

Atmen und rennen. Sie denkt: Das ist Jungsein, greif zu, beeil dich, es ist nur von kurzer Dauer, sehr kurzer Dauer, und die Freude ist riesig, denn es passiert JETZT.

Ihr bleiben zwei Tage, um zwei Kilo abzunehmen. Wieder fasst sie den feierlichen Entschluss, nichts mehr zu essen (nur noch Äpfel und Tomaten und Zigaretten).

Georges takelt gerade Surfbretter auf und sonst ist weit und breit niemand zu sehen. Er borgt ihr gern ein Brett und einen Surfanzug. »Wo ich dir das schon so lange angeboten habe.«

Sie zieht sich so diskret wie möglich hinter dem Anhänger um. Da sie keinen Badeanzug dabeihat, schlüpft sie ohne alles in den Surfanzug und Georges sagt, das ist unhygienisch. »Behalt das Höschen an. Brauchst dich gar nicht so zu zieren, ich hab schon genug *Pöter* gesehen.«

Zur Seemitte hin weht ein fester, starker Wind. Sie hängt mit beiden Armen am Gabelbaum, das Segel zieht sie nach oben, ihre Füße finden kaum Halt und sie flitzt voran. Leicht, so leicht zwischen Himmel und Wasser. Die Welle vorwegnehmen, mit geschmeidigen Beinen auffangen, abheben.

Drüben hat der Kurs angefangen, vier oder fünf Hanseln und Georges, der auf seinem Außenborder thront, mit langen blonden Haaren, ein toller Mann, fast so toll wie ihr Vater. Neben ihm sitzt ein fetter Typ, ein entfernter Cousin von Bihotz, den sie nicht leiden kann, weil er immer so blöde Witze reißt. Und es musste ja so kommen, sie halten direkt auf sie zu. Sie sollte wenden, *abdrehen* – aber sie fällt um, als die anderen sie erreichen.

Rostroter Schlamm quillt zwischen ihren Zehen hervor. Drei Stockenten fliegen auf, scheiden Kot aus, und es gibt scharfkantiges Schilfrohr und den metallischen Geschmack des Wassers und die trostlose Abwesenheit des Meeres.

»Geht's?«, fragt Georges. Komisch, er bietet ihr eine Zigarette an. Die nimmt sie lässig an und streicht sich eine nasse Haarsträhne aus der Stirn. Alles in Ordnung.

»Kommt auf die Stellung an (der Cousin ist gerade mitten im Redefluss), in dem Fall war das aber die maximal mögliche Kalorienverbrennung, vor allem mit diesem Bombenweib.«

»Er ist bei den *Weight Watchers*«, dolmetscht Georges.

»Drei Mal«, fährt der fette Typ fort. »Drei Mal achthundert Kalorien, macht insgesamt zweitausendvierhundert Kalorien, was meinst du, wie schnell meine Pfunde purzeln, bei so 'ner Diät!«

Die Männer ziehen sie aus dem Schilf, und sie kann den übernächsten Tag gar nicht mehr abwarten, den überfälligen Beginn ihres Lebens.

Als sie den Surfanzug hinter dem Anhänger wieder abstreift, ist da so eine merkwürdige Wärme. Ob das rostige Wasser eingedrungen ist? Blut, das Höschen ist voll, nasses Blut – na großartig, so was kann auch nur ihr passieren, *übermorgen* ist sie verabredet und bei ihr dauert es immer mindestens fünf Tage.

Sind denn schon 28 Tage vergangen, seit dem letzten Mal? Wäre der Kalender auf den Mond abgestimmt, auf Mädchenmonate, käme man damit viel besser zurecht, anders als mit diesen dämlichen Kaisermonaten auf 30 oder 31, wodurch sich alles verschiebt. 28 mal 13, das haut genau hin, 364, plus einen Puffertag für den 29. Februar oder sonst was - soll ihr keiner sagen, dass das nicht geht. Und dann könnte man sich dementsprechend verabreden.

Sie hätte zu ihm sagen können: *Übermorgen geht bei mir nicht.* Geheimnisvoll, vielbeschäftigt. *Nächste Woche, vielleicht. Wenn ich die Zeit finde.*

»Man muss strategisch vorgehen«, sagt Nathalie immer.

Die ihr einen Tampon geborgt hat, zum Ausprobieren. Es tut aber höllisch weh, obwohl sie ihn wie geraten in Öl getaucht hat.

Dabei hatte der Feuerwehrmann gleich einen ganzen Finger hineingesteckt, ganz schön dick, so ein Finger (und wenn man an das andere denkt, an dessen Umfang - lieber nicht daran denken).

»Aber da warst du feucht«, hat Nathalie ihr erklärt. »Dann gleitet es besser.«

Sie hat es beim *Masturbieren* versucht, aber selbst wenn sie so konzentriert atmet wie ihre Mutter im Lotussitz, ist da nichts zu wollen. Überhaupt wurde sie, was Tampons angeht, von Nathalie gewarnt: Ein Mädchen hat mal nicht dran gedacht und der Typ hat ihr den Tampon so tief hinein gedrückt, dass er sich durch die inneren Organe bohrte und sie in Blut gebadet gestorben ist.

*

Warum sie an diesem Abend weint, ist ihr nicht ganz klar.

»Ich weiß noch, als ich in deinem Alter war, hatte ich es nicht leicht, ich hatte Höhen und vor allem Tiefen, es heißt, es sei das undankbare Alter, mein armes Lämmchen, aber man kann nicht sein Leben lang Kind bleiben, man muss da nun mal durch, wie durch einen Dornenwald, und später wirst du einen Beruf haben, und Kinder, du wirst dich selbst verwirklichen, du wirst ein schönes Leben haben, besser als meines, mach es nicht so wie ich.«

Sie fängt an zu heulen, schon wegen dieses Gesprächs mit ihrer Mutter, das Schluchzen hört gar nicht mehr auf. Und – immer wieder das Gleiche – sie sagt, was sie gar nicht hatte sagen wollen, was man auf keinen Fall sagen darf – dass sie wegen Papa Bescheid weiß.

Ihre Mutter zeigt keine Reaktion.

Dass Delphine erzählt hat, wie Rose ihn beim Koffertragen gesehen hat. Papa.

Eigentlich müsste das doch einschlagen wie eine Bombe.

Das war, als sie nach England geflogen sind (stellt sie klar).

»Willst du damit sagen, Delphine hat erzählt, dass Rose Papa gesehen hat, als er sich besonders um die Koffer einer bestimmten Person kümmerte?«, fragt schließlich ihre Mutter, mit dieser Stirnfalte, als würde sich ihr Kopf gleich in zwei Hälften spalten.

Sie würde gern auf rewind drücken, das ist das falsche Gespräch, die falsche Startbahn.

»Willst du mir das damit sagen?«, beharrt ihre Mutter in diesem Augenblick der *Vertrautheit*, »weinst du vielleicht deswegen? Weil Rose Papa mit jemand anderem gesehen hat?«

Am liebsten würde sie sie umbringen.

Rose sagt, dass Papa Gepäckträger ist.

Zwischen den beiden Gesichtshälften ihrer Mutter bricht beinah so etwas wie ein Lachen durch. Sie steht auf, um ihren Entspannungstee aufzuwärmen, der schon den ganzen Tag zieht, und massiert sich mit den Fingerspitzen das dritte Auge.

»Als du klein warst«, ruft sie aus der Küche, »dachtest du, er sei Pilot. Wie in *Der kleine Prinz.*«

Ob Pilot oder nicht, Papa ist tausendmal attraktiver als Mama, was denkt sie sich eigentlich? Man muss in seiner Liga spielen. (Selbst wenn er nur Straßenfeger wäre, hätte sie, Solange, ihn geheiratet.)

*

23.23 Uhr.

Es nervt sie, dass Arnaud davon ausgehen kann, sie sei noch Jungfrau.

Sie streift das Pailletten-T-Shirt über und probiert es mit ihrem Schlauchrock. Oder lieber die Jeans?

Traumhaft wäre ein Leben, in dem der Barkeeper und der DJ vom Milord sie in Arnauds Beisein mit Küsschen begrüßen würden. Und ihr den Malibu-Ananas servierten – »das Übliche, Solange?«. Der DJ würde *Billie Jean* auflegen, ein Augenzwinkern, sie würde tanzen wie eine Göttin und alle Blicke wären auf sie gerichtet und Arnaud würde auf sie zukommen, aber sie würde ihn sanft zurückstoßen, sie tanzt gern allein, er würde versuchen, ihr einen Kuss zu entlocken und der Feuerwehrmann würde ihn zu Boden werfen und der DJ und der Barkeeper müssten eingreifen, Arnaud mit blutiger Nase, sie würde eine Weile weitertanzen und sich dann bereit erklären, mit ihm heimzufahren, würde ihm den Hintern entgegenrecken, mit Hohlkreuz und leicht geöffneten Lippen, er würde ihr den Rock hoch schieben und die glänzenden Leggings und das Höschen runterziehen (vielleicht hätte sie auch nur den Glencheck-Rock und ein Höschen an) und sie auf der Motorhaube *penetrieren*, sie würde Stöckelschuhe tragen, die den durchgebogenen Rücken erst recht zur Geltung bringen (aber was ist, wenn sie eine Jeans trägt, geht das überhaupt, wenn man die Jeans runterlässt?), und der Feuerwehrmann würde sie heimlich beobachten oder (besser?) der DJ und der Barkeeper, sie würden sie für eine Schönheit halten, und auch ein bisschen für eine Schlampe, sie würden Arnaud beneiden, sie würde den Mund öffnen und den Rücken durchbiegen und Arnaud würde ihr seine Finger zwischen die Zähne stecken, sie würde daran knabbern und stöhnen und die Hüften kreisen lassen und sie würde ihn an sich ziehen (die Arme nach hinten verschränkt?) und wo wäre der Feuerwehrmann (Vorsicht) und er würde sie *mit Gewalt nehmen*.

Nachdem sie gekommen ist (nicht besonders intensiv, das Szenario war ein bisschen verworren), hat sie keine große Lust mehr auszugehen, aber die Aussicht, allein in ihrem Zimmer zu bleiben, hier schlafen zu müssen, nachdem sie *masturbiert* hat, ist unheimlich bedrückend.

Bihotz hockt wahrscheinlich vor der »Psy-Show«.

Ihre Mutter pennt.

Sie stibitzt ihr die Stöckelschuhe. Tritt leise durch die Fenstertür, schließt behutsam wieder den Laden. Er quietscht zwar ein bisschen, aber die Schlafmittel ihrer Mutter sind nicht von Pappe.

*

Bihotz fährt schweigend. Beugt sich zum Zigarettenanzünder vor und raucht.

Die Augen eines schreckensstarren Hasen am Straßenrand.

Er stand auf seiner Vordertreppe. Man könnte glatt annehmen, dass er sie überwacht oder nach ihr Ausschau hält oder was.

»Und du wolltest wirklich zum Flughafen?«

Ja.

Ein Nachtvogel streift die Motorhaube.

»Was willst du denn von deinem Vater?«

Ihn abfliegen sehen.

»Mit dem letzten Flieger?«

Hört sich an, als sollte das ein Scherz sein.

Nichtsdestotrotz fährt er in Richtung Flughafen.

Sie wäre gern ans Meer gefahren. Nachts unterwegs zum Meer. Sie hätte zu ihm sagen können: Ich habe noch nie das Meer bei Nacht gesehen. Das wäre die reine Wahrheit gewesen, wie in einem Film. Die schwarzen Wellen. Sie hätte dieses Gefühl gehabt, endlich im richtigen Film zu sein.

Sie fragt sich, woran er denkt.

Das macht ihr sogar richtig Angst.

Sie lässt eine Marlboro aus der Packung gleiten, steckt sie sich zwischen die Lippen und zündet sie an.

Er schlägt ihr die Fluppe aus der Hand, sie schreit und windet sich wie verrückt. Es stinkt nach versengtem Teppich, sein T-Shirt ist aber unversehrt.

Sie haben doch schon mit zwölf geraucht, kontert sie. *Haben sich im Hühnerstall versteckt.*

»Ich habe schon geraucht, als ich dir die Windeln wechselte. Ich habe dir den Arsch eingenebelt, wenn du's genau wissen willst.«

Einen Scheiß haben Sie.

Wenn das nicht schlagfertig war. Sie nimmt sich eine weitere Fluppe und hat ein Gefühl von Allmacht. Eine Kassette ragt aus dem Autoradio hervor, sie drückt sie hinein, es ist die Band, die Delphine für sie aufgenommen hat.

We've come to play in the happy house.
We're in a dream in the happy house.

Er singt die Leadstimme mit. Seine Aussprache ist supergut.

Klauen Sie jetzt auch noch meine Kassetten?

»Ich habe einen breitgefächerten Geschmack.«

Sie haben doch von nix ne Ahnung.

Sie atmet den Rauch aus, und wenn er nicht aufpasst, landen sie noch im Graben.

Sie mustert ihn eindringlich. Erst letzte Woche hat er sich bei der Stadtbibliothek einen Ausweis besorgt, für die Musikabteilung. Und er trainiert praktisch pausenlos im DynaFit. Gut möglich, dass er eine Freundin hat, wer weiß. Das wäre ziemlich seltsam.

Sie haben ja noch nicht mal mit einem Mädchen geschlafen.

Man müsste ihn duzen, damit es richtig gemein klingt. Du hast noch nie 'ne Braut angefasst. Jungmännchen. Schwuchtel. Blöder Arschficker.

Je derber, desto lustiger.

»Woher willst du das wissen?«

Ich bin doch die ganze Zeit da.

»Nicht die ganze Zeit.«

Hören Sie schon auf. In Ihrem Alter ist das wirklich die totale Blamage. Ich möchte nicht mit Ihnen tauschen. Ich würde mich nicht trauen, auch nur einen Fuß *vor die Tür zu setzen.*

Er hält unter einem Baum und wieder bekommt sie es ein bisschen mit der Angst zu tun. Er stellt den Motor ab und Stille macht sich breit. Eine merkwürdige Energie geht von ihm aus, als lebte er in einer etwas anderen Zeit als sie, als wüsste er Dinge, die sie nicht weiß. Und sie hat Lust worauf – schnell zu fahren, auf irgendein Ziel zuzuhalten, später, weiter weg, das Meer.

Ich mein ja bloß, Sie gehen nie raus. So kann man doch nicht leben. Das sagt sogar meine Mutter (und meine Mutter liebt Sie heiß und innig). Sie sagt, dass Sie gerade Ihr Leben verpassen.

Er beugt sich zu ihr vor, nimmt die Zigarette zwischen Daumen und Zeigefinger, wirft sie weg. Alles passiert ganz langsam und sie schweigt. Sie sehen sich an.

Er packt sie mit beiden Händen an den Schultern und sie fühlt sich klein und ganz stark, er beugt sich zu ihr vor, sie sind durch einen Faden feuchter Luft getrennt, eine sanfte Aufhebung der Zeit. Aber er setzt sich wieder hin. Startet den Motor. Die Musik springt an.

In der von den Scheinwerfern durchbrochenen Finsternis steigt ein Licht auf, das weder Sonnenuntergang noch Morgenröte ist, sondern der Flughafen.

»Da ist etwas, was du wissen solltest.«

Als wüsste sie nicht schon alles.

Einmal hat sie einen Gepäckträger gesehen, am Bahnhof. Das einzige Mal, dass sie mit dem Zug gefahren ist. Er sah aus, als würde er um Arbeit betteln.

Aber was hat sie schon mit ihrem Vater zu schaffen.

Sie will nicht arbeiten. Niemals.

»Du bist in deinen Vater verliebt.«

Sie lacht schallend. *Das* will er ihr also sagen?

»Du hast nicht richtig NACHGEDACHT. Alles hängt miteinander zusammen … und die Zusammenhänge sieht man nicht immer. Das nennt man den Schmetterlingseffekt. Wenn in China ein Schmetterling mit den Flügeln schlägt, wirkt sich das bis nach Clèves aus. In deinem Leben ist das genauso. Dinge, die vor langer Zeit passiert sind, Sachen, die deine Großeltern oder sogar Leute im Mittelalter gemacht haben, die aber mit dir verknüpft sind, ohne dass du davon weißt. Das gilt auch für deinen Vater. Du brauchst einen radikalen inneren Befreiungsschlag. Weißt du, was dir sonst blüht? Du wirst dich dem Erstbesten an den Hals werfen. Und zwar nur, weil du in deinen Vater verliebt bist. Er ist der innere Tyrann.«

Der Tür-was?

»Der innere Tyrann.«

Sie bekommt einen Lachkrampf, fast zum Heulen. Atmet in tiefen Zügen die laue Luft ein, am Fenster.

»Als ob dein Vater in dir drinsteckt und dich fernsteuert. Er *zwingt dich*, bestimmte Dinge zu tun, aber du merkst es gar nicht. Ein ganz, ganz typisches Verhaltensmuster, vor allem bei Mädchen. Du hast deinen inneren Tyrannen dermaßen verinnerlicht, dass du dir selbst zum Tyrannen wirst.«

Wie beim Bandwurm?

»Beim was?«

Wenn man ein Stück Weißbrot schluckt, das von einem Schwein angepisst wurde, schluckt man ihn gleich mit, und dann zwingt er einen, Dinge zu essen, die man gar nicht essen will.

Gekränktes Schweigen.

Das hab ich mal gelesen. Könnte doch stimmen.

Während sie ihm beim Fahren zusieht, groß, langhaarig und vertraut, kommt ihr der verblüffende Gedanke, dass er etwas von ihrem Vater an sich hat. Oder dass ihr Vater etwas von Bihotz an sich hat.

Jetzt würde sie sich gern entschuldigen. Dafür, dass sie ihn verarscht hat.

Was hätten Sie am liebsten gemacht, beruflich?

Sie hat Lust auf ein ernsthaftes Gespräch und auf eine weitere Zigarette.

»Wenn was?«

Keine Ahnung. Wenn Sie gearbeitet hätten.

»Was glaubst du eigentlich, was ich hier mit dir mache?«

Das ist doch kein Beruf.

»Wie würdest du das nennen?«

Keine Ahnung. Eine Berufung vielleicht?

Er lacht. Komisch, wenn sie sich mit ihm unterhält, wird sie richtig *geistreich*, als könnte sie jederzeit auf seine Zustimmung zählen.

Auf dem Rollfeld steht ein Flugzeug. Die Caravelle nach Paris. Unter der Tragfläche laufen Leute, sie könnten Hüte und taillierte Mäntel tragen, wie früher, oder rosafarbene Kostüme, wie die Frau, die ihren blutüberströmten Mann im offenen Wagen hatte beschützen wollen. Sie brechen seit jeher nach Paris auf, gehen in stundenloser Nacht an Bord.

»Und jetzt? Sollen wir einsteigen? Sollen wir zusammen nach Paris fliegen?«

Sie lacht.

Hinter der Glastür, die auf- und zugeht, glaubt sie ihren Vater zu erkennen, gleich gegenüber, hinter einem Schalter von Air Inter. Mit Uniform und Schirmmütze. Die Tür zerteilt ihn, die beiden Hälften lösen sich in Luft auf, dann setzt er sich wieder zusammen, kaum erschüttert, nimmt sein Gespräch mit einer schwankenden Stewardess wieder auf.

Das ist er, das ist ihr Vater. Ihr Vater ist Stewardess – ihr wird klar, dass sie es schon immer gewusst hat –, wie sagt man bei Männern, Steward, Bodensteward, Steward am Abfertigungsschalter.

Die Zeit: parallele Linien von unterschiedlicher Breite auf einem fließenden, sich wellenden Streifen. Und eine andere Dimension, nicht das All, weder Flughafen noch Himmel, sondern eine Art Brunnenschacht, in dem ihr Vater auf- und absteigt – Pilot, Gepäckträger, eine Erbse im Fahrstuhl –, ihr Vater als Jo-Jo, das sich in diesem Geheimgang durch die *Gesellschaftsschichten* schmuggelt.

Kurze Zeit später sieht sie vom J7 aus, wie er der Stewardess die Alpine-Tür aufhält, sie sieht ihn wie zum ersten Mal, groß, schlank, elegant, beinahe wie aus der Werbung, ein Mann, der ihr Vater ist, ein Mann, der sich ihr Vater nennt, dieser Mann dort auf dem Parkplatz.

*

Arnaud wollte sie mit dem Mofa zu Hause abholen.

Sie wartet draußen, zwischen beiden Häusern, in der Hand einen Helm, den Bihotz ihr aufgenötigt hat und der aus Zeiten stammt, als Bihotz selbst Mofa fuhr.

Es ist 16 Uhr, Zeit für den Nachmittagskakao.

Ihre Mutter ist im Laden. Es besteht keinerlei Gefahr, dass Arnaud sie sieht. Was Bihotz angeht, wäre das peinlich, aber Bihotz *hat nichts mit ihr zu tun.*

Dramatische Pose, sie steht in der Sonne, mit dem Helm in der Hand, tritt von einem Fuß auf den anderen in ihrem schwarzen Outfit (Polohemd ihres Vaters + enger Rock mit goldenem Gürtelkettchen, bei den Dames de France erstanden, + Mascara + schwarzer Borsalino, im Keller gefunden, nicht gerade gebräuchlich, jedoch mit dem gewissen Etwas, und so *ungezwungen* wie möglich getragen). Dramatische Pose, die sie vor dem Spiegel eingeübt hat, die aber vielleicht ihr wahres Ich zeigt, sie trägt Schwarz, weil sie *enigmatisch* und ein goldenes Kettchen, weil sie modisch ist – zu welchem Mädchentyp gehört sie denn *wirklich* und was ist das Coolste, *umwerfend* oder *zuverlässig* zu sein – Solange ist zuverlässig, Solange ist schlecht drauf, Solange ist sehr ausgeglichen, Solange lässt sich nicht in die Karten sehen, Solange ist pervers – ihr fallen die *Martine*-Hefte ein, die sie als Kind gelesen hat.

Sie trägt Schwarz, weil sie Waise ist und das Blut, falls es durchsickert, dann weniger auffällt.

Um 16.15 Uhr steht Bihotz rauchend auf der Vordertreppe und ruft, wie schön es doch ist, frische Luft zu schnappen.

Monsieur hält sich wohl für oberschlau.

Heute Morgen hat sie in einer Zeitschrift ihrer Mutter ihr *erotisches* Horoskop gelesen. »Venus steht in Ihrem Zeichen und Sie werden sich allein von der Lust leiten lassen. Ihr Partner wird – unter dem widerstreitenden Einfluss von Mars und Saturn – vermutlich aus allen Wolken fallen, doch durchaus auf der Höhe Ihrer Erwartungen. Verblüffende Konstellationen sind keineswegs ausgeschlossen. Derart zur Amazone gewandelt, werden Sie Amor höchstselbst besteigen. Vor Sinnlichkeit strotzend, vor Leidenschaft lodernd, werden Sie Ihren Gespielen in einen wahren Liebesrausch versetzen. Von Eiseskälte keine Spur, denn Amors bewegter Blick wird in Ihnen ein mächtiges Feuer entfachen.«

»Ist dir nicht heiß, in den schwarzen Klamotten?«

So ein Schwachkopf.

Sie wird nach Schweiß riechen. Während sie in der prallen Sonne steht, saugt sich ihre Binde nach und nach voll, das wird ebenfalls stinken. Was für ein verdammtes Pech. Wie viele Jahre noch, bis sie das los ist. Dreißig Jahre mindestens. Wenn nicht vierzig.

Amor höchstselbst. Amors bewegter Blick.

Mit dem Mofa wird es bis zur Küste eine lange Fahrt. Das hat sie Bihotz nicht verraten (dass Arnaud so weit weg wohnt) und was soll sie nur mit ihrem Hut machen. Helm und Hut, das hat sie nicht bedacht.

Eigentlich kommt ihr das ganz gelegen. Das Blut. Sie wird es nicht dieses Mal tun. Laut Nathalie darf man beim ersten Treffen auf keinen Fall mit dem Jungen schlafen, aber auch nicht beim zweiten oder dritten. Ab dem vierten ist es okay. Dann hat der Junge bewiesen, dass er weder Kosten noch Mühen scheut. Alles eine Frage der Selbstachtung.

16.20 Uhr. Bihotz bringt Lulu mittels einer Schnur zum Springen, wie eine arthritische Katze.

Sie ist sich nicht sicher, ob Arnaud bereit ist zu warten. Sie ist sich nicht sicher, ob sie so viele Treffen wert ist.

Es gibt Mädchen, die sind mit zwanzig noch Jungfrau. Nicht auszudenken.

Bihotz ruft ihr etwas zu und macht dabei Hasenohren mit den Händen.

Blödmann.

Andererseits meint Nathalie, ist der Schutz am besten, wenn man es währenddessen tut. Anscheinend tötet das Blut die Spermatozoen ab. Aber gleich beim ersten Mal schwanger zu werden, das wäre echt eine verhängnisvolle Verquickung von Umständen.

Ein zunächst fast unhörbares Kreischen, ein Mofa, das Geräusch wird lauter und Bihotz brüllt: »DA KOMMT ER!«

Da ist er. Er ist hier.

Hallo, sagt sie lässig.

Er hält ihr die Wange für ein schlichtes Küsschen hin (ein schlechtes Zeichen?).

Sie setzt sich rittlings auf den Gepäckhalter, Bihotz brüllt etwas (er tippt sich an den Kopf, der Helm), sie stopft sich den Hut unter den Hintern und setzt das Ding auf, es wird ihre Haare ganz plattdrücken, das Toupieren hätte sie sich schenken können. Sie versucht, sich hinten irgendwo festzuhalten, Arnaud ruft ihr etwas zu, sie legt die Arme um ihn, zunächst locker, dann (fährt ja doch ziemlich schnell) schmiegt sie sich ganz fest an ihn und der Borsalino fliegt davon.

Er bremst. Hält an.

»Du musst dich in die Kurven lehnen. Spürst du das nicht? Sonst bringst du uns aus dem Gleichgewicht.«

Dass sie sich immer so blöd anstellt.

War eh ein alter Hut, im Keller aufgestöbert.

*

Von einer Kurve zur nächsten machen sich an den Innenseiten ihrer Schenkel allmählich schneidende Schmerzen bemerkbar, doch dann halten sie plötzlich vor einem Haus (von wegen Küste). Arnaud klappt den Ständer auf, Klack, nimmt den Helm ab und schüttelt seine Haare, das Licht erstrahlt in seinen grünen Augen und er sieht unheimlich *reif* aus.

Sie steigen eine Treppe hinauf, eine Stimme ruft »Arnooooo?«

Er aber macht die Tür zu und sie sieht ein Poster von Corto Maltese, lauter Bands, die sie nicht kennt und eine Wand aus Polaroids – er und eine Menge anderer Leute.

Er gibt ihr ein Zeichen: »Legst du bitte die Platte auf?«

In seinem Zimmer steht tatsächlich eine Hi-Fi-Anlage.

Sie bemüht sich, die Abtastnadel in die ersten Rillen der Single zu setzen, die Nadel springt weg, »pass doch auf!«, sie fängt wieder von vorn an, jetzt klappt's.

Er versucht, das Solo auf seiner Gitarre nachzuspielen.

Sich auf keinen Fall zu viel erhoffen, sie werden ja doch nur Kakao trinken oder so.

Türklopfen.

»Jaaaaaaaa?« (Er ahmt eine Frauenstimme nach, zum Totlachen.)

Wuschelfrisur, Fledermauspulli und zwei Hände, die ein Tablett mit zwei Gläsern Orangensaft tragen – mehr ist nicht zu sehen, weil Arnaud die Tür verstellt und sagt, ja, das ist Solange und ja, guten Tag, »sag mal guten Tag, Solange«, *guten Tag*, »guten Tag *Madame*«, *guten Tag Madame*, »man muss dir echt alles vorbeten«. Er kichert und sie kichert auch und die Erscheinung verschwindet.

Er stellt die Musik lauter und schiebt den Riegel vor. Die Geste berührt sie auf eigenartige Weise. Dieser Riegel in seinem Zylinder: sie beide ganz allein auf der Welt.

Sie trinkt ihren Saft auf vornehme Weise, geräuschlos. Er murmelt zu seinen Akkorden.

»Fuck!« Er wirft die Gitarre hin.

Er streckt sich.

»Nimm die Brüder Ramone oder sogar Johnny Rotten, keiner von denen kann spielen. Was zählt, ist die *Energie*. Die Rebellion.«

Er zündet sich eine Zigarette an. Hier in seinem Zimmer. Während seine Mutter direkt unter ihnen ist.

»Mit der Rebellion ist das aber so eine Sache. Die *Rebellion* (seine Stimme nimmt wieder dieses Mehrbödige an) ist eine Kommerzlüge. Wer lügt, kassiert. Wenn du das Spiel durchschaust, erkennst du, dass unsere ganze Gesellschaft auf Lügen gründet. Sieh dir meine Mutter an. Glaubst du vielleicht, ihre Haarfarbe ist echt? Alles nur künstlich. Das gilt auch für dich, man hat in dir künstliche Bedürfnisse geweckt. Du machst dir selbst permanent etwas vor. Weil man dich auf Teufel komm raus konditioniert hat. Und warum? Damit du konsumierst, was das Zeug hält. Zeug, das du gar nicht *brauchst*. Das nur deiner *Selbstbestechung* dient. Immerhin sind die Ramones ehrlich. Johnny Rotten aber nicht. Inzwischen nicht mehr. *No way*.«

Er öffnet das Fenster, hebt eine Jeans vom Boden auf und schüttelt sie kräftig aus.

Sie begreift, dass er lüften will und schnappt sich ein T-Shirt, das sie ebenfalls ausschüttelt.

»Am Ende ist womöglich der ganze Körper meiner Mutter *nicht echt*. Womöglich ist sie ein Alien, dem man das Erscheinungsbild meiner echten Mutter verpasst hat, während sie nach einer Gehirnwäsche irgendwo in der Gegend umherirrt … Ohne Scheiß, sie nervt mich damit, dass sie mir keine Karre kaufen will. Nur noch fünfeinhalb Monate, dann bin ich achtzehn, ich kann doch nicht mein Leben lang Mofa fahren. Das ist absurd. Lass das mit dem T-Shirt.«

Er nebelt den Raum mit Parfüm ein, das er sich auch unter die Achseln sprüht. *Azzaro pour Homme.* Ein göttlicher Duft. Wie ein zuckriger Wald. *Azzaro pour Arnaud.*

Er klopft auf den Platz neben sich. Ein Schubkastenbett.

Sie setzt sich. Faltet das T-Shirt, um ihre Unsicherheit zu überspielen.

Er lächelt: »Muss ich wirklich alles alleine machen?«

Er küsst sie. Er drückt sie auf die verknäuelten Laken und Decken.

Er flüstert ihr ins Ohr. Dass er schüchtern ist und Streicheleinheiten braucht.

Ich muss auf Toilette.

Der Riegel wird zurückgeschoben.

Zum Glück gibt es ein Waschbecken. Sie macht sich sauber, ohne allzu viel Wasser zu verspritzen, so schnell wird schon nichts nachfließen. Wenn sie doch nur Nathalie anrufen und fragen könnte, was sie an ihrer Stelle täte.

An den Schenkelinnenseiten fallen ihr seltsame Linien ins Auge, die hat sie bisher nie bemerkt. Sind wohl *Schwangerschaftsstreifen*. Wahnsinn. Da fährt sie einmal auf einem Mofa mit und schon reißt ihr Gewebe?

Wohin mit der Binde? Es gibt zwar einen Abfalleimer, einen Keramikfrosch mit Seerosendeckel, aber jeder wird wissen, von wem das kommt. Sie rollt die Binde fest ein und wickelt sie in Klopapier. Ihr Rock hat keine Taschen. Sie versteckt die Binde in der hohlen Hand. Zieht am Spülkettengriff, der mit einem Makrameekäppchen versehen ist. Klappt den Klodeckel runter, der ebenfalls mit irgendwas ummantelt ist. Die Spülung macht einen Heidenlärm.

Die Mutter steht da, vor der Tür – sie zuckt zusammen.

»Ich dachte mir schon, dass es nicht Arnaud ist. Er zieht nie die Spülung. Haben Sie alles, was Sie brauchen? Ist alles in Ordnung?«

Ja. Nein.

Sie geht die Treppe hinauf, würde gern rennen, aber das käme der Mutter merkwürdig vor, und sie hat Angst, dass es wieder fließt. Sie schließt die Hand um die Binde, die nur ein ganz kleines Stückchen herausragt.

Arnaud spielt die Platte erneut ab. Er nimmt sie in die Arme und sie würde ihn auch gern umarmen, aber sie hat nur eine Hand frei und der Helm steht knapp in Reichweite – sie plant, die Binde dort zu verstecken, hinter dem zugeklappten Visier.

Es gelingt ihr mit einigen Verrenkungen, und es kommt zu einer Art Fehldeutung, er küsst ihr den Nacken, schiebt ihren Rock hoch und reibt seinen Schwanz an ihrem Höschen, es fließt, verdammt, es fließt, sonnenklar, dass man *gar nichts* tun kann, aber da hat er schon die Finger unter dem Stoff.

»Das lass ich mir nicht wieder bieten. Irgendwann ist immer das erste Mal, da musst du durch, wenn es ein zweites Mal geben soll.«

Da hat er völlig recht, aber darum geht es nicht, es geht nicht darum, dass sie es noch nie getan hat, das soll er bloß nicht glauben, sondern darum, dass sie (aufgepasst, gleich sagt sie's, jetzt darf sie auch mal, mit schmerzlich-feierlicher Miene) *ich bin unpässlich.*

»Wie, unpässlich? Doch nicht diese Mädchensache?«

Er zieht die Hand zurück, als wäre er gebissen worden.

Er hält die gebissene Hand vor sich und schiebt den Riegel zurück. Sie hört, wie in der Toilette der Wasserhahn aufgedreht wird.

»Arnooooo? Willst du noch waaaaas?«

Sie wischt sich mit dem Laken ab. Vielleicht sollte sie lieber gehen. Dem Horoskop zum Trotz.

Aber wenn sie so früh nach Hause kommt, wird Bihotz sich ins Fäustchen lachen.

Arnaud kehrt mit dem gleichen Ausdruck zurück wie vorhin, als er sein Mofa auf den Ständer stellte, obwohl weit und breit kein Meer war. Einem *reifen* Ausdruck. Er schiebt den Riegel wieder vor.

Fuck das Horoskop und alles andere. Und fuck Bihotz. Sie beugt sich vor, lässt sich aufs Bett fallen, er schließt sich an, alles ist weich, zärtlich, sie liegen wie Löffelchen auf der Seite. Kuscheln sich fest aneinander. Sie neigt den Kopf, damit er sie leichter im Nacken küssen kann, er reibt sich an ihren Po. Wie gut sich das anfühlt. Es geht ihr großartig. All die schlimmen Jahre scheinen jetzt gerechtfertigt durch diesen Moment, diesen einen Moment, auf den sie hinführten. Die ganze nicht enden wollende Vergangenheit, aus stickigem Nebel aufgetaucht, von der Farbe des Sees und der Schilfrohre, der Schlamm der frühen Kindheit.

Er steht kurz auf, um die Musik lauter zu stellen, sein aufgerichteter Schwanz stößt an den Plattenrand, als spielte er sie mit der *Eichel*spitze ab. Eine musikalische Eichel. Eine Eichel mit diamantener Spitze.

Er schmiegt sich wieder an sie. Sie spürt etwas sehr Merkwürdiges, etwas, was total *aus dem Rahmen fällt*, aber er hält sie fest umschlungen, sie schreit *Aufhören* und er hört auf.

»Das ist das Beste. Das Beste, was wir tun können. Wo du doch nicht kannst.«

Häh?

»Warum muss ich deinetwegen immer alles ausbuchstabieren? Das ist peinlich. Man kann sich doch auch ohne Worte verständigen. Als Mädchen habt ihr einen ganz besonderen Bezug zu eurem Körper. Einen ganz unmittelbaren Bezug. Während wir etwas mehr (er überlegt) Zeit brauchen, und eine gewisse Etikette. Das hier, zum Beispiel, ist ein uralter Brauch, eine Kulturpraxis. Die alten Griechen haben das ständig gemacht, weil die Mädchen unberührt bleiben wollten, und jetzt willst du ja nicht, ich meine, jetzt können wir nicht, versteh mich nicht falsch, das ist kein Vorwurf, wirst sehen, das geht kinderleicht, ich meine, erst bläst du mir einen, dann gleitet es wie von allein.«

Also bläst sie ihm erst einen.

Die Platte endet, sie versteht (aufgrund seiner Handbewegung), dass sie diese wieder abspielen soll, sie greift nach dem Tonarm und behält dabei den Schwanz im Mund, stützt einen Ellbogen auf, um die richtige Stelle zu erwischen, gar nicht so einfach. »Mach schon«, hört sie, »komm endlich zur Sache.« Sie spürt einen warmen Strahl zwischen den Beinen. Das gibt noch Flecken auf dem Teppich. Die Wuschelfrisur wird darüber kaum erfreut sein. Die Platte fängt von vorn an, sie wird ihr bald vertrauter sein als *Billie Jean*, eigentlich müsste sie versuchen, den Bandnamen abzulesen, aber die Platte dreht sich zu schnell.

Der Schwanz gleitet ihr aus dem Mund. Er gibt ein Wimmern von sich – sie stopft ihn sich wieder rein. Sie hat was am Gaumen, was sie stört. Sie fängt an zu husten und das Blut schießt nur so und sie hält es mit einer Hand zwischen den Schenkeln zurück, sie hustet und hält ganz kurz inne. Er blickt sie mit Augen an, *die aus allen Wolken gefallen sind*. Ein Schamhaar. Gekräuselt. Kein Wunder, dass es kitzelt. Sie legt sich wieder ins Zeug, mit dem Mund und auch mit der Hand zwischen ihren Schenkeln, das fühlt sich gut an, sie rackert sich richtig ab, durchhalten, ja nicht schlappmachen jetzt.

Da stößt er sie aber zurück, schließt die Augen und atmet wie beim Yoga (sie wischt sich mit dem Laken ab). Was nun, was tun mit den vielen Körperteilen – sich sammeln – ein großer Knall – sie würde so gern *kommen*.

»O. k.«, haucht er.

Auf allen vieren hinter ihr, hat eindeutig was von einem Hund, sie drückt sich ganz eng an ihn, damit er das Blut (und die Schwangerschaftsstreifen) nicht sieht. Während sie sich bloß zärtlich aneinanderschmiegen, geht's, aber plötzlich (vollkommen unerwartet) gleitet er rein. In das Loch, das an dieser Stelle vorhanden ist. Nennen wir das Kind beim Namen: in das Loch, aus dem die Kacke kommt. Ein scheuernder Schmerz. Er packt ihre Pobacken und sagt Dinge wie »ist das geil« – das wiederholt er in Verbindung mit »du kleine« – »du kleine Schlampe«. Es klingt so, als ob er ausnahmsweise wirklich meint, was er sagt. Und diese Wörter dringen ebenfalls ein, erzeugen eine merkwürdige Spannung, verstörend, aber nicht unangenehm, es kommt ihr vor, als würde es sich da drin allmählich weiten, etwas wird heiß und steif und fühlt sich ziemlich gut an (nicht der Schwanz, sie selbst, ihr eigener Körper, *dort*).

Sie senkt den Kopf und blickt zwischen ihren Beinen hindurch. Sie hat Eier. Zwei baumelnde, schwingende Eier, *gling glong*. Rosa und unbehaart, wie ihre Oberschenkel, die aus dieser Perspektive ziemlich hübsch aussehen, schmaler, muskulös, straff, und ihr Bauch und die beiden kleinen Brüste und dieses Gefühl von Weite, sie dehnt sich aus wie eine Landschaft, und an ihr hängt etwas und zappelt, ein Grashüpfer, genau, eine große Wiese mit einem kleinen Grashüpfer.

Als sie sich noch weiter vorbeugt, Pobacken in die Luft gereckt und die Stirn an die Matratze gepresst (wenn Bihotz sie so sähe), kann sie den Schwanz deutlich erkennen, komisch, wie eine Schnauze, die an ihr herumschnüffelt, eine längliche Wurst mit einem Wust gekräuselter Haare – in Verbindung mit ihrem spärlichen Schamhaar sieht das aus wie ein Pudel, bei dem bis auf Kopf und Hinterteil alles rasiert wurde. Ein Pudel, der mal länger, mal kürzer wird, ein Pudel mit Sprungfedern, *dzong, dzong*.

Er richtet sie auf, indem er an ihren Hüften zieht, und gibt einen heiseren Ton von sich, er klammert sich fest, das wird langsam unangenehm. Sie sucht nach etwas, woran sie sich reiben könnte. Mit den Händen, das traut sie sich nicht, es heißt (Nathalie), dass richtige Frauen zum Höhepunkt kommen, ohne die Hände einzusetzen (auch *so?*). Sie senkt die Pobacken, auf der Suche nach einem Kissen oder einer verknäuelten Decke, ist ja wie Sport – nein, das scheuert zu sehr.

Hör auf.

Hör auf!

»Was?«

Hör bitte auf. Es tut ein bisschen weh.

»Ich bin gleich so weit, bitte, gleich, bitte, ich bin so weit«, der Satz geht *im Eifer des Gefechts* unter, jetzt tut es richtig weh, eigentlich müsste sie sich entspannen (Nathalie sagt, frigide Frauen können sich nicht entspannen), zum Glück ist es schnell vorbei und just, als die Single endet, stößt er einen furchtbaren Schrei aus.

Sie hält Ausschau nach der Wuschelfrisur, aber die lässt sich nicht blicken. Inzwischen fließt es von allen Seiten, sie behilft sich mit dem Laken, und während er zu schlafen (oder sich wieder zu besinnen?) scheint, nimmt sie ihre Binde aus dem Helm und klebt sie sich ins Höschen, schnell, zieht ihren Rock runter und keucht der Form halber, so wie er.

Sie legt behutsam den Kopf auf seine Schulter und so bleiben sie liegen, er kommt allmählich zur Ruhe, sie schließt die Augen und sieht das blaue Zimmer mit dem chinesischen Wandschirm und dem offenen Fenster zum Fluss, spürt den heißen Wind, der ihnen übers Gesicht blies.

»Wie kommst du jetzt nach Hause?«, fragt Arnaud.

Er knöpft seine 501 zu.

Sie war davon ausgegangen, dass er sie vielleicht zurückbringen, sie beide sogar eine Spazierfahrt unternehmen würden (am Meer), aber sie braucht nur eben mal anzurufen (Bihotz) und *dann werde ich abgeholt.*

»Die Mühe kannst du dir sparen«, sagt Arnaud.

*

Sie sitzt im Auto der Wuschelfrisur, und die Landschaft zieht in umgekehrter Reihenfolge vorbei, See-Fluss-Milord-Teppich'Spar-Silos.

Er hat nicht gesagt, wann er sich wieder melden wird.

»Geht's? Du siehst ja ganz bedröppelt aus.«

Geht schon.

Ihr Hintern tut ein bisschen weh.

»Hast du Hunger? Im Handschuhfach sind Schokokekse.«

Nein danke.

Sie möchte einfach nur schnell nach Hause und sich waschen.

»Ich freue mich immer, wenn Arnauds Freundinnen zu uns kommen, das bringt Leben in die Bude. Arnaud hat keine Schwester, was ich sehr bedaure. Bei seiner Geburt hatte ich solche Schmerzen – ich war vollkommen aufgerissen, vom Anus bis zur Klitoris, danach monatelange Inkontinenz –, dass ich keine Kinder mehr bekommen wollte. Traurig, aber wahr.«

Zum Glück läuft sie nicht die geringste Gefahr, schwanger zu werden. Und die Krankheit, von der ihr Vater erzählt hat, steht frühestens in zwei, drei Jahren an, außerdem fängt man sie sich nicht unbedingt automatisch ein. Falls doch, wird sie schon in der Oberstufe sein oder vielleicht sogar weiter, sie wird erwachsen sein, *jung*, wo wird sie wohl sein? Sie wird bereits ein richtiges Leben hinter sich haben. Vielleicht mit Arnaud? Die ganze Zukunft, enthalten in diesen zwei unendlichen Jahren.

»Ich würde Arnaud für nichts auf der Welt tauschen, ich hätte nur gern noch eine Tochter gehabt. Du kannst jederzeit wiederkommen, ich hole dich ab und bringe dich nach Hause, ist ein bisschen riskant, zu zweit auf dem Mofa. Das habe ich Arnaud schon gesagt, aber er macht ja doch nur, was er will.«

Der Helm? Wo hat sie den Helm von Bihotz gelassen?

»Man ist arm dran, wenn man allein lebt. Arnauds Vater ... Ich kenne deine Mutter, sie betreibt doch den Souvenirladen in Clèves-le-Haut, sie hat mir gesagt, mit deinem Vater, da hätte sie's auch nicht leicht. Deine Mutter hat viel Sinn für das Schöne, aber sie kann sich nicht entfalten, das traurige Schicksal aller Frauen. Deine Generation muss unseren Kampf weiterführen, unser Erbe weitergeben.«

Vielleicht ruft er sie wegen dem Helm an.

Bihotz steht auf seiner Vordertreppe. Plötzlich hat sie das Gefühl, die alte Bihotz zu sehen, stämmig und gebeugt, seit ewigen Zeiten dort emporgewachsen, mit Flechtenhaaren und einem Totenkopf auf dem Bizeps.

Und als er ein paar Worte mit Arnauds Mutter wechselt, ist er wieder anders, hat diesen männlichen und verantwortungsbewussten und etwas furchteinflößenden Ausdruck und er sieht sie an wie ein Rätsel, das ihm Kopfzerbrechen bereitet, und sie überlegt: War das jetzt ein *Arschfick*? Oder eine *Vergewaltigung*? War das, rein technisch gesehen, mein *erstes Mal*? Davon hängt ihre Berichterstattung an Nathalie ab.

III

Es wieder tun

Sie weiß nicht, was sie mit ihren Armen anstellen soll. Sie sind einfach hervorgesprossen und sie schleppt sie als Schulteranhang mit sich herum. Früher folgten sie ihren Bewegungen. Jetzt hat man ihr Arme verpasst, die am Ende jeweils ihren eigenen Kopf haben. Darauf muss sie genauso achten wie auf ihr Gesicht. Hand-Gesichter, die ständige Kontrolle erfordern, als hätte man ihr dort Doppelgängerinnen angeheftet. Sie in die Taschen zu stecken, wirkt schüchtern, aber wenn sie das nicht tut, bekommt alle Welt diese ellenlangen Gebilde zu sehen, die eigenständig und zugleich untrennbar mit ihr verbunden sind, als würde das, was sie denkt und fühlt (nichts, Verlegenheit), bis in die Fingerspitzen ausstrahlen.

Gerade springen die als Pferde verkleideten Folkloretänzer so hoch, wie sie nur können. Die Mädchen in rot-weißen Kleidern tanzen einen Reigen, sie flechten und entflechten Bänder an einem Mast. Nathalie spielt Flöte und Concepción spielt Tamburin.

Gerade sind alle Blicke auf sie, Solange, gerichtet, um zu sehen, was sie mit ihren Händen anstellt. Ob sie diesen Körper in Zaum halten kann, den man ihr angehängt hat und den sie am liebsten einrollen und verstecken und für immer aufgeben würde.

»Halt dich gerade«, seufzt ihre Mutter. »Und sei nicht so kindisch. Schau dir mal Concepción an, wie anmutig sie ihren Kopf hält.«

Der Cousin von Bihotz feiert Hochzeit. Sie haben Glück, das Wetter ist traumhaft.

Ihr Vater ist nicht dabei. Er ist schon seit ein paar Tagen nicht nach Hause gekommen. Sie muss sich gerade halten und lächeln, als lebende Reklame für die Krambude.

Ihre Mutter hat ihr den Lidschatten aufgetragen. Sie haben sich für lila Wimperntusche entschieden. Dann hat sie sich vor dem Spiegel gleich wieder abgeschminkt, mit Embryolisse-getränkter Watte, während ihre Mutter brüllte, sie würden sich verspäten. Und sie hat von vorn angefangen, alles wie zuvor, aber allein, rosa Lidschatten und lila Wimperntusche.

Wäre ihr Vater hier, würde er seinen Schwanz herzeigen.

Christian und Rose sind in der Sitzreihe gegenüber. Sie halten Händchen.

Was soll's, vorhin beim Umtrunk hat sie Arnaud flüchtig gesehen. Sein Anblick (niemandem steht die 501 so gut wie ihm) hat ihr Herzklopfen verursacht.

»Brauchst gar nicht so angewidert zu gucken«, sagt ihre Mutter. »Mit einem Konzert von Cure (sie spricht es *Kijuhr* aus) kann man das vielleicht nicht vergleichen, aber es ist nun mal unser Brauchtum, und das verdient Respekt. Als ein Teil von uns. Unser Ursprung.«

Ihre Mutter lernt inzwischen wieder den hiesigen Dialekt. Ihre Großeltern haben angeblich nichts anderes gesprochen, nicht mal Französisch.

Monsieur Bihotz ist in Hochstimmung, er sitzt mit Delphine und ihrer Mutter und der Mutter des Cousins zusammen, sie hat den Versuch aufgegeben, die Verwandtschaftsverhältnisse in dieser *polypenhaft* verzweigten Familie zu durchschauen. Als Clèves gegründet wurde, gab es vermutlich schon eine Bihotz-Sippe, und die haben sich dann untereinander fortgepflanzt. Er scheint sich ja prächtig mit Delphine und ihrer knurrigen Mutter zu amüsieren. Und er trägt einen Anzug, den sie noch nie an ihm gesehen hat, und dazu sogar eine *Fliege.*

»Was ist bloß in dich gefahren?«, meckert ihre Mutter. »Glaubst du vielleicht, mir fällt's leicht, hier vor aller Augen? Ich hätte Monsieur Bihotz bitten sollen, uns zu begleiten. Eine Frau ohne Mann ist den Blicken schutzlos preisgegeben.«

Als das Spektakel vorbei ist, lässt die Unruhe, die sich in den Sitzreihen ausbreitet, ihre Mutter flattern wie eine Gardine. Einer spontanen Eingebung folgend hat sie bei der Schneiderin im Oberdorf zwei Pluderhosen samt passendem Oberteil aus Liberty bestellt (wie musste sie heute Morgen lachen, als sie aus Versehen in Solanges Pluderhose geschlüpft ist!). Sie hat sie dann genötigt, ein lila Wickeljäckchen überzuziehen, weil es ziemlich kalt ist für die

Jahreszeit. Ob es an Papas Abwesenheit liegt? Ihre Mutter führt sich sonst nie so auf. Sie tritt nicht ständig von einem Fuß auf den andern.

Eigentlich verhalten sich alle super-seltsam. Sie haben sich *herausgeputzt wie die Pfingstochsen*, als würden sie auf ihr riesiges Raumschiff warten, um ins Weltall auszuschwärmen. Ganz Clèves wird abheben, mit Ausnahme von ihr. Ihre Mutter wird schreien: »Solange!« Oder Bihotz. Nein, er ist viel zu sehr damit beschäftigt, der Mutter von Delphine *den Hof zu machen*.

Planet Clèves 2000.

Der Cousin von Bihotz hat wahnsinnig abgenommen. Und seine Braut ist gar kein *Bombenweib*. Sondern bloß eine neue Madame Bihotz, von Kopf bis Fuß mit Chantilly-Spitze garniert, samt Schleier und Stöckelschuhen. Als würde der Name einfach von einer Frau auf die nächste überspringen. Dazu Monsieur Bihotz als Brautführer, der wie eine Fliege umherschwirrt. Alle Brautführer tragen diese alberne Fliege.

Georges ist Trauzeuge des Bräutigams (er ist mit seiner Freundin und dem kleinen Sohn gekommen, der ebenfalls eine Fliege trägt). Als ihre Blicke sich kreuzen, lächelt er sie knapp an, aber er kommt sie nicht begrüßen, genauso wenig, wie ihre Mutter ihn begrüßen geht. Und sie weiß nicht, was sie tun, was sie sagen soll, ihre Hände baumeln noch schwerer von den Armen herab.

Wieder klein werden. Tatsächlich hat sie das Gefühl, dass die Außenwelt weniger auf ihr lastete, als sie klein war. Dass sie ganz zwanglos heranwuchs, wie eine Pflanze im Freien. Ohne von der Welt derart bedrückt zu werden, dass es überall aus ihr herausquillt. Am liebsten würde sie wie ein Samenkorn in irgendeine Spalte gleiten, anders aufwachsen, anderswo.

Der Fotograf fordert die Hochzeitsgesellschaft auf, *Cheese* zu sagen. »*Ouistiti!*«, ruft der Bräutigam. »Wir sind hier schließlich in Frankreich!« Alles lacht, klick, dann treffen Monsieur der Baron und Madame die Baronin d'Urbide ein. Sie möchten auf keinen Fall stören, schütteln dem Brautpaar die Hand, mit ihrer Tochter Lætitia im Schlepptau, wie immer in Schwarz, mit klobigen Schnallenschuhen und fingerlosen Spitzenhandschuhen, unglaublich, was es alles gibt.

»Guck dir die mal an! Kommt in Trauer zur Hochzeit …«, kichert hämisch eine von den Lavinasses, seit mehreren Jahren schwanger.

Arnaud ist drüben, am anderen Ende der Sitzreihe. Wenn er sie mit ihrer Mutter zusammen sieht, könnte es unangenehm werden, von wegen Flugzeugabsturz. *Das war mein Vater,* wird sie ihm erklären. *Meine Mutter ist mir doch scheißegal.* Dabei wird sie so erhaben wirken, so beeindruckend in ihrem Schmerz, dass es ihm die Sprache verschlägt.

»Hörst du mir vielleicht zu?«, meckert ihre Mutter. »Oder hältst du dich immer noch für den Nabel der Welt?«

*

Die beiden Mütter haben sich unmittelbar vor dem Festmahl wiedergefunden. Sie waren zusammen in der Schule, in Sainte-Marie-du-Bas-Bourg.

»Dein Sohn ist ja reizend«, seufzt ihre Mutter.

Ihr BH schimmert durch den Liberty hindurch.

Arnaud schlendert unablässig von einem Tisch zum andern. Ihre Mutter starrt ihm hinterher, langsam wird's peinlich. Als hätte sie innere Landschaften, die nach eigenem Dünger verlangten. Die mit Solange nicht das Geringste zu tun haben. Ihre Mutter sieht aus, als wollte sie sich wichtig machen. Oder als hätte sie zu viel getrunken.

Während sie immerhin vier Glas Wein geschafft hat, vor der Nase ihrer Mutter.

Wenn sie nur aufhören könnte, an die Hochzeitstorte zu denken, an die Windbeutel, die sich unter dem Karamellguss stapeln, eine frei zugängliche Windbeutelhalde. Und das, nachdem sie sich mit gemischten Vorspeisen, Königinpastetchen, Lachs in Aspik, Apfelgramolata, Rinderzunge in Kapernsauce, Friséesalat mit Speckwürfeln und Käse-Variationen vollgestopft hat. Die letzten zwei Tage war es ihr gelungen, ausschließlich Tomaten zu essen.

»Diese Kinder denken nur an sich«, sagt die Mutter von Arnaud. »Aber wem sage ich das. Ich weiß, was ihr beide durchmachen musstet. Ihr wart so tapfer. Du und dein Mann. Ein wirklich guter Mann.«

Ihre Mutter zeigt ihr Verkaufslächeln. Eigentlich ist sie schon völlig neben sich. Bernadette vor der Grotte. Heute Nacht wird sie mit zwei Valium und drei Di-Antalvic ins Bett gehen.

Arnaud unterhält sich mit Delphine und Lætitia d'Urbide. Offenbar wollen sie den Abend im Milord beschließen, weil die Musik hier unmöglich ist (Ententanz). Ausgerechnet jetzt muss Bihotz sie zum Tanzen auffordern, »komm schon, Solange«, mit diesem Akzent, der ihren Vornamen ins Unendliche dehnt, das »o« und »an« förmlich aufreißt, Salaannnschööh.

Lieber bestellt sie sich einen Kaffee (ihren allerersten Kaffee). Lauwarm, bitter, abscheulich. »Trinkst du jetzt auch noch Kaffee?« – Bihotz lacht, die Mutter von Delphine ebenfalls, fragt sich bloß, was daran so komisch ist, die beiden gehen tanzen.

»Monsieur Bihotz scheint ja in Topform zu sein«, bringt ihre Mutter noch mühsam heraus. Dann schläft sie ein, das Kinn im BH, genauso zusammengefallen wie die Hochzeitstorte.

Die Braut ist leicht aufgelöst, sie hat sich den Schleier vom Kopf gerissen, ihre Frisur ist die gleiche wie bei Concepción an ihrem ersten Schultag, ihre Korkenzieherlocken sind allerdings verheddert, verwirbelt, sie wirkt vollkommen glücklich, wunschlos glücklich, verheiratet in guten Tagen, vor der *Hochzeitsnacht*. (»Ein jäher Schmerz riss sie plötzlich entzwei; und sie fing an zu wimmern, sich in seinen Armen windend, während er sie mit Gewalt nahm.«)

(Man muss aber davon ausgehen, dass sie bereits miteinander im Bett waren, auch wenn die Braut Weiß trägt.)

Arnaud redet auf Lætitia d'Urbide ein, dicht an sie gedrängt, und das erkennt sie wieder, das hat sie schon mal gesehen: bei Rose und Christian. Ja, und auch bei ihrem Vater und der Apothekerin, und bei ihrem Vater und der Stewardess. Und weiteren Frauen, wenn sie es recht bedenkt.

Sie greift nach einem Windbeutel, schnell, unauffällig. Die Mutter von Delphine lacht so laut, dass ihr Kreischen die Musik übertönt, das Kreischen dringt aus ihrem weit geöffneten Mund, aus ihrem drallen kleinen Körper zwischen den Pranken von Bihotz.

Beine hüpfen, Kleider bauschen sich, Hände werden gespreizt und aneinandergedrückt. Sie wischt sich die Finger an der Tischdecke ab. Sie kommt sich zu massig und zugleich wie Sprühnebel vor, unfähig, sich an klar umrissene Grenzen zu halten, an einen Fixpunkt im Saal. Was soll sie mit diesem riesigen Loch anfangen, das sie verzehrt? Sie könnte rauchen und trinken und essen und schlingen, das ganze Festessen verdrücken, das ganze Dorf, alles, was fehlt – und es würde immer noch fehlen.

Sie denkt an die Windbeutel mit Schlagsahne und an Arnaud. An Arnaud und an die Windbeutel mit Schlagsahne. Beides überlagert sich, so sättigend, so entsetzlich verlockend.

Liebe ist, dieselbe Luft atmen zu wollen wie der andere (oder so ähnlich).

Sie steht auf und schlängelt sich zwischen den Tischen zu ihm durch.

Der ruft: »Angie!«

In seiner Aussprache Heeendschiii.

So wurde sie noch nie genannt.

Das ist so unheimlich sexy und Rock'n'Roll. So unheimlich anders als Solange. So unheimlich *treffend*. So heißt das Mädchen, das in ihr steckt, vom klebrigen Windbeutel-Mädchen verdeckt. Angie, die er, Arnaud, fähig ist, in ihr zu sehen.

Und Lætitia offenbar auch. Die ihr unvermutet freundschaftlich begegnet. Als würden sie sich seit jeher kennen. Oder nein – ganz im Gegenteil –, als würde Lætitia sie jetzt entdecken, Angie, das Mädchen hinter Solange. Sie sind auf Anhieb Verbündete – ja, dieser Abend ist echt das Letzte, und Heiraten ist auch das Letzte. Genau wie Arnaud mit seinem neuen Haarschnitt, vorne kurz, hinten lang, ist jetzt vielleicht Mode, steht ihm aber nicht.

Diese Lætitia ist ja so unheimlich frei. So unheimlich unkonventionell.

Sie muss endlich mit diesem *unheimlich* aufhören. Eigentlich mit allen Wörtern auf -lich. Angie ist ein cooles, freies Mädchen, sie hat keine Sprachticks und pfeift auf die Mode, *Mode, das ist doch reine Diktatur.*

Lætitia hat *Shit* dabei, sie gehen raus, um sich eine Tüte zu drehen und sie verfehlt eine Stufe, lacht, streckt ihre langen, behandschuhten Hände aus, damit man ihr aufhilft, damit man sie aus dem duftigen Gerüst ihrer abenteuerlichen Kleidungsstücke befreit, Tüll, Leder, Spitze und Metall, eine Braut in Schwarz und in losen Teilen, ein *Gegenmittel*, der Ausdruck springt Solange in den Sinn. Selber Gegenmittel, sie fängt an zu lachen, beide winden sich vor unbändigem Lachen, die eine geblümt, die andere schwarz, wälzen sie sich wie Rugbyspieler.

»Sie ist definitiv besoffen«, stellt Arnaud fest.

Sind wir das nicht alle, entgegnet Solange mega-geistreich. Lætitia wiehert vor Lachen.

Es ist wie ein magnetischer Sturm, etwas ist gekippt, der Abend schlägt um, die Nacht leuchtet auf, was scheußlich war, wird wundervoll.

Arnaud reicht ihr die Hand, ihr, Solange, sie klammert sich daran, steht auf, ein Fuß auf dem anderen, Pumm Pumm, selber Nilpferd.

Er mustert sie eingehend.

Sie versucht, möglichst *cool* zu wirken. Als hätte sie es schon tausend Mal getan, ohne deswegen gleich eine *Nutte* zu sein. Weder Nutte noch Nönnchen. Natürlich rein. Total sinnlich und dabei zerbrechlich wie Kim Wilde.

Als hätte sie nichts getrunken.

Sie muss noch ein bisschen lachen. Dieser Blick … Darin steckt der ganze Arnaud. Dieses Gesicht, das sich zu ihr neigt. Und dieses Parfüm, das, was sie zusammen erlebt haben, ihre ganze Geschichte kommt wieder auf …

»Was hast denn du dir da auf die Wimpern geschmiert?«

Sie reißt die Augen auf.

»Du hast deine Wimperntusche auf die Klamotten abgestimmt? Das sieht ja verboten aus. Das ist echt das letzte.«

*

Ein träger Nachmittag bei Monsieur Bihotz, er jätet sein außerirdisches Moos, sie jammert, weil sie nicht ans Meer kann.

»Wenn es zu einer Flutwelle kommt, werden wir froh sein, hier zu wohnen«, sagt Bihotz.

Er steht auf, rot, verschwitzt, eiförmiger Kopf mit Schlapphut auf einem massigen Leib: sie sieht einen Schwanz, einen großen, glänzenden Schwanz, in eine Gärtnerschürze gewickelt.

Sie muss krank sein.

Als sie klein war, fuhren sie mit dem Finger die Höhenlinien auf den Straßenkarten nach und stellten sich vor, wie das Meer überall gestiegen war, Golfe in den Ebenen, Fjorde in den Tälern.

Wie konnte sie sich bloß für diesen Blödsinn begeistern.

Zu Mittag tischt er Kaninchen auf. Warum nicht gleich Katze oder Hund? Er hat ihre Abwesenheit genutzt, um es zu töten, ohne dass sie heult oder fleht. Ohne dass sie sich an den Stall kettet wie diese militanten Abtreibungsgegner an die OP-Tische (das hat ihr die Mutter von Rose erzählt).

Madame Bihotz brach ihnen das Genick an der Tischkante. Sie will lieber nicht wissen, wie er es macht. Er hat gerade dieses Schlechtwettergesicht. Und diese *mystische* Art, wie Rose es nennen würde. Er sagt: »Manchmal habe ich den Eindruck, dass man mich mit dem kleinen Boursenave verwechselt. Manchmal habe ich das Gefühl, dass man mich für den Dorfdeppen hält. Dabei ist mein Leben viel erfüllter als das von diesen Leuten, mit ihren armseligen Pseudo-Körpern.«

Sie sind bloß sauer, weil es Ihnen nicht gelungen ist, die Mutter von Delphine flachzulegen.

Immer hat sie dieses Bedürfnis, ihn zu quälen. Obwohl er ihr völlig schnuppe ist, mehr noch als ihre Eltern! Aber sobald sie ihn wirklich gekränkt, ihn *verletzt* hat, verspürt sie eine Art Angst, er würde sie nicht mehr lieben. Als ob er aufhören könnte, sie zu lieben. Und wenn sie darüber nachdenkt, so ganz für sich im stillen, kommt sie sich wahnsinnig erwachsen vor. Das ist viel einfacher als beim Sprechen. Einfacher, als wenn sie *sich erklären* müsste. Arnaud gegenüber, beispielsweise. (Bei Bihotz gelingt ihr das sogar, manchmal.)

»Und was ist mit dir«, fragt er plötzlich (ungefähr so schlagfertig wie sie), »ist es dir gelungen, Arnaud flachzulegen?«

Das ist nur fair. Sie ist bloß erstaunt, dass er sich den Namen gemerkt hat.

Seit der Hochzeit wählt sie hundert Mal am Tag seine Nummer, ohne den Hörer abzunehmen. 23 57 01. Danach bleibt sie ganz benommen beim Telefon sitzen.

Bihotz trinkt in der Küche ein Bier und sie nimmt sich auch eins. Er wirkt abwesend, als bekäme er gar nichts mit. Es liegt doch wohl nicht an der Mutter von Delphine, dass er in so schlechter Verfassung ist. Die Gärtnerschürze hat er ausgezogen, darunter kommt sein Wolfs-T-Shirt zum Vorschein, ihr Vater (oder Georges oder Arnaud) würde lieber tot umfallen als ein solches T-Shirt zu tragen, das gleiche T-Shirt wie der Feuerwehrmann.

Das ist schon so lange her.

Sie schließt halb die Augen vor dem sonnendurchfluteten Fenster.

Billie Jean. Die harten Lippen, die zudringlichen Hände. Der Wolf, der den Kopf in Richtung Diskokugel im Milord reckt.

Die Zeitpastille löst sich, kommt auf sie zugewirbelt, Pailletten auf einer Basslinie. Die Lippen, die Hände, *Billie Jean*. Und dieser unglaubliche Vorstoß, dieser Finger, der dort eindringt – sie hört ihre eigene Stimme: *Hör bitte auf. Es tut ein bisschen weh.* In ihrer Erinnerung vermischen sich die Stimmen, vermischen sich die Körper. Man müsste den Regler stoppen, die Zeit festhalten und sich einen Körper angeln und aufs neue küssen (früher nannte sie das: mit einem Jungen gehen).

Bihotz nimmt sich noch ein Bier.

Es wieder versuchen. Die Lippen, die Hände. Die Augen schließen. Ob sich das abgenutzt hat? Ob die Zeit sich abnutzt, beim Verstreichen, und die Erinnerungen auch, wie Schallplatten, ob die Zeit Staubpartikel hinterlässt, die einem in die Augen dringen?

Sie fühlt sich irgendwie angeschlagen. (*Gefühlsduselig*, würde ihr Vater sie auslachen.) Sie möchte ihm etwas Nettes sagen.

Ihr T-Shirt gefällt mir.

»Magst du mich nicht duzen?«

Sie duzen?

»DEIN verdammtes T-Shirt gefällt mir. Und warum nennst du mich nicht einfach bei meinem verdammten Vornamen.«

Ihre Augen brennen. Und ihre Kehle ist wie zugeschnürt. Sie nimmt sich noch ein Bier, er sagt nichts.

Sie weiß nicht mehr, welcher Tag heute ist, dort draußen. Die Tage kommen und gehen und haben keinen anderen Zweck, als sie, wie ein Zug, an ein Ziel zu bringen, wo sie endlich frei sein wird.

Sie hasst es, wenn er gemein wird. Wenn er so tut, als ob nichts wäre. Als ob er sie nicht sähe.

Sie setzt sich rittlings auf seine Knie.

Nicht bewegen, Monsieur Bihotz.

Sie legt die Lippen an seine Lippen.

Es ist ganz anders als beim Feuerwehrmann.

Plötzlich wird sie ganz übermütig.

Nicht bewegen, prustet sie zwischen den Zähnen hervor, während sie wieder versucht, ihn zu küssen.

Er bewegt sich so wenig, dass man ihn für ein Stück Holz halten könnte. Es gibt nur eines, das sich rührt, da, in seinem Blaumann, und das wird steif und dick.

Sie rückt etwas von ihm ab und betrachtet ihn. Seine Augen sind geschlossen, sein Mund leicht geöffnet. Sie kennt ihn so gut, dass sie ihn nicht wirklich sehen kann, nicht *objektiv*. Der Wolf hebt und senkt sich auf der Brust. Der riesige Mond faltet und entfaltet sich, er ist rissig, löst sich in kleine Schuppen auf. Er wäscht immer alles zu heiß, bei 90°.

Sie schmiegt sich an seinen Bauch, löst eine Mondschuppe ab, bewegt sachte die Hüften.

»Hör auf«, sagt er. Die Augen nach wie vor geschlossen. Den Schwanz unter dem Blaumann zur Pyramide aufgerichtet.

Wenn er sie öffnet, hört sie auf. Wenn er sie geschlossen hält, macht sie weiter.

Sie rafft ihren Rock, um es sich bequemer zu machen, eine leichte Bewegung genügt, ein bisschen reiben, Höschen an Hose, Stoff an Stoff.

Er stößt sie weg, beide Hände vorgestreckt, der Wolf ist geplättet und der Mond geviertelt.

»So geht das nicht«, schreit er, als setzte er sich gegen eine Lüge zur Wehr«, »so geht das nicht!«

Als ob ich's noch nie getan hätte, widerspricht sie. Schwamm drüber – sie sieht sich schon mit ganz neuem Selbstbewusstsein, ein neues Mädchen, eine Frau *mit Erfahrung*, die Augen geheimnisvoll umschattet von schwarzer Wimperntusche.

»Jetzt sag bloß nicht, dass du's mit diesem Trottel getan hast«, wimmert Bihotz. »Bloß nicht.«

Er sieht derart mystisch aus, dass sie sich fragt, ob es etwas Ernstes ist (ob er an die Krankheit denkt, die in zwei Jahren droht?). Jedenfalls ergibt sich hier eine unverhoffte Gelegenheit, ihn nicht zu belügen, nett zu sein, indem sie ihm die Wahrheit sagt, die ganze Wahrheit und nichts als die Wahrheit:

Ich bin Jungfrau.

Das Wort kommt ihr befremdlich vor, hochtrabend (die Heilige Maria in ihrem Röhrenkleid, die Arme vor der Kirche erhoben), aber das ist schließlich die Wahrheit, technisch gesehen ist sie wie *ein neugeborenes Lamm*, er kann's gern nachprüfen, wenn er möchte.

Er wirkt erschöpft.

»Du hast mir doch eben gesagt, dass du's schon getan hast.«

Ich hab's noch nie getan! Das habe ich gesagt.

Sie liebkost ihn und er verstummt. Seine rasierten Wangen sind weich, er riecht nach Waschpulver. Sie reibt sich langsam an ihm, es fühlt sich wunderbar an. Wieder will er etwas sagen, sie küsst ihn, küsst ihn auf die Lider, damit er die Augen geschlossen hält, unbedingt, sie wiegt sich in den Hüften, sie hält ihn mit beiden Armen umfangen, ganz fest, sie ist die *Sieben-Millionen-Dollar-Frau*, er brummt, aber das Gefühl ist erstaunlich, erstaunlich stark, wie beim Masturbieren – wenn sie die Finger auf die Öffnung zugleiten lässt und rundherum streichelt, wenn es ganz feucht wird – und tatsächlich sind inzwischen sämtliche Falten durchfeuchtet. Er darf sich jetzt auf keinen Fall rühren, bloß nicht, sie drückt und presst sich an ihn und jede Erhebung befindet sich an genau der richtigen Stelle und sie reibt sich und ihre Brüste reiben sich am Wolf – blitzschnell ziehen Bilder vorbei, der Fluss und Arnaud und der chinesische Wandschirm und die Diskokugel und ihr Vater im Alpine – und dann nichts mehr, Leere, das Nichts und die ganze Welt, sie öffnet die Augen und unter ihr sitzt Bihotz.

Sie steht auf und zupft sich das Höschen aus dem Schritt.

Jetzt sieht er aus wie tot.

Sein Schwanz bildet immer noch eine Pyramide unter dem Blaumann, der an dieser Stelle dunkler ist, wegen der Nässe.

Es ging alles so schnell, dass er vielleicht nichts mitbekommen hat.

Sie gibt ihm ein Küsschen, er öffnet die Augen. Ob er noch ein Bier will?

Sie will definitiv nett zu ihm sein. Feierlicher Entschluss: von jetzt an wird sie ihm keine Gemeinheiten mehr an den Kopf werfen, sie wird den Tisch decken und auch sonst mithelfen, sie wird ihn nicht mehr belügen (oder nur, um ihn zu schonen), sie wird nur noch ausbüchsen, wenn sie bei ihrer Mutter übernachtet.

»So geht das nicht«, wiederholt Bihotz.

Er geht raus, um die Hühner zu füttern, obwohl es dafür gar nicht die Zeit ist. Sie sieht ihn das Unkraut bekämpfen, kniend, mit seiner Sprühdose in der Hand. Er hat ihr immer erzählt, dass er auf diese Weise Dampf ablässt, wie beispielsweise das eine Mal, als er mit ihr und den Pariserinnen und Rose und ihrer Mutter zum Strand hatte fahren müssen.

Das kommt ihr so unwahrscheinlich weit weg vor, all das, was sie zusammen unternommen haben.

*

Ihr Vater nimmt sie mit auf eine Spritztour, im Alpine, der, metallisch blau, wieder auftaucht, mit quietschenden Bremsen vor dem Haus des bass erstaunten Bihotz (nein, dieses Gesicht macht Bihotz bei der Unkrautbekämpfung). Nimmt sie mit auf eine Spritztour zur Wassersportanlage, er wäre gern mit ihr ans Meer gefahren, aber dafür ist jetzt keine Zeit. Beim nächsten Mal, versprochen.

Sie erinnert sich an ihre Kindheit, als er ihr vom großen Tiersterben erzählte. Und wie ganz Clèves unter dem Bombenhagel zu Glas verschmelzen würde.

Ob er ihr etwas zu sagen hat? Das wäre wie bei einem Gefängnisbesuch, wie man es aus Filmen kennt, wenn auch in einem Besuchszimmer mit vorbeiziehender Landschaft, Schaltknüppel und Handbremse (oder wie die Gitter in einem Nonnenkloster).

»Genieß die Fahrt, denn deine Mutter wird verlangen, dass ich das Auto verkaufe.«

Sie sollte etwas sagen. In ihrem Kopf breitet sich aber Leere aus.

Sie sind es gewohnt, unterwegs zu schweigen. So verstehen sie sich sogar am besten.

»Bah bah bah bah«, fügt er seltsamerweise hinzu, als führte er ein Selbstgespräch in einer primitiven Sprache, der Sprache eines kargen Landes mit Jurten und Nomaden. Und er schüttelt den Kopf, wie ein Yak oder Kamel.

Wenn sie ihm nur dieses Phänomen erklären könnte, dass ihr Gehirn in dem Maße aussetzt, in dem sie reden möchte. Wie wenn man im Schnee einsinkt.

Als sie in den Alpine gestiegen ist, hat sie etwas Unaussprechliches empfunden. Azzarro pour Homme. Jemand muss es ihrem Vater geschenkt haben. Der Innenraum ist dermaßen davon durchdrungen, dass sie das Gefühl hat, Arnaud direkt einzuatmen, Arnauds zersetzten Körper, der ihr Mund, Nase und Lungen füllt, in ihren Adern fließt und zwischen ihren Schenkeln pocht.

Sie versucht, mit dem Mund Laute zu formen. Aber sie platzen wie Seifenblasen, zurück bleibt nur ein weißer Abdruck, eine Falte in etwas, das sich sogleich wieder glättet, das, kaum gedacht, wieder verschwindet.

Vielleicht empfindet er das Gleiche. Vielleicht steckt das in seinem Schweigen. In seinem Parfüm. Dieses Einvernehmen, das Worte nur zerstören würden.

Wie gut sie einander verstehen.

*

Lætitia hat sie eingeladen, um mit ihr Mathe zu pauken.

Sie tritt durch das Gittertor, sie klingelt an der großen Tür, die Mutter von Delphine macht auf: Mademoiselle ist oben.

(Hätte man ihr früher gesagt, dass sie, einfach so, zu Besuch in das Schloss käme …)

Das Zimmer von Lætitia ist im obersten Stock, es gibt Poster, aber auch echte Bilder, gemalt und gerahmt. Wieder ein blaues Zimmer (falls das Zimmer mit Arnaud wirklich blau war), alles genauso angeordnet, ein großes Erwachsenenbett gegenüber dem Fenster, ein Badezimmer, ein Balkon zum Fluss hin, mit weitem Ausblick auf den Pool. Lætitia liegt an der gleichen Stelle, wo Arnaud lag, ihre kleinen, schwarzbestrumpften Füße schieben die Tagesdecke zurück, und sie kuschelt sich in die Laken, als ob sie frieren würde.

Arnaud, Arnaud, das ist ihre Krankheit, ständig denkt sie an Arnaud, sie hat sich angesteckt und ihr ganzes Gehirn, ihr ganzer Körper ist von ihm befallen.

Sie sollte es Lætitia sagen:

Ich war mit Arnaud zusammen, ich hoffe, das macht dir nichts aus.

»Warum sollte mir das was ausmachen?«

Er hat mir gesagt, dass zwischen euch.

»Da kann er lange träumen. Uns verbindet aber einiges, das stimmt. Wir haben die gleichen moralischen Ansprüche, er hat sehr hohe Ansprüche, sehr klare Ansichten. Und auch Weitblick, wenn er will.«

Ja, der Typ hat echt was drauf.

»Mit ihm kann man sich richtig gut unterhalten. Lästern gilt ja als so cool, dabei ist das Gegenteil der Fall, mit ihm kann man sich wirklich über andere austauschen. Hat er mit dir über mich gesprochen?«

Nein. Und mit dir über mich?

»Er hat mir nur gesagt, dass du ihm ein bisschen zu jung bist. Aber das war nicht böse gemeint. Er hat gesagt, mit dir sei alles ein bisschen wie Doktorspielchen.«

Eine Lawine droht ihr Gehirn einzufrieren.

Das ist doch ein Witz. Ich bin von zügelloser Sinnlichkeit. Und das macht ihm Angst. Wenn ich will, bin ich eine wahre Bombe.

»Stimmt schon, es fällt ihm schwer, seine Sehnsüchte auszuleben. Man muss ihn an die Hand nehmen. Er selbst macht nie den ersten Schritt. Man könnte ihn fast schon *phobisch* nennen.«

Du brauchst dir doch nur seine Mutter anzusehen, kein Wunder, dass er damit Probleme hat.

»Weißt du, ich rede nicht gern schlecht über andere, und ich will niemanden verletzen, und wenn ich es doch tue, ist das keine Absicht. Inzwischen traue ich mir aber selbst nicht über den Weg …«

Warum?

Sie würde gern wieder auf Arnaud zu sprechen kommen und den Lawinenschnee etwas beiseite räumen, aber man muss ja höflich sein, besonders beim ersten Besuch.

»Früher habe ich anderen immer nur Gutes getan, aber ich habe auch vieles massiv verdrängt, was irgendwann wieder hochkommt, und man kann nichts dagegen tun, plötzlich packt es einen. Nehmen wir mal Delphine, als Beispiel, ich weiß genau, dass sie über mich lästert, aber sie ist so anstrengend, und ich bin schließlich keine Samariterin.«

Ehrlich gesagt, ist sie ein Trampel.

»So würde ich das nicht nennen, jedenfalls kann sie nichts dafür, aber sie geht mir wirklich furchtbar auf die Nerven. Ich will es ihr ja nicht sagen, das werde ich nie tun, aber sie denkt nur an sich und sie ist eingebildet bis zum Gehtnichtmehr.«

Stimmt genau. Immer muss sie sich in den Vordergrund spielen.

»Sie redet über sich, wer tut das nicht, aber bei ihr dreht sich wirklich alles nur um sie, als gäbe es sonst nichts auf der Welt. Die reinste Nabelschau.«

Lætitia meint, dass Delphine sehr empfindlich ist, was natürlich alles erklärt. *Sie hat voll die Profilneurose,* setzt Solange noch hinzu, »Profilneurose?«, *ja, immer tut sie so leidend mit ihrem Vater, der tot ist oder was weiß ich und mit ihrer Mutter, der Arbeiterin.* »Hausangestellte«, korrigiert Lætitia. »Delphine ist praktisch meine Schwester. Meine Eltern hatten vor mir eine andere Tochter, sie ist gestorben, die blaue Krankheit. Ich muss ständig daran denken, ich sehe mich unter der Erde und denke: warum muss sie bei den Würmern verwesen, während mein Herz ganz normal schlägt?«

Lætitia ist überwältigend schön, als ihr diese Worte über die Lippen kommen, die herrliche blaue Krankheit scheint direkt unter ihrer Haut zu fließen, verständlich, dass sie immer Schwarz trägt. Sie raucht, runzelt die Brauen.

Wie hieß sie?

»Lætitia.«

Lætitia wie du?

»Lætitia d'Urbide. Der Lieblingsvorname meiner Mutter.«

L- und U-förmige Adern pochen hinter ihrer blassen Stirn. Sie greift nach dem Aschenbecher, aber der Tisch ist zu weit weg, sie lässt sich wie unter großer Anstrengung in die Kissen zurücksinken, und Solange will genau das, diese Klasse und diese Ausstrahlung, sie lässt sich ihrerseits auf ein Sitzkissen sinken und seufzt.

Das ist wirklich verrückt. Du und ich haben noch so vieles mehr miteinander gemeinsam als mit Arnaud. Wir verstehen uns so unheimlich gut.

Die Mutter von Delphine bringt ein Tablett mit Gläsern und Cola. »Wir brauchen Strohhalme«, verlangt Lætitia. Schweigend warten sie auf ihre Rückkehr mit den Strohhalmen.

Lætitia trägt einen engen Rock, Lackschuhe, die sie immer wieder an- und auszieht, einen schwarzen Spenzer, den sie ablegt, weil es warm ist, und eine Art Body aus schwarzer Spitze, an den Schultern durchsichtig und blickdicht über dem Busen, mit langen Gazeärmeln.

»Der Unterschied zwischen Kumpelei und Freundschaft ist nämlich der«, nimmt Lætitia den Faden wieder auf, »dass Kumpelei völliges Einvernehmen bedeutet, während Freundschaft zwar intensiver ist, aber auch zerstörerisch sein kann.«

Davor habe ich keine Angst. Wenn ich will, kann ich in Abgründe versinken.

»Bist du noch mit Rose befreundet?«

Sie hat sich überhaupt nicht verändert, ich aber schon. Sie ist eine Spießerin, sie kifft nicht, nimmt keine Drogen, kein gar nichts.

»Es gibt Dinge, die versteht sie einfach nicht. Dafür ist sie zu … nicht abgründig genug. Rein narzisstisch gesehen, könnte ich das nicht hinnehmen.«

Ich sehe das genauso. Sie ist inzwischen so oberflächlich, so substanzlos. Sie fährt eine Ciao, so eine Art besseres Mofa.

»Ich weiß. Das ist oberflächlich, substanzlos.«

Sie gehört zu denen, die zu feige sind, um sich helfen zu lassen, aus Angst vor der Demütigung. Das kann ich nicht hinnehmen, das lässt mein Stolz nicht zu. Rein narzisstisch gesehen.

»Sie kennt keine Zurückhaltung. Sie hat ein solches Charisma. Wirklich, ihr Charisma ist grenzenlos. Sie will ständig im Mittelpunkt stehen. Während ich so ein Seelchen bin, das sagt meine Mutter immer. Ich hätte genauso gut in die Charisma-Falle tappen können, aber weil ich eben so ein Seelchen bin, kümmere ich mich lieber um andere.«

Ich sehe das genauso. Du scherst dich wenigstens nicht um Konventionen. Du bist völlig frei von Charisma. Was man von Arnaud nicht behaupten kann.

»Mag sein. Aber wenn man sich anders verhält als andere, ist das manchmal so eine Sache, inzwischen pfeifen so viele auf Konventionen, dass es fast wieder konventionell ist. Verstehst du, was ich meine? Um eine Vorstellung von mir zu bekommen, stelle ich mir vor, wie andere mich sehen, und dann mache ich das genaue Gegenteil. Ich bemühe mich nicht, anders zu sein, ich bin es einfach, denn wenn du dem Bild entsprichst, das andere von dir haben, oder dem Bild entsprechen willst, das andere deiner Meinung nach von dir haben, ist das echt oberflächlich, substanzlos.«

Das stimmt.

Lætitia schwenkt die langen gazeumhüllten Arme vor ihren Augen hin und her, und ihr volles Haar duftet unglaublich gut – das teure Shampoo, die teure Luft, die in dieser lockeren Masse enthalten ist.

»Mein Problem ist, dass ich alles so klar durchschaue. Eben weil ich genau weiß, woran ich bin, komme ich mir total verloren vor. Ich habe einen Punkt erreicht, wo es nicht mehr schön ist.«

Lætitia sieht mittlerweile aus, als könnte sie jeden Augenblick in Tränen ausbrechen.

Wie kann man nur so mit seinem Schicksal hadern, in einem Schloss mit Pool –

Warum?

»Ich weiß es ja, ich habe nur einen einzigen Fehler: Ich bin zu klarsichtig.«

Lætitia wirkt plötzlich wie am Boden zerstört, sie lehnt sich in die Kissen zurück, und man müsste ihr *Trost spenden* (weswegen?), ihre flaumige kastanienbraune Haube tätscheln oder irgendwelche Faxen machen, sich ein Kissen auf den Kopf stülpen und Napoleon spielen, wie Jacques Dutronc in *Nachtblende*, den Film hat sie bei Bihotz klammheimlich im Fernsehen geguckt.

Sie neigt sich über die immer noch so duftigen Haare und versenkt die Nase darin, eine herrliche Wolke ohne Boden.

Lætitia senkt den Blick auf ihren Strohhalm. Ein hauchdünner schwarzer Strich zieht sich an ihren Lidern entlang (wie macht sie das nur, ohne zu wackeln?). Ihr Gesicht ist ganz nah, breit und flach wie ein Gegenstand. Dann lebt es auf, streckt sich ihr entgegen, die Augen schlagen auf und geben den Blick vollständig frei, Lætitia, der Mund von Lætitia trifft auf ihren Mund.

Sie erwidert den Druck, ein frischer, prickelnder Geschmack, rutscht mit dem Ellbogen ab, die Zähne stoßen gegeneinander, die Cola-Gläser klirren – allgemeiner Rückzug.

(Ob Lætitia *lesbisch* ist?)

(In *Nachtblende* ist einmal eine Frau zu sehen, die als Mann verkleidet ist, sogar mit einer Art Schwanzattrape, die sie quasi umgeschnallt hat, und dazu ein splitternacktes Mädchen, das komplett durchgedreht oder zugedröhnt aussieht, und den Rest kann man sich denken, eigentlich unvorstellbar, aber es wird doch massiv angedeutet.)

Sie sollte etwas sagen.

(Ob sie wirklich Haare auf den Brüsten hat?)

Es ist mein erstes Mal mit einem Mädchen.

Woraus zu schließen ist, dass mit Jungs hingegen …

»Geht mir genauso«, haucht Lætitia.

Das bleibt unser Geheimnis. Wir reden mit niemandem darüber. Schwörst du es mir? Schwöre es.

»Ich schwöre«, sagt Lætitia mit großem Ernst. Und bewegt dabei die Beine und hebt die Hüften an, um ihre Kleidung zurechtzurücken.

Wir reden mit niemandem darüber, aber ich habe nichts dagegen, dass du und ich darüber reden.

Lætitia zündet sich eine Zigarette an und schweigt.

Ich mein ja nur, du und ich können ruhig darüber reden, ohne dass es uns peinlich ist, ist ja nicht so, als ob es peinlich wäre und wir nie wieder darüber reden sollten.

Sie hat den Eindruck, sich verdoppelt zu haben und sich beim Reden zuzusehen, ernsthaft und betroffen, am Bettrand sitzend mit Solange und Lætitia – wo ist die erste Lætitia denn hin, diejenige, die sie hatte küssen wollen?

Ich bin sicher, an diesen Moment werden wir uns ein Leben lang erinnern, fährt sie hartnäckig fort. *Ein Leben lang. Davon bin ich felsenfest überzeugt.*

Laetitia teilt diese Überzeugung. Mit den Nägeln spielt sie an einer Laufmasche in ihren Dim'Ups herum. Andererseits (sagt sie, die junge Baronin) kann man nicht so einfach über seine Erinnerungen *verfügen*, manchmal vergisst sie sogar Dinge, die noch viel wichtiger sind, und sie erlebt immer wieder Momente, die sie (Lætitia) ihrer Überzeugung nach ewig in Erinnerung behalten wird, und hinterher sind sie trotzdem vergessen. Oder sie erinnert sich komischerweise an winzige Kleinigkeiten. Zum Beispiel an ein Stück Landschaft vom Audi-Fenster aus, etwas, das mit ihr rein gar nichts zu tun hat und sich ihr aus unerfindlichen Gründen dennoch für alle Zeiten einprägt. Auf den ersten Blick völlig unscheinbar, dabei handelt es sich um ein intensives Erlebnis, das sich im Gehirn festsetzt wie, sie weiß auch nicht, wie ein Diamant.

Solange sieht das genauso.

Das stimmt sie beide nachdenklich.

*

Angeblich ist Delphine eine *Nymphomanin*. Was nicht unbedingt Nutte oder Schlampe bedeutet. Auch nicht *Flittchen*. Es ist in diesem Zusammenhang eher was Krankhaftes (erklärt Nathalie). Das heißt, sie kann gar nicht anders, nicht aus böser Absicht, sondern weil sie nur das Eine im Kopf hat. Schlimmer noch als Flutsch. Sie ist dermaßen davon besessen, dass sie es mit jedem x-Beliebigen treibt. Sie hat sich sogar die Haare lila gefärbt. Angeblich hat sie die Hälfte aller Jungs aus der Schule zum Mann gemacht. Sogar Arnaud, das war angeblich sie (und zwar erst vor kurzem).

Dabei ist schon ihre Mutter blutjung Mutter geworden.

»Ich sehe da keinen Zusammenhang«, wirft Rose ein.

Seit einigen Monaten gibt Rose beeindruckende Erkenntnisse zum Besten, die extrem reif und total aufgeschlossen klingen. Wie ihre Eltern. Sie würde sich bestimmt prächtig mit Lætitia verstehen (bloß dass sie einander nicht leiden können).

»Hätte man ihrer Mutter damals erlaubt abzutreiben« – fährt Rose fort – »dann gäbe es jetzt gar keine Delphine, die als Nymphomanin gelten könnte.«

Concepción bekreuzigt sich unauffällig.

(Wenn man sich verkehrt herum bekreuzigt, kommt man angeblich in die Hölle.)

»Glaubt ihr vielleicht (beharrt Rose weiter), dass ihre Mutter zum Spaß schwanger geworden ist, in unserem Alter?«

Eine Welt ohne Delphine. In einer solchen Welt, da ist sie sich ganz sicher, würde sie, Solange, Delphines Platz einnehmen. Es mit sämtlichen Jungs treiben. Nicht stolz und schick wie Lætitia oder cool und entspannt wie Nathalie, sondern auf die schmutzige Tour, weil sie sich einfach nicht beherrschen kann. Jetzt weiß sie, was mit ihr los ist. Sie ist nymphoman. Das ist ihre Krankheit.

Die anderen (Rose, Nathalie, Concepción) beugen sich über das Geschichts- und Erdkundebuch. Sie haben sich zum Lernen bei Concé versammelt. Das Abkommen von Jalta.

Ein Foto, auf dem nur Männer zu sehen sind.

Ist sie wirklich die einzige mit diesem Bild vor Augen – nichts als Schwänze unter den dicken Mänteln? Lauter Schwänze, von (braunen, blonden, grauen, weißen) Härchen umkränzt, ruhend unter dem Bauch der sitzenden Männer, baumelnd in den Unterhosen derer, die dahinter stehen?

Der in der Mitte, der einzige, dessen Hose man sieht, hat einen völlig zerknitterten Schritt.

Ob man sich überhaupt konzentrieren kann, wenn man einen Schwanz hat? Haben sie nicht an ihre Schwänze gedacht, als sie diese Verträge unterzeichneten? Werden die nicht *unwillkürlich* steif, wenn man gerade dabei ist, die Welt untereinander aufzuteilen?

Schwänze, die in all diesen Hosen ein Eigenleben führen, Schwänze, kleine Wichtel, die zu jedem dieser Männer gehören, Schwänze, die sich ihren Schwanzangelegenheiten widmen. Die Schwänze von Jalta, gewaschen oder nicht, schlaff oder straff, stinkend oder frisch, juckend oder entspannt, die keinen kümmern oder im Gegenteil jeden insgeheim beschäftigen.

Das würde sie gern lernen, die Geschichte des Schwanzes, wie man vorgeht und wie man lebt, wenn man das anstelle von jenem hat.

Sie wiegt sich auf dem harten Holzstuhl hin und her, die Jeansnaht drückt ihr sachte ins Fleisch, unauffällig bewegt sie die Hüften.

Solange ist von *zügelloser Sinnlichkeit*.

Ein bisschen Aufmerksamkeit auf sich lenken, an diesem unheimlich (sie muss mit diesem *unheimlich* aufhören) öden Geschichts- und Erdkunde-Nachmittag. Das alles ein bisschen aufmischen, dieses Leben, diese Köpfe, über lauter Bücher gebeugt, diese Muschis, auf lauter Stühle gepresst.

Lætitia wollte mit mir schlafen.

Die reinste Atombombe.

Nathalie sieht derart getollschockt aus, dass es sich allein deswegen gelohnt hat.

Rose lacht hämisch und Concepción bekreuzigt sich erneut, das ist ihr Tick, so wie andere an ihren Haaren herumspielen oder Fingernägel kauen oder »Mein Gott« sagen.

Nathalie und Rose wollen Details hören, klar (Concé auch, obwohl sie keinen Ton sagt).

Sie hat mich gefragt, als ich sie im Schloss besucht habe.

Sie hält kurz inne. Wegen der Wirkung, aber auch, weil sie überlegen muss. Was erzählen. Was lässt sich am besten erzählen.

Sie hat mit mir geknutscht, das war himmlisch, besser als mit allen Jungs, mit denen ich was hatte.

Nathalie hat den Mund aufgerissen und rollt mit den Augen, sie kippt nach hinten und fällt um und röchelt wie eine Sterbende.

Mädchen küssen echt am besten. Ich weiß nicht, warum wir uns überhaupt mit Jungs abgeben.

Rose entscheidet sich dafür, *ja nicht die Fassung zu verlieren.* Während Nathalie auf dem Teppich kreischt und fragt, habt ihr was geraucht oder was, sagt sie, Rose, dass es ihr nicht ganz so gut gefallen hat wie mit Jungs, wenn sie was mit Mädchen hatte. Weil Penetration ja doch was anderes ist. Da kann man sagen, was man will.

Sag mal, bist du bekloppt oder was, natürlich wollte sie mich penetrieren, aber das wollte ich wiederum nicht. Ich lass mich doch nicht von einer Kampflesbe vergewaltigen.

Lætitia hatte nämlich eine Art Plastikschwanz, den sie ihr in den Hintern, beziehungsweise in die Muschi rammen wollte.

Concepción hält sich die Hand vor dem Mund.

»Plastikschwanz, so was gibt's ja gar nicht«, behauptet Nathalie.

Doch, den bindest du dir um die Taille, so.

»Na klar, und mein Arsch ist aus purem Gold.«

Wie immer, wenn das Gespräch an Tiefe gewinnt, lässt Rose eine kleine Ansprache vom Stapel, die mehrere Punkte umfasst: Erstens besitzt auch ihre Mutter einen Plastikschwanz, tatsächlich, den hat sie in der Nachttischschublade gefunden, und zweitens darf man sich nicht über Kampflesben lustig machen, zunächst einmal (drittens), weil das kein anständiges Wort ist und viertens soll jeder nach seiner Fasson glücklich werden, schließlich leben wir in einer Demokratie, das hier ist immer noch Frankreich, und zwar unter einem sozialistischen Präsidenten.

(»Wegen Leuten wie dir haben meine Eltern Mitterrand gewählt«, hatte Rose zu ihr gesagt, als die Hälfte des Dorfes auf die andere Seite des Atlantiks fliehen wollte. »Ich hätte ja für die Trotzkisten gestimmt. Die Sozialisten sind total verlogen, am Ende dienen sie doch nur dem Großkapital.« Wie unheimlich klug, reif, *sexy* sie aussieht, während sie so was sagt. Dass Rose ihre Stimme aus Mitleid für ihre armen Eltern abgibt, die sich als rechte Wähler *verarschen* lassen, ist grausam.)

»Ist doch cool, wenn man *bisexuell* ist«, zündet Nathalie reichlich spät (sie ist wieder in ihr Super-Nathalie-Kostüm geschlüpft). »Überhaupt sind alle Menschen bisexuell. Auch die Jungs.«

Allgemeiner Protest.

»Bisexuell bedeutet zwei Mädchen auf einmal«, erklärt Nathalie.

Das kann Concepción bestätigen: Ihre Cousine aus Saragossa hat es mit dem Kerl ihrer besten Freundin UND ihrer besten Freundin getan. »Die beste Freundin ließ sich von ihm stopfen und meine Cousine hat ihm eine geblasen.«

EINEN geblasen, korrigiert Solange. *Ist ja wie Jane Birkin, wenn sie von EINE Film spricht, obwohl sie seit Jahrhunderten in Frankreich lebt.*

»Aber es gab doch nur einen Penis?«, staunt Rose mit einer unvermittelten Logik - oder praktischen Vernunft -, die alle zum Lachen bringt (wenn nicht das Wort Penis der Auslöser war).

»Wisst ihr, warum der Penis in Spanien früher als Gott galt?«, fragt Nathalie. »Er war der Deus ex Vachina.«

Concé ist zu sehr in eigene Gedanken vertieft, um sich zu entrüsten (oder das Gesagte zu begreifen).

Ob der Kerl es abwechselnd tat? Erst blasen lassen, dann stopfen? Solange stellt sich dies und das vor.

Hier in den Mund, da in die Muschi?

Scheint alles möglich.

Ihre drei Freundinnen geben sich ebenfalls voll und ganz diesem Phänomen hin. Fixieren mitten im Raum nicht vorhandene Körper, Schemen, die sie verhexen und entführen, während sie ihre äußere Schülerinnenhülle hier zurücklassen. Sie ähneln den blassen Kindern aus dem *Dorf der Verdammten*.

»Er war vierzig Jahre alt«, fügt Concepción als Rechtfertigung hinzu. »Der Freund der besten Freundin.«

Das erklärt alles. Aber die Bilder, die dort flimmern, nackte Körper im verzerrten Raum, sind dennoch kaum zu greifen, widerspenstigen Playmobilfiguren gleich, die nicht biegsam genug sind für diese elastische Dimension, die vor ihren Augen aufblitzt, so anziehend, so beunruhigend oder vielleicht (befürchtet Solange) so begrenzt wie Clèves.

Concepción (sie sind ja bei Concepción) geht den *Versandauskataloch* ihrer Mutter holen und blättert in den Dessous-Seiten. Da ist nichts. Sie entreißen ihr den Katalog, man muss beim Badezimmerzubehör suchen, Hygieneartikel und so. Zwischen Milchpumpen, Duschhauben und Rückenkratzern gibt es ein tragbares Gesichtsmassagegerät, eigenartig spitz zulaufend, das die Züge strafft und die Nasolabialfalten glättet. Im Lieferumfang sind zwei Batterien enthalten.

»Genau das meinte ich«, bestätigt Rose. »Jetzt könnt ihr sehen, dass ich keinen Quatsch erzähle!«

Anscheinend hat sie komplett vergessen, dass sie, Solange, von Lætitia vergewaltigt wurde.

Eine kleine Granate, länger als breit, wie ein Zäpfchen, aber dicker. Das Mädchen auf dem Foto, im Babydoll aus weißer Baumwolle, hält sich das Gerät an die Wange und macht ein Gesicht, als wäre ihr die Jungfrau Maria erschienen.

Sie sieht ihr ähnlich. Das ist verblüffend. Die gleiche Neigung des Kopfes, der gleiche leicht wehmütige Ausdruck, der gleiche Blick ins Leere wie auf ihrem Foto, als sie etwa fünf oder sechs Jahre alt war. Da hält sie sich die Stoffwindel an die Wange, die ihr als Schmusetuch diente. So weich und aufgelöst, dass es nichts mehr wiegt, ein schwammartiger Fetzen, Gewebeprobe einer ausgestorbenen Spezies.

»Und das wollte dir die d'Urbide also reinstecken?«, hakt Concepción nach, um ganz sicherzugehen.

Auf einmal verspürt sie große Müdigkeit.

Sie ist gefesselt oder zugedröhnt, wie das junge Mädchen in *Nachtblende*. Lætitia – eine ältere Lætitia, oder vielleicht die Mutter von Rose (mit ihren roten Stiefeln) – beugt sich über sie (oder ist sie hinter ihr?) (sie auf allen vieren?) und wird sie *stopfen*, ihn *ihr reinstopfen*.

Sie würde so gern in ihrem Bett liegen und mit der Hand im Höschen einschlafen.

Sie ist krank. Sie muss krank sein.

»Eine üble Kampflesbe also«, befindet Nathalie, nachdem Rose zur *Toleranz* aufgerufen hat. »Eine widerliche dreckige Leckschwester, die nach außen hin so zimperlich tut.«

»Arnaud nennt sie Teppich'Spar«, prustet Concepción.

(Concepción *kennt* Arnaud?)

(Sie gleitet an der Oberfläche eines Planeten ab, der sich zu schnell dreht. Am Ende ist nur auf eines Verlass, ist nur eines mit Händen zu greifen (vom Ballast abgesehen, den die Toten uns auferlegen, aber dieser Ballast versteht sich von selbst), nämlich die fleischige Masse zwischen den Beinen, lebendig und wulstig, pulsierend, zunehmend behaart, zunehmend eigenständig, groß, tief, unerforscht, die über dem Geschichts- und Erdkundebuch ein feuchtes, faltiges, spähendes Maul aufreißt.)

(Irgendwann wird sie sich von ihr lösen, mit behaarten Pfoten und dem Bauch am Boden gierig die Welt erkunden, während sie, Solange, ängstlich zurückbleibt, um mit ihren verfluchten Freundinnen in einem Zimmer eingepfercht fürs Leben zu lernen. Irgendwann wird sie von alleine laufen, ihr eigenes kreatürliches Leben leben und dann zurückkehren in die Höhle zwischen den Beinen, um ihr Lust zu verschaffen, Solange, die in ihrem Bett vor Einsamkeit vergeht.)

*

»Ich möchte dir nicht wehtun«, sagt Arnaud am Telefon, »du darfst dich auf keinen Fall in mich verlieben, was Schlimmeres kann dir nicht passieren, Monogamie ist nicht meine Stärke, das ist mir zu monoton, Musiker geben sich ja auch nicht mit einem einzigen Ton zufrieden. Ach, meine kleine Angie, du bist so süß, du bist zum Anbeißen, aber wir müssen zuallererst an dich denken, ich bin auf dem Sprung nach Bordeaux, hatte ich dir das nicht gesagt? Ich habe einen Studienplatz, in Philosophie, du musst mich besuchen kommen, aber das wird meiner Freundin nicht in den Kram passen, ich kann dich wohl kaum im Studentenwohnheim unterbringen, ho ho ho, da fahre ich lieber in dein Dorf, in dein Dörfchen, in dein Zimmer, dort werden mich deine Puppen schon in Stimmung bringen, was, du hast keine Puppen mehr? War bloß ein Witz, ich habe jetzt ein Auto, ich hole dich ab und du wirst mich schön verwöhnen, du weißt schon, mit der Zunge, du stellst dich zwar nicht so geschickt an wie meine Freundin, aber du bist viel, viel schärfer als sie, ich finde es toll, was du dir alles gefallen lässt, und das gefällt dir doch? Du bist ein bisschen maso, das mag ich. Was hast du eigentlich an? Sag mir, was du anhast. Du darfst auf keinen Fall auf mich warten, such dir einen netten Kerl, einen soliden Burschen, ein *echtes Mannsbild* aus deinem Dorf. Küss mich, nur zu, auf den Prügel, meinen Schwanz, was sonst, da, ich halte ihn dir hin, na los, saug schon, schnell, ich muss auflegen, streichle deine Brüste, du sollst dich streicheln, steck dir den Finger in den Arsch – Arnooooo – doch, das machst du jetzt, los, ich muss auflegen, denk an mich und wackel mit deinem kleinen Arsch, du Schlampe, ah ah ah – Arnoooooooooooooooooo – denk an mich in deinem hübschen kleinen Po oh oh.«

»Der Typ hat echt Stil«, sagt Nathalie bewundernd, als sie ihr von diesem eher unerwarteten Anruf erzählt – sein erster Anruf, das erste Mal, dass er sich aus *eigenem* Antrieb bei ihr meldet –, dass er daran gedacht hat, sie anzurufen, bevor er nach Bordeaux zieht, dabei geht er schon zur Uni, dabei führt er schon eine *Pärchenbeziehung* – dieser Anruf, der sie so gefreut und so fiebrig und ratlos zurückgelassen hat. »Stimmt schon, was er über die Monogamie sagt, du kannst schließlich nicht verlangen, dass so einer keusch und enthaltsam lebt, komm auf die Erde zurück, Mädchen, du muss lockerer werden, aber das jetzt am Telefon zu tun, das muss ja mega-geil sein, da beneide ich dich echt.«

Das mit dem Maso-Sein hat sie nicht erwähnt, und auch nicht den Finger im Arsch, das ist ihr ein bisschen peinlich (obwohl sie Nathalie immer alles erzählt). Im Grunde, wenn sie es recht bedenkt, kann es durchaus sein, dass sie ein klein wenig verklemmt ist.

*

Ihre Mutter macht sich ausgehfein und zieht die Pluderhosen-Kombination aus Liberty an. Ob Solange bitte ihre anziehen könnte? Sie haben etwas zu erledigen. Sie beide. Eine Frauenangelegenheit. Eine wichtige Sache. Solange ist inzwischen alt genug, um zu verstehen.

Als hüllten sie sich in Blümchen, um jemanden umzulegen.

Einer dieser Ruhetage, an denen die Krambude geschlossen ist und ihre Mutter offenbar abrechnen will. Die Kundinnen sind gerade nicht zur Hand, und es ist wie eine Fehleinstellung, als wollte sie Solange dazu bringen, ihr die komplette Ware abzukaufen, mit Subjekt-Objekt-Prädikat-Sätzen und einer gestochenen Aussprache, einem Pariser Akzent, einem bedrohlichen Akzent, dem Krambudenakzent.

Es ist Allerheiligen, aber heiß wie im Sommer. Der Himmel ist dunkelblau. Die Platanen haben rote Blätter. Das Rot der amerikanischen Spitzeichen ist unmäßig (wie alles in Amerika). Die scharfen Umrisse der Blätter, konturiert vom brennend heißen Wind, wirken fast wie eine Luftspiegelung, dazu das Gefühl, von dieser Szenerie ausgeschlossen zu sein, das Gefühl, dass die Welt sich unter einem Farbenschaum jedem Zugriff entzieht.

Ihre Mutter hat riesige Blumentöpfe gekauft, die zu den Bäumen passen. Rot, braun und goldgelb. Jedes Jahr sieht sie diese Töpfe in der Garage. Jetzt klappern sie im Kofferraum des R5.

Papas Alpine stand nicht in der Garage. Er steht auch nicht vor der Apotheke (man weiß ja nie).

Sie fahren am Teppich'Spar und am Milord und an den Silos vorbei. Sogar an der Wassersportanlage fahren sie vorbei, aber nicht Richtung Meer. Sie durchqueren das gesamte Weinbaugebiet der d'Urbides. Danach folgen noch kilometerlang Maisfelder.

»Mais ist so hässlich. Und er befindet sich genau in Augenhöhe. Weizen wogt wenigstens. Meer gibt ein Gefühl von Weite. Wegen deines Vaters mussten wir aber in die Nähe vom Flughafen ziehen. Von Maisfeldern eingeschlossen. Wir sind doch keine Hühner!«

Gluckst ihre Mutter, in der unüberhörbaren Hoffnung, sie zum Lachen zu bringen.

Plötzlich geht es bergab, und ein anderes Land beginnt, auf einer anderen Ebene, als hätte ihre Mutter den Zugang zu einem anderen Kreis gefunden, sci-fi-mäßig.

Es ist ein Land voller Pinien, mit Sanddünen. Sie hört ihrer Mutter mit halbem Ohr zu, die ihr erklärt, dass dieser Wald von Menschenhand gepflanzt wurde. Ab und an blitzt eine gelbe Lichtung auf, mit Heidekraut und rotem Farn, und es ist, als würde man einem Augenblick ohne Menschen beiwohnen, die Erde durch einen Riss in vergangener Zeit zu sehen bekommen: bar jeglicher Betrachtung. Sie atmet ganz tief durch den Mund ein, um damit in Berührung zu kommen, mit der vormenschlichen Natur. Sobald sie eine Lichtung erblickt, konzentriert sie sich darauf, und das alles dringt in ihren Körper ein, die Materie des Anbeginns, die unveränderten Atome.

»Soll ich anhalten? Ist dir schlecht?«

Sie würde gern nach Amerika gehen. In Amerika muss es eine Menge Orte geben, wo man (und frau) noch nie einen Fuß hingesetzt hat (haben). Tatsächlich ist ihr jetzt ein bisschen schwindlig (oder schwummrig), weil sie versucht hat, sich die Erde ohne Menschen vorzustellen. Und die Atome toter Indianer, ihrerseits aus den Atomen von Dinosauriern gemacht, von Wind und Meer hierher getragen, aus denen sie gemacht ist, jetzt, bei jedem Atemzug.

Ihre Mutter parkt vor einer Steinmauer und begrüßt eine alte Dame, die mit Gießkannen behängt ist. »Das ist meine Tochter Solange.« Begrüßung der Dame, deren Atome offensichtlich uralt sind. »Dachte ich's mir doch, dass Sie kommen würden«, sagt die Dame. »Bisher sind Sie noch jedes Jahr gekommen. Und Ihr Gatte? Männer, immer am Arbeiten. Die Pinien knospen, und das an Allerheiligen.«

Der Friedhof ist klein, mit schiefen Gräbern, eher versandet als unter die Erde gebracht. Ihre Pluderhosenmutter stemmt Blumentöpfe und hat ihr eine Gießkanne gegeben, die sie am Wasserhahn füllen soll. Es gibt Gräber, auf denen ist 1857 zu lesen und sogar 1864 und sogar 1893, das Jahr, denkt sie, als man Marie-Antoinette geköpft hat.

Zwischen dem Sand, auf dem sie geht, und dem Sand, der die Toten birgt, gibt es keine Grenze. Bloß ein bisschen Kies, um den Schritten der Lebenden Halt zu geben. Sonst würde sie gleich in die Gruben einsinken, oder eine Hand würde aus dem Sand hervorschießen, wie in *Carrie*, um sie bei den Knöcheln zu packen. Der Kies hält sie oberhalb dieser Abgründe, so wie Aschekreise Vampire zurückhalten.

»Solange?«

Ihre Mutter. Sie beeilt sich mit der Gießkanne, der Wasserhahn klemmt, schnell. Von der Mauer lacht der Kopf des alten Weibes.

Sie rennt auf ihre Mutter zu, dabei verschüttet sie Wasser, steigt über Immortellenkästen, Keramikblumen, ausgeblichene Engel und Gedenktafeln mit abblätternden Lettern hinweg. Ja nicht über die Gräber laufen. *Zwischen* den Gräbern laufen.

Den Blick auf die Pluderhose ihrer Mutter gesenkt, ist auf einmal alles kleiner geworden, die Gräber sind winzig. Ihre Mutter bestellt die Toten, lockert den Sand und pflanzt Dinge hinein und zieht Gräser und Schlingen heraus, durchscheinende Fädchen, verknäueltes Zeug, das sie wieder einpflanzt und verscharrt, sie topft die ganze Blumenpracht aus, um sie erneut beizusetzen, gräbt die Nägel tief ein und bittet sie, nachzugießen, wäscht sich die Hände im Rinnsal, so dass das Wasser, nachdem es über die Hände ihrer Mutter geflossen ist, ihren Schweiß, ihre Zellen, ihre Atome aufnimmt und in den Sand eintaucht und dort von neuem wachsen lässt, vermengt mit den Toten dieses Landes.

Das Foto, das in die Grabplatte eingelassen ist, ist das gleiche wie auf dem Nachttisch. Ein Foto, das sich jetzt, als sie es sich im Auto wieder vor Augen führen will, mit dem Bild vermischt, das zur Zeit durch alle Zeitungen und Fernsehkanäle geistert, das Bild des kleinen Jungen, der in einen Fluss geworfen wurde und Grégory heißt, der Kleine Grégory.

Das Datum auf der Grabplatte zeigte mit magischen Ziffern an, dass er unmittelbar vor ihrem Datum gestorben war, fast wäre ihr Geburtstag in diesen Stein gemeißelt worden, was keinerlei Sinn ergab, oder höchstens den, dass sie und der Sohn ihrer Eltern sich, zwei Zügen gleich, nur um ein Haar verpasst hatten.

Da stand bestimmt ein Vorname, doch als sie am Abend im Bett liegt, sieht sie vor ihrem inneren Auge zwar das Grab, beschwört es bei brennendem Licht wieder herauf, aber die Konturen verschwimmen, das Auto entfernt sich und der Mais wächst nach, genau wie das Weinbaugebiet und das Milord und der Teppich'Spar, während das Grab und der Vorname dort verbleiben, widernatürlich und unfassbar, genau wie der Sand und die Wurzeln und die Blumentöpfe. Das war dort und sie hat es vergessen (und danach zu fragen würde die Grenze zu jenem Land einreißen, um es in dieses schwappen zu lassen, das einzige, in dem sich halbwegs leben lässt, das einzige halbwegs mögliche).

*

Das Meer, endlich.

Nach dem Baden waren sie halb eingeschlafen, er streichelte ihr die Arme, die Knie, die Hüften, und nun hat er den Kopf auf ihre Oberschenkel gelegt, sein Mund streift den Saum ihres Badeanzugs, es ist kaum auszuhalten.

Als würde dieses Ding zwischen ihren Beinen zu trinken verlangen, ohne sich um ihren Kopf zu scheren, da oben, der gar nicht so unheimlich durstig ist beziehungsweise dabei zusieht, wie dieses Ding da unten dürstet.

(Sie sollte unbedingt aufhören mit diesem unheimlich.)

Es muss doch eine Zeit kommen, wenn man erwachsen ist, in der man alles automatisch tut, das und alles andere, und dann hat man seine Ruhe, weil man nicht mehr so stark *empfindet*.

(Solange ist ja so unheimlich empfindlich.)

Sie nimmt seine Hand und legt sie dorthin, wo es dürstet. Das ganze Wasser in ihrem Körper strömt in ihren Badeanzug, der schon vom Schwimmen nass ist. Er sollte seine Finger hineinstecken, mehrere Finger. Aber er streicht nur über den Gummizug, sanft und fast zärtlich. Also klemmt sie sich seinen großen Kopf zwischen die Beine und reibt sich daran, so gut es geht, an seiner Nase, an seiner Stirn, an seinen Lippen, an allem, was hervorsteht, sie verrenkt sich, damit er an die ersehnte Stelle kommt, damit er endlich ein bisschen die Zunge hineinsteckt – er will jedoch nicht, sie drückt wie wild, aber er verharrt vornehm an der Oberfläche, will sich nicht nass machen, es ist zum Ausrasten.

»Ich werde wahnsinnig« – sagt Bihotz und steht auf (dabei ist sie diejenige, die wahnsinnig wird).

»Ich werde wahnsinnig«, wiederholt er, fast flehentlich, als wollte er die Möwen um Beistand bitten.

Er hat wieder auf dem Fahrersitz Platz genommen. Seine Oberlippe glänzt schaumig, als hätte er ein Bier getrunken. Beim Anblick dieser Lippe windet sie sich vor ungestillter Lust.

Ihr fällt ein, dass es dafür eine lateinische Bezeichnung gibt, weil es ein bisschen gynäkologisch ist und man keinen einfachen, sprechenden Ausdruck wie »blasen« gefunden hat. Sie hat nur ein einziges Mal davon gehört, als Nathalie ihr erklärte: Echte Kerle machen so was nicht. Das ist nur für Weicheier.

Arnaud würde so was garantiert nie tun.

Sie wird sich jetzt doch keinen *runterholen*. Sie schlüpft auf den Sitz neben ihn und zieht dabei das Unterteil ihres Badeanzugs hoch. Vorne wird gar nichts zu machen sein. Hinter der Windschutzscheibe scheint alles miteinander zu verschmelzen. Man ist in einem Aquarium, in dem das Wasser durch flüssige Sonne ersetzt wurde.

Das Meer und die Sonne, Sprengkörper. Explosion der Felsen, Brandung, Farben, und Möwenschreie wie rote Splitter.

Endlich hat sie ihren Tag am Meer bekommen.

Beim Schwimmen hat sie alles daran gesetzt, ihm Angst einzujagen, in den Wellen, als wollte sie nie wieder aus dem Wasser. Sie hat mehrmals nach Eiscreme verlangt. Danach hat sie sich hartnäckig geweigert, nach Clèves zurückzufahren, und sie sind in ein Restaurant gegangen. Die Langustenschwänze hat sie kaum angerührt, dafür ihr Schokoladen-Fondant verschlungen. Da ihr ein bisschen schlecht war, haben sie vor der Weiterfahrt eine Weile im J7 gewartet, hinten ausgestreckt, während der Sonnenuntergang die Windschutzscheibe entflammte.

Er betrachtet sie, als würde er in ihr den Tod oder wer weiß was erkennen.

Machen Sie doch nicht so ein Gesicht.

Die Tätowierungen auf seiner Brust werfen in dieser Lage Falten. Dem Tiger ist eine lange Schnauze gewachsen. Die Rose hat Schlitzaugen bekommen. Etwas weiter unten bildet sein Schwanz unter den Nylonshorts die vertraute Pyramide. Ein Mann, der aus lauter Bruchstücken besteht, mit einem Totenkopf und dem Namen der Band **AC⚡DC** auf dem Arm. Angeblich bedeutet das *Ante Christ* und noch was.

Wenige Meter entfernt vollführen Surfer im Meer unmögliche Bewegungen. Der Schaum, der sie von ihnen trennt, ist wie die Linie zwischen den Lebenden und den Toten – aber vielleicht ist sie ja die Lebendige, denkt sie plötzlich, *vielleicht bin ich ja die Lebendige und alle anderen sind tot* (von Bihotz abgesehen, dem die wuchtige Präsenz seines Körpers eher eine Last ist).

Sie parken an einem Strand, wo eine Gemeinschaft zeltet, der sie niemals angehören werden, erbärmliche Bürger von Clèves, mitleiderregende Dörfler, für immer in ihre Enklave gesperrt. Diese Surfer gleiten inmitten einer Welt dahin, die sich ohne sie, Solange, dreht. Sie haben nur Augen für die Wellen, sie haben nur Ohren für die Sirenen, nicht einmal ihre Sensoren würden ihre Anwesenheit wahrnehmen. Sie sind aus anderem Fleisch gemacht – und was ihre Schwänze betrifft: haben sie überhaupt einen Schwanz?

Aus dem Van neben ihnen steigt ein Typ und legt seinen Surfanzug über eine Wäscheleine. Er ist ungeheuer blond, hat meerfarbene Augen und eine sonnenfarbene Nase, von seinen trockenen Lippen hängt ein Joint.

Die Wellen schlagen hinter den Felsen hoch, unerwartete Schemen, die Arme nach allen Seiten ausstreckend, mit rotem Licht beladen fallen sie zurück.

Der Typ mit den rissigen Lippen küsst eine Kreatur. Wie die Venus auf ihrer Jakobsmuschel scheint sie mit ihrem neonfarbenen Tanga direkt den Fluten entstiegen zu sein. Ihr Mund ist feucht, ihre Hände sind stillend, sie ist dazu bestimmt, ihm rundherum Feuchtigkeit zu spenden.

(Vor ihrem inneren Auge taucht ein Werbeplakat aus ihrer Kindheit auf, ein junges Mädchen, fast nackt: »Morgen zeige ich die ganze Wahrheit.«)

Bihotz startet den J7 und setzt zurück.

Die Heimfahrt erfolgt in elastischer Stille, die hier am Meer begonnen hat und sich, zum Zerreißen gespannt, bis nach Clèves ausdehnt.

*

Ihre Mutter bittet sie, den Laden zu hüten, weil sie einen *Anwalt* aufsuchen wird.

Es ist Samstag, aber das Dorf ist wie ausgestorben. Der Südwind hat sämtliche Bewohner ans Meer geweht.

Hinter dem Schaufenster das brennende Bewusstsein von allem, was fehlt.

Trotzdem hat sie sich adrett angezogen: eine 501, die Lætitia ihr geschenkt (und die sie nur zu gern angenommen) hat, ein Pulli aus durchbrochener Baumwolle, der ihre winzigen Brüste zur Geltung bringt, und ein Tuch, das sie sich so um die Stirn gebunden hat, dass sich ihre Haare darüber bauschen.

Sie mustert sich in den Spiegelkacheln, die an den bespannten Wänden angebracht sind (falls die Kunden sich in einer Schäferweste bewundern wollen). Wahnsinn, wie eine 501 streckt.

23 57 01.

Seit Arnaud in Bordeaux ist, hat er kein einziges Mal angerufen.

Das Telefon ist nicht zu übersehen, so furchtbar zugänglich wie eine Schokoladentorte, in der schon ein Löffel steckt. Aber hat er überhaupt ein Telefon, in seinem Studentenwohnheim?

Max und Mäxchen segeln im Sonnenschein, platsch, da fällt Mäxchen in den See hinein. Wer bleibt übrig? Bihotz. Das hat er ihr immer vorhergesagt.

Sie streift barfuß umher, wie Catherine Deneuve in *Die schönen Wilden*. Sie zündet alle *Windlichter* an, auf Weisung ihrer Mutter, und die Hitze nimmt weiter zu, rot-orange, flackernd.

La Clef de Clèves, der Schlüssel von und zu Clèves, der Name stammt vom Vorbesitzer, der bereits die Heilige Jungfrau als Barometerfigur und Zinntabletts feilbot. Eine Deko-Bude. Keine Souvenir-Bude, darauf beharrt ihre Mutter (erst recht keine *Boutique* – warum eigentlich kein Supermarkt, wie die Kudeshayans?).

Dabei gibt es hier seit Menschengedenken dieselben Geschenkartikel. Souvenirs, die auf eine Heimstatt warten. Die darauf warten, unter Schichten von Staub vergessen zu werden, die vor lauter Da-sein unsichtbar geworden sind und ihre Käufer dennoch überleben werden, wie die Plüschhunde, die Madame Bihotz überlebt haben. Souvenirs in Form von Kristall-Delphinen, Cloisonné-Eulen, Porzellanhänden für Ringe, Spieldosen mit der Musik von Doktor Schiwago, Muschel-Prinzessinnen, Schneekugeln mit verzweifelten Insassen, verwirrten Gestalten, die Arme in höchster Not erhoben.

Vor allem gibt es eine *Geheimnistruhe*, seit Solange lesen kann, steht das darauf geschrieben. Eine winzige Kommode mit beschrifteten Fächern: *mein Geburtsarmband, meine erste Locke, mein erster Schnuller, mein erster Zahn* und sogar *meine erste Kinokarte*, lauter Dinge, die man im Lauf der Zeit in die niedlichen Schublädchen stecken konnte. Diesen Artikel hat sie sich immer gewünscht, er ist teuer, 199 Francs. Die Zeit vergeht, überall auf der Welt, auch in Clèves. Bald wird es zu spät sein.

Mein erster Ehering, überlegt sie.

(Mein erster Tampon).

Ihre Mutter wischt das kleine Möbel immerzu ab, sie hat Angst, dass es in jeder Hinsicht verstaubt.

Das Schaufenster bildet ein Rechteck pudriger Sonne, rahmt eine Dorfansicht mit huschenden Schatten ein.

Ding Dong – Rose und ihre Mutter.

Sofort strafft sie den Rücken, ein orthopädisch-kaufmännischer Reflex, den sie von ihrer Mutter (und ihrem Vater) geerbt hat. (Zwei Eltern, zwei *Miststücke*.)

Die Mutter von Rose lässt ihre roten Stiefel auf dem Kachelboden knallen. (Angeblich führt sie ein Doppelleben, an der Küste.) Begrüßungsküsschen links und rechts.

Sie suchen ein Geschenk für den Vater von Rose. Einen Zauberwürfel. Dank ihrer Treuekarte bekommen sie 5 Prozent Rabatt. Sie packt das Geschenk hübsch ein, zieht das Dekoband durch den Spleißer. Ein Wort, das Rose nicht kennt. Ihre Mutter ist ganz begeistert, wie die sich plötzlich kräuseln, die schönen Schleifenblüten.

Rose, die das Rockmagazin *Best* liest, erzählt ihr, dass Marvin Gaye von seinem eigenen Vater ermordet wurde.

Ihre Mutter sagt, dass sie unbedingt vorbeikommen soll, um sich die Platte anzuhören, ist es nicht schade, dass die beiden Mädels sich gar nicht mehr sehen: sie ruft Madame Kudeshayan als Zeugin an, die soeben hereingekommen ist, Ding Dong, gefolgt von ihrem Sohn und Raphaël Bidegarraï, Ding Dong Ding Dong, ein Riesenansturm.

Was für eine verblüffende Ähnlichkeit zwischen all diesen Bewohnern von Clèves besteht, man könnte glatt von *Verwandtschaft* sprechen. Dabei ist Madame Kudeshayan genauso schwarz wie Marvin Gaye (wenn sie sich recht entsinnt) schwarz gewesen ist. Erstaunlich für eine Inderin (oder Pakistanerin, jedenfalls irgendwo aus dieser Ecke). Sie hätte auf einen mittleren Beige- oder dunklen Lachston getippt. Und ihr Sohn ist kaum heller (ihr Mann auch nicht).

Wahrscheinlich liegt es am Dorf, es hat sich verändert. Es hat sich in eine Stadt verwandelt. Sogar die Kudeshayans sind irgendwie darin aufgegangen. Vielleicht tragen die Bemühungen der Eltern von Rose, die ihr Solidarność-Abzeichen durch die Hand von SOS Rassismus ersetzt haben, allmählich *Früchte*. (*Du solltest welche verkaufen*, hat sie zu ihrer Mutter gesagt.)

So erkennt man beispielsweise auch überhaupt nicht mehr, dass Concepción Spanierin ist, im übrigen will sie jetzt Magali genannt werden, und der Vater von Bihotz war angeblich Jude. Allerdings könnte niemand besser bezeugen als sie, dass Bihotz keinen beschnittenen Schwanz hat. Außerdem kann man nicht gleichzeitig Jude sein und einen hiesigen Namen tragen, wie ihre Mutter ihr erklärt hat.

Das würde sie sich gern von ihrem Vater bestätigen lassen, aber er hat sich anscheinend komplett in Luft aufgelöst.

Ja, vielleicht wird Clèves zu einem modernen Ort, einem amerikanischen *Melting Pot*, einem *Misch*dorf, analog zum Mischkäse, weil die Menschen alle gleich sind und Rassismus wirklich Schwachsinn ist.

»Jetzt bist du wirklich eine richtig heiße Schnecke.«

Raphaël Bidegarraïs Akne ist schlimmer geworden, als hätten sich auf seiner Haut die Punkte seines Namens vermehrt.

Gerüchten – unwahrscheinlichen Gerüchten – zufolge ist er jetzt mit Rose zusammen. (Armer Christian.)

Unterdessen hören die beiden Mütter (von Rose, von Kudeshayan) gar nicht mehr auf zu schwatzen, als wären sie hier zu Hause, und das für die 39 Francs, die ein Zauberwürfel kostet. Während Sohnemann Hundearsch die Nippfiguren mit – wie kommt er denn dazu – einem angewiderten Schmollen betatscht.

WER WAS KAPUTTMACHT, MUSS DAFÜR AUFKOMMEN. Sie würde ihm das Schild gern unter die Nase halten.

Kein Wunder, dass ihre Mutter Migräne bekommt.

»Clèves – Beständigkeit im Wandel«. Diese Tafel wurde schließlich am Dorfeingang aufgestellt, nachdem man sämtliche Bewohner im wahlfähigen Alter befragt hatte. »Clèves – fit für den Fortschritt« wurde als zu *marketingmäßig* abgeschmettert. Und die Mutter von Rose war gegen den Slogan »Clèves – ein Traum von einer Stadt« (Etikettenschwindel, ihrer Ansicht nach).

»Die Separatisten werden die Tafel so oder so bald mit ihrem *Sabir* besprühen«, kichert Madame Kudeshayan, »*Clèviou libroa* oder so ähnlich. Diese Sprüche versteht doch keiner.«

Wäre sie im wahlfähigen Alter gewesen (aber wen kümmert schon, was die Jugend denkt), hätte ihr »Clèves – zaubert jedem ein Lächeln auf die Lippen« wohl am besten gefallen. Welche Lippen, blieb schließlich der Phantasie eines jeden überlassen.

»Die d'Urbide ist eine üble Kampflesbe«, flüstert Bidegaraï ihr ins Ohr. »Arnaud Lemoine wollte sie flachlegen, da hat sie ihn der Vergewaltigung bezichtigt und ihm später gestanden, dass sie es nur mit Frauen tut.«

Spinnst du?

(Arnaud und Lætitia, das Gerücht war ja nicht totzukriegen.)

»Sie hat es mit Delphine getrieben, nachts ist sie immer aufgestanden, um ihr die Möse zu lecken, sie musste bloß die Treppe runtergehen.«

Ein Pickel der Erregung platzt auf seiner Stirn.

»Delphine, wer hätte das gedacht? Die lässt wirklich alles und jeden ran, haufenweise Kerle und jetzt auch noch Mädchen, die …«

Er setzt zu einem Bonmot an, verhaspelt sich jedoch, sie kommt ihm zuvor:

Die lässt sogar den Teppich'Spar ran.

Sie lachen beide, was Rose und die zwei Mütter aufmerksam werden lässt. Offenbar geht es Delphine schon besser, man rechnete mit dem Schlimmsten, aber sie hat bloß ein Dutzend Tabletten geschluckt. Ihre Mutter hatte die einfach herumliegen lassen, was für ein Leichtsinn, was für eine komplett *verluderte* Familie. Sie senken die Stimme.

»Die lässt sogar Teppich'Spar ran«, spricht Bidegarraï ihr nochmal ins Ohr und erstickt ein gewaltiges Lachen, was doch reichlich übertrieben ist.

Bidegarraï, der Typ, der ihr den Kopf unter die Regenrinne gehalten, der Typ, der sie auf dem Schulhof in die Ecke getrieben, der Typ, der ihre Brüste angefasst hatte, als sie höchstens zehn Jahre alt waren, Bidegarraï, der kein schöner Anblick mehr und plötzlich von Akne geplagt ist, dieser Bidegarraï buhlt jetzt um ihre Anerkennung.

Hat er denn alles vergessen?

(Nathalie trichtert ihr unablässig ein, dass Jungs komplett schwanzgesteuert sind. »Die meisten Jungs«, stellt sie klar.)

Er riecht nach Azzaro pour Homme, doch inzwischen riecht alle Welt nach Azzaro.

Und das Wort *Kampflesbe*, wie passt das hinein, wie passt das zusammen mit diesem Moment in Lætitias Zimmer – diesem Moment, der wie die brennenden Windlichter anmutet, flackernd und heiß, und den sie sich so gern in Erinnerung ruft, wieder aufleben lässt, auch wenn zwischen ihnen kein Wort darüber gefallen ist, nicht, dass es ihnen peinlich wäre, ach was! Aber sie tun beide so, als wäre nichts passiert.

»Das ist eine Lampe aus Himalaya-Salz«, erklärt Mutter Kudeshayan gerade ihrem Sohn (von wegen Himalaya). Sie hält die Lampe in beiden Händen und fordert ihn auf, sie mit der Zungenspitze zu berühren.

Und anstatt einzuschreiten, lässt sie die beiden gewähren. Wie in Trance, als würde die Mutter von Erlebnissen in den Bergen erzählen, von Gletscherpfaden, und als würde ihr Sohn, indem er das Salz mit der Zungenspitze kostet, sich der Mutter fügen und sie zugleich necken, ein liebender Sohn, was für eine seltene Erscheinung, Mutter und

Sohn, die gemeinsam über einem Lämpchen lachen, die in der Lage sind, die Welt miteinander zu teilen, samt ihren Kontinenten, Entdeckungen, Schätzen – wie unheimlich exotisch die beiden sind.

*

»Was hast du mit deinem Schlüssel gemacht?«, fragt Bihotz.

Ihr Haus (das Haus ihrer Eltern oder heißt es von nun an das Haus ihrer Mutter) ist abgeschlossen.

Sie hat aufblasbare Eltern, wie diese Puppen, die es angeblich gibt. Sobald man den Stöpsel zieht, entschweben sie Loopings drehend in den Himmel.

»Seit dem Tod meiner Mutter (sagt Bihotz, der wieder in seinen mystischen Ton verfallen ist) geht alles den Bach runter. Man weiß nicht mehr, woran man ist. Diese Absprachen. Diese Rollenverteilung. Sogar Lulu, manchmal frage ich mich, ob sie wirklich eine Hündin ist.«

Lulu liegt im Sterben, und auf ihrer ramponierten Schnauze zieht eine unglaubliche Anzahl von Gesichtern vorbei: Madame Bihotz und ihre Eltern und Arnaud und Lætitia und der Kleine Grégory und der andere unter seiner Grabplatte und das alte Friedhofsweib und der vormals fettleibige Cousin von Bihotz, Tote und Lebende und Halbtote wild durcheinander oder als wären sie alle gestorben, da kommen einem die Tränen.

Sie putzt sich die Zähne und zieht ihr Snoopy-Nachthemd an. Im Fernsehen läuft *Jäger des verlorenen Schatzes*.

Der Film macht ihr große Angst, und sie birgt den Kopf an seiner Schulter.

»Rühr mich nicht an«, blafft er.

Eindeutig eine Überreaktion, denn sie kann erkennen, was in seinem Hosenstall vor sich geht, die vertraute Pyramide richtet sich auf.

Sie braucht nur die Hand auf seine zu legen, schon wächst die Ausbuchtung (er stößt ihre Hand weg).

Sie überlegt kurz, ob sie für ihn tun soll, was Arnaud immer von ihr verlangt, aber so ganz stimmig kommt ihr das nicht vor – sie, die Bihotz *leckt*, oder Bihotz, der sich einen … – nein, das geht nicht zusammen.

Was tun? Was kann ein Mädchen in diesem Fall tun?

Sie drückt sich mit ihren kleinen Brüsten an seinen Bizeps, während eine Lianenbrücke unter der Last von Indiana Jones zusammenbricht. Die Wärme strahlt in ihre Brust aus, und ihr wird das Herz schwer, schwer vor lauter Zeug, das darin vergraben ist wie in den Tempeln, Grabstätten und Sarkophagen aus *Jäger des verlorenen Schatzes*. (Aber wer würde sie schon verstehen?)

»Hast du wenigstens Delphine im Krankenhaus besucht?«, murrt Bihotz.

Er hat ihre arme Mutter besucht, die einfach nicht darüber hinwegkommt, dabei war das bloß die Kurzschlusshandlung eines Teenagers mit Herzschmerz – wie kann man seiner Mutter nur so etwas antun!

Sie legt ihren Oberschenkel auf seinen. Sie möchte, dass er sie in den Arm nimmt, gleich, psst, sie möchte sich ausruhen und dass alles aufhört und dass irgendetwas (was?) sie mitnimmt und fortträgt, ohne dass sie einen Finger rühren muss, von der Erde enthoben und bereit auszubrechen.

»Du hast sowieso für niemanden etwas übrig, du hast nämlich ein Herz aus Stein.«

Bihotz steht auf.

Bihotz in seiner Pharaonengestalt, im Profil zeichnet sich die Pyramide unter seinem Bademantel deutlich ab.

Schon traurig, dass man Männern die *Nymphomanie* auf Anhieb ansieht.

»Zwischen deinen Eltern fliegen die Fetzen, und du lässt es dir einfach gutgehen, Mademoiselle ist hier abgestiegen wie in einem Hotel, Mademoiselle denkt nur daran, sich die Nägel zu lackieren, Mademoiselle erwartet, dass alle Welt ihr zu Diensten steht.«

Das ist dermaßen ungerecht, dass sie in Tränen ausbricht. Noch nie in ihrem Leben hat sie sich die Nägel lackiert. Das ist ein solcher Unsinn. Wenn sie daran denkt, wie sie den ganzen Tag im Geschäft gestanden hat, wenn sie daran denkt, wie sehr sie sich für andere ins Zeug legt, um den Laden zu retten, die *Fassade zu wahren*, wenn sie daran denkt, wie viel sie anderen *gibt*, diese Großzügigkeit, die sie anderen erweist, dieses Hingebungsvolle, diese Selbstlosigkeit, wenn sie an ihre ungeheure Jugend denkt, an diese *verkannte Unschuld* – ihr Schluchzen kommt von weither, aus tiefster Tiefe, sie kann nicht mehr, sie erstickt, sie wird sich umbringen, wenn es so weitergeht, das ist alles so unheimlich furchtbar grausam ungerecht!

»Mein Schatz, mein Liebes, meine Solange, mein Engel, mein einziger.« Soll er jetzt ruhig versuchen, sie zu trösten. Geschieht ihm recht. »Meine Solange, meine Sonne.« Soll er sie ruhig küssen, auf die Lider, das Kinn, die Lippen, soll er sie mit allen Armen, allen Gliedern umfangen. Sie lässt es sich gefallen. Die Tränen werden weniger. Sie wiegt sich, das tut gut, sie leistet ihren Teil, sie drückt sich mit allem, was sie hat, an dem, was da ist, das brennt, das schmilzt, Stäbe, die aneinander gerieben werden, Wachs, das erhitzt wird, Bilder ziehen vorbei (Arnaud, Indiana Jones, der kleine Kudeshayan, Lætitia d'Urbide, der Surfer mit den rissigen Lippen), Falten, Lagen und Schichten werden durchlässig, es gibt nur ein klein wenig Widerstand, sie wiegt sich hin und her, fährt das Schifflein übers Meer, wackelt's hin und wackelt's her, kommt ein starker Sturm, wirft das Schifflein um – und dann – *zack* – rastet etwas federnd ein.

Die Tränen haben aufgehört, sie ist voll und ganz bei der Sache. Sie atmet ein und aus. Sie hebt und senkt sich, fest auf seinen Schenkeln, wie auf einem Pferd, aber doch nicht ganz so. Er küsst sie *voller Leidenschaft*, sie wendet den Kopf ab und schließt die Augen, aber der Mund verfolgt sie, feucht und gierig – *psst!* –, sie erhebt sich, aber nicht allzu sehr, damit das Ding nicht herausgleitet, damit sie ganz nah dranbleibt, damit es sich schön reibt, sie gleitet bis zum Anschlag wieder runter, das geht gut, er soll sich auf keinen Fall rühren, sie muss rauf und runter, aber auch vor und zurück – sie hat das Leben noch vor sich, ein ganzes Leben, um zu lernen, um zu fühlen, ein ganzes Leben, um es zu tun.

Bihotz fängt an zu jaulen wie ein Kater und eine unglaubliche Nässe breitet sich aus und er will da raus, aber das kommt nicht in Frage, sie ist viel stärker als er, sie hält ihn fest und steigt auf und ab und reibt sich oben unten vorne hinten und sie gibt ihr Bestes, komisch, jetzt ist es ein bisschen weich, wo ist das Ding denn hin, aber da ist sie schon abgehoben, überschallschnell und mit heulenden Motoren, es ist so weit.

Als sie das Höschen wieder anzieht, sieht sie einen winzigen Tropfen Blut. So viel Lärm um nichts.

*

Beim Ende von *Jäger des verlorenen Schatzes* schläft sie ein. Bihotz ist verschwunden, dann kommt Bihotz zurück, im Osten hellt der Himmel auf, er brüllt, niemals hätte er sich träumen lassen, dass er aus seinem eigenen Haus gejagt wird, dabei wohnt er doch hier, verdammt. Sie sagt, sie hätte ihn nie im Leben aus dem Haus gejagt, genauso wenig, wie sie sich die Nägel lackiert (sie streckt ihm ihre Finger entgegen), kann es sein, dass er sie verwechselt? Der

Fernseher röchelt und grieselt. In ihrem Alter braucht man viel Schlaf. Soll er ruhig so lange spazieren gehen, wie er lustig ist. Dann gerät alles ins Wanken, das Wohnzimmer umschließt sie, die Wände rücken immer näher, um sie und ihn miteinander zu verknoten, die Decke ist an die Stelle des Bodens gerutscht, und da wälzen sie sich schon, aufeinander liegend, ineinander verkeilt.

Es spielt sich eindeutig im Inneren ihres Körpers ab (dieser Eindruck verstärkt sich immer mehr), es reicht ungefähr bis zum Bauchnabel, man müsste nachmessen, es ist nicht überall zu spüren, aber an vielen unterschiedlichen Stellen, mal mehr, mal weniger. Sie versucht, ihn dorthin zu lenken, wo sie es will (»sag mir, was du willst« – dass er die Klappe hält), gar nicht so leicht, sich verständlich zu machen, also setzt sie sich auf ihn drauf, das ist unheimlich praktisch, sie gibt den Rhythmus vor, spannt sich nach und nach wie ein Bogen (oder wie dieser Wecker, den sie immer aufzog, bis er sich wild scheppernd und klingelnd zu drehen begann). Sämtliche Partien ihres schlauchförmigen, vielschichtigen, runden, nach innen und außen gewölbten Geschlechts (das reinste Barbapapa-Haus) werden berührt, gerieben, gefüllt, gekitzelt, gedrückt und gedehnt – das fühlt sich dann wirklich großartig an, sogar besser, als wenn sie masturbiert, es ist einfach super.

*

Vulva [*Vụlva*] Subst. Fem. Gesamtheit der äußeren Geschlechtsorgane weiblicher höherer Säugetiere. ENZYKL. Die Vulva besteht seitlich aus den großen und den kleinen Schamlippen, in der Mitte und von vorne nach hinten aus der Klitoris, der Harnröhrenmündung und der Vaginalöffnung, die vor dem ersten Geschlechtsverkehr teilweise vom Hymen verschlossen ist. || **Vagina** [*Vagina*] Subst. Fem. (lat. *vagina*, Scheide). Primäres Geschlechtsorgan weiblicher höherer Säugetiere, das den äußeren Muttermund mit der Vulva verbindet. ENZYKL. Die Vagina ist das weibliche Kopulationsorgan; sie befindet sich zwischen der Harnblase und dem Mastdarm. || **Kopulation** Subst. Fem. (lat. *copulatio*, Vereinigung). Paarung eines Männchens mit einem Weibchen.

Und einige Tage und Nächte und Sonnenaufgänge und Sendeschlüsse später probieren sie es weiterhin, versuchen, es zu verstehen, fangen immer wieder von vorn an, um es besser zu verstehen und dem Ganzen dann – Bihotz zufolge – ein Ende zu setzen. Ein letztes Mal damit anfangen, es bis zur Neige auskosten, ein für alle Mal damit aufhören. Kaum ist das Begehren bezwungen, macht es sich wieder bemerkbar, sie vereinigen sich, um es abzuschütteln, engumschlungen kämpfen sie dagegen an, aber der Kampf nährt es nur weiter. Sobald ein Kopf abgeschlagen ist, wachsen zwei neue nach, sobald die Säfte verbraucht sind, fließen sie üppiger als zuvor. Manchmal brüllt Bihotz, dass alles seine, ihre Schuld sei, er wollte ihr doch nur einen Gefallen tun – was sollen sie machen, wie kommen sie da raus, schon fangen sie wieder an. Sie zeigt ihm, wo er fester stoßen und wo er den Finger hineinstecken und wo er die Zunge einsetzen soll, da schwillt sein Schwanz wieder an, was also tun, manchmal liegt er oben und sie reibt sich an seinem Bauch, manchmal liegt er unten und das Reiben geht umso besser.

Zwischendurch legen sie Pausen ein, fürs Essen und für die Schule und um ein wenig zu schlafen und um den Hund rauszulassen und dann alles von vorne. Manchmal klappt es nicht, also versuchen sie es erneut, manchmal ist es nur so lala, also versuchen sie es erneut, manchmal können sie einfach nicht mehr, also versuchen sie es erneut, manchmal ist es so unheimlich gut, dass sie es erneut versuchen, sie müsste endlich aufhören mit diesem unheimlich. Zwischen zwei *Balgereien* (sie haben eine eigene Sprache dafür entwickelt) läuft in der verbleibenden Zeit alles quasi wie gewohnt.

*

Rose hat ein System ausgearbeitet, eine Bewertungsskala für ihre Lektüren, die sie in einem Hausaufgabenheft einträgt. Sieben Kategorien, vom schlechtesten zum besten Buch, nach Wochentagen geordnet. Montag ist grottenschlecht. Dienstag dürftig. Mittwoch mittelmäßig. Donnerstag gut. Freitag sehr gut. Samstag ausgezeichnet. Und Sonntag super.

Ihr (Solange) wird ganz mulmig zumute. Sie hat das Gefühl, dass Rose sie meint, sie und Bihotz, ihre gemeinsame Woche, aber nein, das kann nicht sein.

Die methodische Begeisterung, die für Rose typisch ist, hat sie dazu gebracht, die meisten Bücher unter Freitag und Samstag einzuordnen, sehr gut und ausgezeichnet. Dazu gibt es noch die Unterkategorien »sehr gut +« und »ausgezeichnet +«. Sie bewertet ihre Lektüren seit dem elften Lebensjahr, seit sie *Das Tagebuch der Anne Frank* gelesen hat, ein Buch, das ihr dermaßen gut gefiel, dass sie die Kategorie »super +« ersonnen hat und zu dem Schluss gekommen ist, dass kein Buch jemals besser sein könnte.

Klingt ein bisschen nach Monatsbinden.

»Das liegt nur an deiner schmutzigen Phantasie. Anne Frank ist übrigens weltweit die erste Schriftstellerin, die jemals über Menstruation geschrieben hat. Daran ist nichts Ekliges.«

Es wird immer schwieriger, sich mit Rose zu unterhalten.

Ich dachte, sie hätte über Konzentrationslager geschrieben.

Rose bleibt der Mund offen stehen, aber dann lässt sie sich doch dazu herab, ihrer Freundin aus Kindheitstagen, ihrer Banausenfreundin aus Kindheitstagen zu erklären: »Über Konzentrationslager hat sie keine Zeile geschrieben, denn ihr Tagebuch bricht ja gerade dann ab, als sie deportiert wird.«

Rose verfügt über ein Wissen, das weit über Menstruation oder Ficken hinausgeht, sie verfügt über das Wissen, das die Erwachsenen von den Nicht-Erwachsenen trennt, *historisches* und *politisches* Wissen.

Die Politik ist eine Art ausgedehnte schiefe Ebene, aus der Köpfe herausragen, sie tauchen auf und verschwinden wieder, vereinzelt oder millionenfach. Das Quadratraster wirft hier und da Falten, rund um Ortsnamen. Clèves ist nicht ausgewiesen. Die Vergangenheit nimmt in Gestalt von Gebirgsmassiven eine Menge Raum ein, dort wimmelt es von Ägyptern und Chinesen, und die Zukunft ist eine breite Esplanade, bevölkert von Menschen, die alle einen Kampf führen. Der Vater von Rose, eifriger Leser von *Le Monde diplomatique*, zeichnet große Problemlösungskreise auf den Globus. Die Kreise bilden riesige brennende Öllachen rund um einen mikroskopisch kleinen Mittelpunkt (nein, der Punkt ist nicht in der Mitte, sondern drückt sich ängstlich an den Rand): Sie, Solange, das *Individuum* Solange (Solange ist ja so individuell).

Unwillkürlich hat sie Bihotz vor Augen, hinter sein Blumenrohr gebückt, der verbissen das Unkraut jätet, ihm mit Spaten und Sprühdose zu Leibe rückt.

Führen wir denn nicht alle einen Kampf?

»Und welchen Kampf führst du?«, fragt Rose, die ihr den letzten Nerv raubt.

Eine Schneekugel, darin eine individuelle Solange, mit erhobenen Armen um Hilfe rufend.

Ich bin gegen Rassismus. Und gegen Atombomben (behauptet sie, um Zeit zu gewinnen). *Und gegen das große Tiersterben. Gegen das* vorprogrammierte *große Tiersterben* (stellt sie klar) (ein Adjektiv, das ihr Vater verwendet).

Bei *vorprogrammiert* wird Rose hellwach.

»Und was unternimmst du dagegen?«

Ich denke daran, antwortet sie mit einer Überzeugung, die dem hämischen Lachen von Rose standhält.

Als ihr Vater noch Pilot war, hielt sie die Flugzeuge allein kraft ihrer Gedanken in der Luft, so lange sie ihnen mit dem Blick folgen konnte.

Außerdem verfüttert sie im Winter Butter an die Meisen. Ihre Mutter hat für die Kinder in Äthiopien gespendet. NATÜRLICH ist das nicht vergleichbar, aber die Welt kann man nur verändern, wenn man seinem Nächsten hilft (und nicht, indem man mit dem Zirkel große Kreise zeichnet).

»Tja, jeder ist sich selbst der Nächste«, spottet Rose, die nie um eine Phrase verlegen ist.

Wenn sie nur wüsste, wenn Rose gar mit eigenen Augen *sehen* könnte, was sie für eine Woche verbracht hat, würde es ihr den Mund stopfen. Mit einem erwachsenen Mann. Der quasi *doppelt* so alt ist wie sie. (Selbstverständlich dürfte sie seinen Namen nicht preisgeben.)

Sie blättert im Hausaufgabenheft. Die Kategorie »super« ist voll von Boris Vian und »unheimlich« taucht so unheimlich oft auf, dass man spürt, wie schwer Rose sich damit getan hat, ihre Eindrücke in Worte zu fassen, warum bloß? (Ob Begeisterung auch etwas mit *Lust* zu tun hat?)

(Ob Rose *Lust* empfindet?)

Am anderen Ende des Spektrums, in der Kategorie »grottenschlecht«, steht nur ein Buch, *Die Schöne des Herrn* (»von meiner Mutter empfohlen«).

Das Frauenbild (liest sie laut vor) *ist einfach himmelschreiend, lächerlich, lachhaft. Er will in der Tarnung eines abstoßenden Greises von ihr geliebt werden, obwohl es sonnenklar ist, dass er sie nicht lieben würde, wenn sie furchtbar oder auch nur ein bisschen hässlich wäre. Zieht er das überhaupt in Betracht? Liebt man eine Frau aufgrund ~~ihrer inneren Schönh~~ ihrer Intelligenz? Was soll das, dass sie getrennte Bäder einbauen lässt, damit ihre Liebe länger währt, als hätte sie keinen richtigen Körper. Das Allerschlimmste ist aber die fehlende Zeichensetzung, wenn man in ihrem Kopf steckt, als wäre sie nicht in der Lage, ihre Sätze mit einem Punkt enden zu lassen, das wirkt dermaßen gekünstelt. Und der absolute Gipfel der Lächerlichkeit ist erreicht, wenn sie den Orgasmus als »die Freude« bezeichnet.*

Sie hält inne.

(Den Orgasmus?)

»Das ist das albernste Buch, das ich je gelesen habe, aber du könntest daraus vielleicht noch etwas lernen«, frotzelt Rose.

Was soll sie darauf antworten? Sie will keinen Streit, sonst artet das noch aus.

Das Entscheidende ist nicht, was man lernt, die Schwachstellen sind das Entscheidende. Nicht das Ruhekissen-Gewissen. Außerdem bin ich traumatisiert.

Rose kann ihr nicht folgen. Jedenfalls kann sie keinen Zusammenhang erkennen.

Weißt du noch, als mein Vater sich auf der Kirmes ausgezogen hat?

Rose kann immer noch keinen Zusammenhang erkennen.

Als er sein Ding vorgezeigt hat? In aller Öffentlichkeit?

»Ein Exhibitionist war dein Vater nie. Bloß ein Versager.«

Sie spricht von ihm, als ob er gestorben wäre. (Ein Exhibitionist?) (Ein Versager?)

Es ist immer dasselbe Spiel, wenn sie Rose besucht: Die Erdachse verschiebt sich, der Planet gefriert am Äquator und schmilzt an den Polen, alles steht Kopf, nichts ist wiederzuerkennen, weder Länder noch Meere, weder Vater noch Mutter, noch Clèves.

Ich habe ihn doch gesehen, er stand direkt vor mir, direkt vor dem Pfarrer, um Mitternacht, mit seinem Kumpel Georges, der den Segelclub betreibt, alle haben ihn gesehen, und ich dachte, jetzt ist alles vorbei, ich kann niemandem mehr in die Augen sehen.

»Ich kann mich an eine Kirmes erinnern, bei der dein Vater und Georges in der Tat stockbesoffen waren. Wir waren mit Christian beim Skooter (wie jung wir damals waren!). Alles andere hast du geträumt. Erstens: Es war bestimmt nicht Mitternacht (da mussten wir längst wieder zu Hause sein); Zweitens: Er hat seinen Dödel niemals vorgezeigt, das hätte ich mir gemerkt.«

(Die Autoskooter blinken unter dem elektrischen Himmel. Und Christian, sein Kindergesicht.)

»Meine Mutter meint, dein Vater will immer raushängen lassen, dass er einen Großen hat. Aber im übertragenen Sinn. Nicht *wortwörtlich*«, fährt Rose fort (kryptisch, wie so oft).

Sie kramt in ihrer Tasche (einer richtigen Damenhandtasche, aus Leder) und zieht einen Tampon daraus hervor, ganz heldenhafte Exhibitionistin, als wäre sie die erste, die Besuch vom roten Baron bekommt. Sie verzieht sich, ohne ein Wort zu verlieren.

In der Luft hängt ein Geruch, nach Seife, nach Rosen und porentiefer Reinlichkeit.

Sie hingegen hat noch nie einen Tampon benutzt. Ist schon eine Weile her, dass sie das letzte Mal ihre Tage hatte. Ihre Scheide juckt, feucht-warm und körnig wie eine überreife Birne.

Sie fickt zu viel.

*

Bihotz führt sie ins Restaurant aus.

Er hat ein Restaurant am Ende der Welt ausgesucht. Natürlich hat man sie beide in Clèves oft zusammen gesehen, aber anders *zusammen* als jetzt.

Daran hat sie bisher keinen Gedanken verschwendet.

Es juckt. Wenn sie das Schambein anhebt und das Höschen mit einer Pobewegung zur Seite schiebt, kommt es zu einer Berührung mit dem kühlen Sitzbezug aus Skai, das hilft.

Sie liebt den Geruch dieses Lieferwagens. Dieses J7. Früher roch er nach Heu, nach Benzin, nach Kaninchen. Inzwischen riecht er nach etwas, das ihr ein Pochen in der Brust verursacht (nicht im Herzen, das wäre doch *lachhaft*).

Clèves entfernt sich im Rückspiegel, der J7 fährt immer schneller und sie würde am liebsten nie wieder in dieses Dorf mit den wuchernden Häusern und den Kinderfresser-Kindern zurückkehren, würde sich am liebsten von diesem endlos langen Straßenband lösen (und sie lebten glücklich und zufrieden und bekamen, nein, bekamen keine Kinder).

Sie legt Bihotz die Hand auf die Schulter und er wendet sich ihr zu (mit dem Blick eines gerührten Trolls, der soeben die Prinzessin entführt hat) und eigentlich sollte die Nacht sie beide schlucken, die Nacht sollte eine Grotte sein, in der er sie einsperren würde. Ein Leben in einer Grotte mit Bihotz.

Die Freude, was spricht gegen die Freude?

*

»In zwei, drei Jahren«, murmelt Bihotz und schiebt sie sanft beiseite. »In zwei, drei Jahren können wir als Paar auftreten.«

Sie hatte sich an ihn gedrückt, grundlos eingeschüchtert. Sie hatte nicht mit einem Restaurant dieser Preisklasse gerechnet. Elegante Kellner und schmutzanfällige Tischdecken. Sie dachte an das Meer, an einen Schnellimbiss mit australischen Surfern, an Bars, in denen Kim Wilde zu hören ist.

Im Schein der beschirmten Lampen glänzt Bihotz, er lächelt. Die Haare hat er zusammengebunden, das verändert ihn.

»Du bist sehr hübsch.«

Sie hat Lætitia den *Eyeliner* stibitzt und die richtige Technik gefunden: einfach das Augenlid vollmalen und den Überschuss mit einem Wattestäbchen entfernen. (Natürlich darf im Verlauf dieser Operation niemand das Bad betreten.)

»Die *Mise en bouche*«, verkündet der Kellner.

Sie tunken in winzigen Schalen mit orangeroter Mousse und Seehasenrogen. Sie spreizt den kleinen Finger ab wie die reichen Leute, trägt die Schmetterlingsringe, die sie von ihrem Vater zum zwölften Geburtstag bekommen hat.

Macht Spaß, wenn man essen kann, ohne den Tisch decken zu müssen.

Bihotz nimmt die Fischsuppe und das Pökelfleisch mit Linsen, sie die Langustenschwänze und die Nierchen in Madeirasauce an Kartoffelgratin (und tendiert kurz zum Enten-Confit).

Der Kellner hat sie neben dem Kamin plaziert.

Dort könnte man einen ganzen Baum am Stück verbrennen.

Wie in diesen mittelalterlichen Schlössern.

Das Confit wäre doch die bessere Wahl gewesen.

Das Kartoffelgratin ist zum Sterben.

Sie würde ja gern einen Nachschlag verlangen, aber sie sind hier nicht in der Kantine.

»Mit den Linsen will ich es mal lieber nicht übertreiben«, sagt Bihotz und legt Messer und Gabel quer über den Teller. »Davon kriegt man Blähungen.«

Ihr fällt ein, wie Madame Bihotz sagte: »Das schmeckt nach mehr.«

»Wenn man das Besteck auf diese Weise ablegt, heißt das, man hat fertig gegessen«, erklärt er.

Alles strahlt. Die schwarz-weiß gekleideten Kellner laufen vor und zurück, drehen Pirouetten, wirbeln zwischen den Tischen hin und her, tragen unglaubliche Teller auf und lassen unglaubliche Sätze hören.

Plötzlich gehen sämtliche Lichter aus und ein gelbes Flammenmeer rückt in der Finsternis vor - eine Torte, für den mit Onkeln und Großmüttern überladenen Nebentisch, eine Erdbeersahnetorte, eigens vorbestellt für den elften Geburtstag einer Jungfrau, die bestimmt schon Slipeinlagen trägt.

Bekomme ich keinen Nachtisch?

Er blickt sie an, als hätte sie etwas Dummes und zugleich Wunderbares gesagt, als wäre sie eine junge Königin, die man mit Schokolade überhäufen sollte, mit Diademen und Küssen, mit Glaspantoffeln (bestimmt sehr unbequem für die Füße) und vergoldeten Kutschen.

Es gibt da etwas, was ihn beschäftigt, aber er traut sich nicht zu fragen.

Kommen Sie, raus mit der Sprache.

Sie nimmt den Fondant mit Vanillesauce und möchte noch ein Glas vom 1978er Haut-Médoc.

»Mit wie vielen Jungen warst du schon zusammen?«

Man könnte ihn glatt für eine wohlfrisierte Dame halten, die danach fragt, wie viele Lutscher sie möchte.

Der schöne Engländer (wie hieß er doch gleich?) und der Feuerwehrmann? Das wären schon zwei. Drei mit ihm, Bihotz (aber *geht* sie überhaupt mit Bihotz?). (Wenn sie mit jemandem *geht*, dann mit Arnaud - vier.)

Kann ich nicht so genau sagen, zehn vielleicht?

Sie leckt den schweren Silberlöffel ab.

Zunächst gab es diesen Surfer, und davor noch Christian, aber wir haben nicht gefickt, und jetzt will Raphaël Bidegarraï mit mir gehen. Aber zur Zeit bin ich mit Arnaud zusammen, das wissen Sie ja. Seit (sie zählt) *drei Monaten und zwei Wochen und vier Tagen – mein Rekord bisher.*

Sie versetzt ihm lauter Nadelstiche. Warum tut sie das? Kann er sie nicht daran hindern, kann er nicht mit der Faust auf den Tisch hauen und seinen Mann stehen?

Er zündet sich eine Zigarette an und bläst den Rauch in Richtung Decke.

»Wann wirst du mich endlich duzen?«

Der Kamin brennt, rot und golden, am Boden ihres Glases Haut-Médoc. Es hat zu regnen begonnen, die Tropfen prasseln auf das Restaurantdach, die Flammen tanzen, hinter den Fenstern brodelt die Natur in fiebriger Dämmerung.

Sie vertieft sich in die letzten Löffel Vanillesauce.

Komisch, den Schokoladen-Fondant habe ich bereits gegessen und er ist bereits in meinem Bauch und ich habe den Geschmack noch auf der Zunge und bald werden wir aufstehen und was ich Ihnen gerade sage ist so was wie die dünne Linie, die hauchdünne Linie zwischen Vergangenheit und Zukunft. Und das nennen wir Gegenwart, das muss man sich mal klarmachen. Mehr ist da nicht. Denn das, was wir gerade erleben, ist bereits Vergangenheit, und das, was gleich folgt, ist die Zukunft, das, war wir gerade erleben, existiert wortwörtlich *nicht, verstehen Sie? Es ist schon vorbei, es ist uns zwischen den Fingern zerronnen, wie die Vanillesauce, es ist so gut wie nichts, wie soll man sich das überhaupt vorstellen?*

Eine gewaltige Gefühlswelle schwappt in ihr hoch (ob sie sich gleich übergeben muss?).

»Als ich so alt war wie du, hat mir meine Mutter keinen Alkohol erlaubt.«

Er flüstert, doch es fühlt sich an, als brüllte er. Das hat ihr noch gefehlt, dass er sich als ihre Mutter ausgibt.

Er bezahlt. Lässt mehrere Fünf-Francs-Stücke als Trinkgeld liegen, einfach so, aus Großkotzigkeit. Sie atmet tief ein, an seinen Arm gehängt, von der Kellnermenagerie vielsagend beäugt, teils hündisch, teils wölfisch.

Die Landschaft ist im Regen geschmolzen. In der Ferne zittert der Horizont, federnd und perlenbesetzt, alles ist verwischt, gefällig, irgendwie japanisch. Eine nasse Eule stimmt an ihr Geheule Hu Hu.

Längst vergessene Reime steigen aus den Tiefen der Vorschulzeit wieder auf, Nacht-gib Acht und schmutzen-putzen und Maus-Graus-Saus und Braus (Laus).

Im wohlriechenden J7 ist Bihotz womöglich eine Spur zu dringlich, eine Spur zu drängend dabei, nach ihr zu greifen, nach ihr zu schnappen, so dass ihr der Sinn gar nicht mehr danach steht (wie schnell das geht), ihn zu besteigen (zu hühnern, zu vögeln, zu knödeln, zu bimsen, zu bumsen) und sie ihm nur halbherzig einen runterholt (zum Bersten pralle Wurst unter ihren schmetterlingsberingten Fingern), bevor sie ganz aufhört, sie sind doch keine Tiere.

»Komm«, fleht Bihotz.

Er knabbert an ihren Schenkelinnenseiten, sie sträubt sich ein wenig, das ist ihr Ende, und als er die Zunge einsetzt und mit der Handfläche reibt, wie sie es ihm beigebracht hat, hält sie es gar nicht mehr aus – sie stößt ihn beiseite und setzt sich auf ihn, eine Balgerei zwischen Steuer und Schaltknüppel, er kommt sehr schnell, sie aber auch, das trifft sich gut. Das Jucken hat deutlich nachgelassen.

Sie kann gar nicht anders, als im stillen ein Gedicht von Maurice Carême aufzusagen, sie muss total blau sein.

Er macht das Fenster auf und zündet sich eine Marlboro an. Im Dunkeln (kein einziges Licht, kein einziges Haus) ist er beinah schön. Wuchtig. Männlich. Es wäre so unheimlich praktisch, wenn sie sich in ihn verlieben könnte. Damit wären alle Zukunftsfragen geklärt, was sie tun, was sie denken soll. Sie würden zusammen wohnen, mit ihren Eltern nebenan. Sie würden einen kleinen Jungen bekommen, den sie ihren Eltern schenken würde. (Das muss sie unbedingt im Hinterkopf behalten, die Pille undsoweiter.) Sie würden so tun, als wären sie wirklich zusammen, während die Sintflut und andere Katastrophen die Welt zugrunde richten.

Da fällt mir ein Witz meines Vaters ein (vor lauter Lachen muss sie kurz innehalten).

Ein Handelsvertreter steigt in einem Hotel ab, er ist todmüde, aber da klopft es an seiner Tür und ein ganz kleines Mädchen sagt zu ihm (sie ahmt die Stimme des ganz kleinen Mädchens nach): *»Für zehn Francs mache ich es dir mit einer Hand, für zwanzig Francs mache ich es dir mit beiden Händen, und für dreißig Francs gebe ich die Zunge dazu!« Und obwohl er so furchtbar müde ist, sagt er, gut, einverstanden, er gibt ihr dreißig Francs und das kleine Mädchen sagt: Ätsch Bätsch!*

Sie streckt die Zunge heraus und hält sich die Hände wie Hasenohren an den Kopf.

Er sieht sie stumm an.

Es ist so unheimlich schwer, sich mit ihm zu unterhalten. Was den Gesprächsstoff angeht, ist er wirklich arg beschränkt.

*

Orgasmus [*Orgasmus*] Subst. Mask. (zu griech. *organ*, vor Leidenschaft strotzen). Höhepunkt der Lust beim Zeugungsakt.

Zeugung Subst. Fem. (lat. *generatio*; Vgl. Generation) Durch Befruchtung beim Geschlechtsakt ein Kind hervorbringen. || ENZYKL. *Spontanzeugung* In der Antike und im Mittelalter gängige Annahme, dass bestimmte Tiere aus unbelebter Materie im Zustand der Fäulnis entstehen können. Im Fall von Mikroben hielt sich diese Hypothese bis zum 19. Jahrhundert, sie wurde unter anderem von Louis Pasteur widerlegt.

Generation [*Generation*] Subst. Fem. (zu lat. *generare*, zeugen). Die Gesamtheit aller Lebewesen, die durch Abstammung verbunden sind; Nachkommenschaft. || Durchschnittlicher zeitlicher Abstand zwischen dem Geburtsjahr der Eltern und dem Geburtsjahr der Kinder: *Pro Jahrhundert gibt es etwa drei Generationen.* || Gesamtheit aller Menschen eines bestimmten Lebensalters.

*

»Die meisten Frauen tun es nicht gern«, behauptet Nathalie.

Da gibt es dieses Chanson von Brassens, wonach die Frau sich in 95 Prozent der Fälle beim Ficken zu Tode langweilt. Und diese unzähligen Zeitschriftenartikel über Frigidität und die *Folgen der Entbindung* und dass man Räucherstäbchen anzünden und sanfte Musik auflegen und mit Massagen beginnen soll.

Richtige Frauen sind vaginal, Nathalie zufolge. Die anderen sind *klitoral.* Hauptsache, man findet den eigenen G-Punkt.

»Männer suchen den Gral, Frauen suchen den G-Punkt«, spottet Rose. (Darauf geht niemand ein, weil niemand versteht, was gemeint ist.)

Concepción hat zwar gesagt, dass sie nicht mehr kommen will, weil nur Schweinisches besprochen werde, aber dann ist sie doch gekommen. Delphine ebenfalls (deren Haare immer noch lila sind, von ihrer *tragischen Tat* scheint sie sich allerdings erholt zu haben). Ihre Mutter duldet die kleinen Versammlungen bei Rose, weil die Eltern anständige Leute sind, trotz ihrer linken Ansichten. Lætitia hat sich jedoch nie wieder blicken lassen, seit alle Welt weiß, dass sie lesbisch ist.

Was für ein Theater.

»Sie ist bloß ein Snob«, sagt Rose. »Aber was könnte sie auch schon an euch finden?«

Das Zimmer von Rose ist picobello aufgeräumt (es gibt eine Putzfrau) und an den Wänden hat sie nichts aufgehängt, alles weiß, eine Marotte. Rauchen ist erlaubt (nur Tabak). Der Aschenbecher ist ein gewaltiger Glasblock mit eingeschlossenen Luftblasen. Sie trinken Tee aus einer schweren Kanne. Rose liegt halb in einem Sessel aus Holz und schwarzem Leder, den sie ihren Eltern gemopst hat.

Was für eine Angeberin.

»Als ich den Sprachkurs in England gemacht habe (beginnt sie zu erzählen), gab es da einen Typen, einen Libanesen, der seit Kriegsbeginn in diesem Internat lebte. Er war (sie zündet sich eine Zigarette an) viel älter als ich, er hatte ein Zimmer für sich allein, na ja, nicht ganz, aber sein Mitbewohner war weggefahren, und er hat vorgeschlagen, mich zu massieren. Er hat die Tür mit einem Stuhl versperrt, und dann hat er mir den Rücken massiert. Bis runter zum Kreuz, anschließend kam der Po an die Reihe, und erst, als er anfing, mir die Schenkelinnenseiten zu massieren, habe ich mich gefragt, ob …«

Concé wird unruhig. Die anderen prusten alle.

»Er hat mich auch ihr wisst schon wo massiert, und da habe ich gespürt, dass er seinen Schwengel an meinem Po reibt. Und ich dachte: Was hast du denn geglaubt? In dieser kapitalistischen Gesellschaft wird einem nichts geschenkt. Also haben wir miteinander geschlafen.«

Sie lacht. Also lachen alle mit.

Dieser Bericht lässt sich nur schwer in Einklang bringen mit dem Bild der blutigen Duschwanne – des *Gemetzels*, das Nathalie ihr geschildert hat, so wie sie es direkt von Rose gehört hatte, als die von ihrem ersten Mal in jenem Internat erzählte (dann muss sie es dort ja nochmal getan haben?).

»Und was ist mit deinem Surfer?«, fragt Nathalie sie, Solange.

Das ist bloß ein Trick.

Sie gibt ein kleines, wohliges Stöhnen von sich. Dazu (ihrem Surfer) kann sie nichts sagen, es ist einfach zu schön, zu toll, das würden sie nicht verstehen.

Nathalie hat sie alles erzählt, über Bihotz, und sie angefleht, ja nichts weiterzusagen oder nur unter dem Decknamen »Surfer« von ihm zu sprechen. Für *reine Fickbeziehungen* hat Nathalie vollstes Verständnis: Klar, dass sie mit Bihotz schläft, wenn Arnaud weg ist. Sie (Solange) hat nur ein paar unwesentliche Details geändert *(mit Arnaud habe ich die Lust entdeckt)* (»Stimmt schon, wenn echte Gefühle im Spiel sind, erlebt man das ganz anders« – *es schafft eine Verbindung* – »dann muss es ja Liebe sein«). Sie haben einen Test in der *Marie-Claire* gemacht, um zwischen *lieben* und *verliebt sein* unterscheiden zu können: tatsächlich hat das eine nichts mit dem anderen zu tun, vom Herzen her betrachtet. Jedenfalls ist es völlig ausgeschlossen, zwei Jungen gleichzeitig zu lieben.

Manche Mädchen, wie Rose oder Lætitia, denken ganz intensiv nach, und andere leben, erleben ganz intensiv, und das (sagt Nathalie) ist von unschätzbarem Wert, das ist das richtige Leben, wenn man den Körper sprechen lässt – Rose kann das nicht verstehen.

*

Bihotz hat ihr einen aufblasbaren Pool gekauft, den größten, der sich auftreiben ließ, der Platz reicht für zwei Schwimmzüge (mit den Knien am Grund). Er gießt waschkesselweise heißes Wasser nach, damit sie nicht frieren muss.

Mama ist weggefahren, um sich irgendwo zu erholen.

Clèves hat die Grenze von 2500 Einwohnern hinter sich gelassen: der Unterschied zwischen Dorf und Stadt. Von nun an leben sie in der Stadt. Das Stadtzentrum von Clèves kann sogar mit einer Bäckerei und einer Fahrschule aufwarten.

Rose ist gekommen, um das Tennisspiel auszuprobieren, das Bihotz am Fernseher eingerichtet hat. Es gibt zwei *Joysticks*, die über Kabel mit einer Dose verbunden sind, eine senkrechte Linie mitten auf dem Bildschirm und zwei kleine weiße Striche, die sich gegenseitig ein weißes Quadrat zuspielen. Ziemlich unterhaltsam.

Er kämpft währenddessen gegen das Unkraut an, in seinem Wolfs-T-Shirt, das schon bessere Tage gesehen hat und das er nur noch »draußen« anzieht.

»Du hattest schon immer diesen Hang zum Rustikalen«, spöttelt Rose. »Tja, man muss in seiner Liga spielen.«

Rose weiß Bescheid. Wegen Bihotz. Und obwohl sie unter Bidegarraïs Einfluss steht, ist ihr Spott freundlich. In ihrer Stimme klingt (sogar?) ein Hauch von Bewunderung an. Bihotz. Erwachsen, proletarisch und sogar ein bisschen *asozial*. »Er wird als asozial wahrgenommen«, erläutert Rose.

(Und ihr Vater, wird er als Versager wahrgenommen?)

Sie sieht sich in wenigen Jahren am Rand eines gemauerten Pools sitzen und gelbe und rote Cocktails mit Strohhalmen und Sonnenschirmchen (im Zwölferpack bei den Kudeshayans erhältlich) trinken. Da wäre sie dann, in Clèves, unter der Sonne, Bihotz würde auf seine asoziale Art für sie sorgen, sie würde Sport treiben, hätte fünf Kilo abgenommen, würde fernsehen und anfangen Bücher zu lesen, Kreuzworträtsel zu lösen und sich mit der Nouvelle Cuisine zu befassen.

»Die Liebe ist stärker als der Klassenkampf«, pflichtet Rose ihr bei.

Eine Zukunft blitzt auf, romantisch und heldenhaft. Die Dorfgemeinschaft, die gar nicht weiß, wie ihr geschieht. Ihre geschiedenen Eltern, die dagegen sind. Bihotz und sie, die mit dem ersten Flieger türmen, von ihrem Vater unterstützt, der schließlich ein Einsehen hat. Ihr Vater und sie, die einander auf dem *Tarmac* um den Hals fallen. Beim letzten Abschiedsgruß sagt er ihr, dass er sie liebt.

Sie drückt eine Träne weg, während sie mit den Füßen im Pool plantscht.

Sie würde gern am Meer leben, aber das ist zu teuer, und selbst wenn Bihotz die Bruchbude seiner Mutter verkaufen würde, könnten sie sich höchstens ein kleines Apartment leisten, nicht mal mit Aussicht, und was dann?

Nathalie wiederum sagt, dass er ganz und gar nicht in Frage kommt (Bihotz).

In einem kleinen Apartment mit Arnaud. Am Rand eines Pools mit Arnaud. Keuchend und durchgebogen.

»Lass uns einfach wegfahren«, sagt Bihotz. »Wir laden den J7 mit Konserven voll und fahren weg. Was hält uns hier? Ich kann Gelegenheitsarbeiten machen. Wir bauen Ruinen wieder auf. Wir legen Gemüsegärten an. Wir erfinden das Leben neu, wart's nur ab. Ohne Verpflichtungen. Wir machen direkt am Meer Station und betrachten es, so lange du willst.«

Er hat wieder zu werkeln angefangen. Er hat die Rücksitze des J7 entfernt und will dort ein ausgeklügeltes Meccano-System aus Holzelementen einbauen, nach eigenen Entwürfen mit der Stichsäge zugeschnitten, samt Ausbuchtungen und Einschnitten. Er zimmert ihnen ein Bett, mit kleinen Klapptischen und Lämpchen, tagsüber lässt es sich zur Sitzbank umfunktionieren. Ihm schwebt das gedämpfte, aber makellose Ambiente des ganz aus geschwungenen Linien und Paneelen bestehenden Raumschiffinterieurs aus *2001* vor (den Film haben sie beide unlängst wieder im Fernsehen angeschaut).

Das Entscheidende sind die Nahtstellen, sagt er. Alles muss glatt sein, der Finger darf keine Unebenheit spüren, das Auge keinen Übergang erkennen. Denn überall, wo es Schwachstellen gibt, Spalten, Ablösungen, Verkantungen, nisten sich Dreck und Chaos ein, Uneinigkeit, Zwietracht und alles erdenkliche Übel.

Es regnet auf den kleinen Pool herab, aber im Haus ist es schön warm.

Lulu liegt immer noch im Sterben, sobald sie gestorben ist, können wir wegfahren, dann hält uns nichts mehr.

Er breitet Straßenkarten aus und fährt mit dem Finger mögliche Strecken ab, gewundene, grün markierte Straßen, die alle wegführen von Clèves, das in einer schrumpfenden Ecke eines mikroskopisch kleinen Landes winzig geworden ist.

Einfach ins Flugzeug steigen und den Ozean überfliegen, mit Arnaud. New York. Los Angeles. Hawaii.

Bihotz kommt vom Garten herein und sagt, dass es aufklart.

Arnaud, der von der Arbeit kommt. Er ist Ingenieur. Informatiker. Gitarrist. Er erzählt ihr von seinem Tag, von anderen Leute, von der Welt.

Sie konzentriert sich ganz stark, um den Unterschied zwischen beidem zu erfassen, zwischen diesen Lebens- und Zukunftsentwürfen.

Eine Wohnung in der Stadt. Arnaud trifft andere Frauen. Sie muss um ihn kämpfen. Die Versprechen einlösen. Ein Typ wie er würde sie voranbringen.

Bihotz fragt, ob sie ihre Hausaufgaben erledigt hat, und sie bleibt in einem Zwischenbereich hängen. Wie diese Figuren in *Star Trek*, die zerlegt im Raum-Zeit-Kontinuum steckenbleiben, weil der Transporter streikt.

Natürlich wird es andere geben (Jungs) (das trichtern Rose und Nathalie ihr ständig ein) (du wirst ja nicht schwanger werden und dann tatsächlich *gezwungen* sein, ihn zu heiraten) (Nathalie lacht über diese Horrorvorstellung).

Aber was, wenn es doch keine anderen gibt? Es ist ohnehin unverhofft, dass sie überhaupt eine *Wahl* hat.

Man müsste im Vorfeld wissen, was die Zukunft bringt und einfach warten, ohne einen Finger zu rühren, wie Lulu.

Ein in Watte gepacktes Leben gegen ein Leben voller Abenteuer.

Sie sieht sich im Pool (dem großen, gemauerten), einen Chantaco schlürfend, während Bihotz das Unkraut jätet; oder neben dem Telefon, auf Arnaud wartend – da kommt er, da kommt er ja endlich nach Hause.

Er legt seinen Helm ab (er hat ein Motorrad).

Er öffnet den Reißverschluss seiner Motorradhose und gibt ihr ein Zeichen. Keuchend eilt sie zu ihm, holt seinen Schwanz heraus und leckt daran, er bleibt ungerührt stehen, packt sie an den Haaren und bringt sie dazu, seinen überdimensionierten Schwanz ganz in sich aufzunehmen, langsam, bis tief in den Rachen. Er lässt sich ausgiebig Zeit und sie ist *läufig wie eine Hündin.*

Sie starrt an die Decke, Blick und Körper treiben im Leeren.

Die Stimme von Bihotz holt sie auf die Erde zurück – »Wenn ich Madame zu Tisch bitten dürfte«. Seit einiger Zeit macht er Witze, die nicht lustig sind. Und sein Gesicht verändert sich. Er lächelt unablässig, als würde er sich ein wenig fürchten. Und nachdem sie sich *gebalgt* haben, sagt er ihr oft mit einem halbherzigen Lachen: »Von mir hast du das alles jedenfalls nicht gelernt.«

Sie reicht ihm die Hand (vorhin haben sie sich gestritten, ihm fehlten hundert Francs, die sie angeblich genommen haben sollte). Sie zieht ihm die Unterhose runter und steckt ihre Schnauze zwischen seine Beine. Als sie genug hat, stellt sie fest, dass er wieder anders aussieht: glänzend, verklebt, tranig bis in die Haarspitzen, dazu dieser verhangene Blick von undurchdringlicher Kraft, der nichts mehr erkennt, aber alles will, ein Ende, das Nichts und die Namenlosigkeit.

Bihotz.

Er kommt zu sich und betrachtet sie mit einer Zärtlichkeit, die noch schlimmer ist. Ein liebevoller, gütiger Blick, von früher, ein unendlich sanfter Blick für meinen Engel, Solange.

Sie dreht sich auf den Bauch, so sieht sie ihn wenigstens nicht mehr. Er streicht ihr zärtlich über die Haare, aber sie schüttelt den Kopf – hebt ihm die Hüften entgegen. Er fackelt nicht lange, lässt sich begeistert darauf ein, doch die treibende Kraft ist sie, weiter oben. »Bist du dir sicher?« und »Tu ich dir wirklich nicht weh?« und immer wieder »Oh, mein Schatz«.

Sie fängt an zu quieken wie die Mädchen von Canal+, damit er die Klappe hält. Und das übt auf sie (Solange) eine eigenartige Wirkung aus, dass sie bei dem Film sowohl Regie führt als auch darin mitspielt. Sie steckt sich die Finger unten rein und reibt, sie lässt Arnaud auftreten, seine Motorradhose, konzentriert sich auf die Dialoge – Angie, bald hast du den Bogen raus, Hündin Hündin Hündin – und wie sie kläffen könnte. Das Gefühl ist rauh und dunkel, unfassbar hart, sie stirbt, wenn sie nicht kommt – sie hat mehrere Gehirne, mehrere Körper: im Film, auf dem Sofa, während sie sich dabei zusieht, während sie Arnaud die richtigen Worte in den Mund legt, und Bihotz den richtigen Rhythmus in die Hüften – dazu ein unaufhörliches Ticken, eine Countdown-Uhr, die eine gedrängte, übervolle, aufgepeitschte Zeit misst –

»Du bist ein seltsames Mädchen, Solange«, sagt er, als sie wieder Atem holen (mit diesem Akzent, der ihren Namen ins Endlose dehnt).

An der Spitze seines Schniedels klebt ein bisschen Kacka.

»Ich bin zutiefst gerührt, Solange. Dass du mir auf diese Weise bewiesen hast, wie sehr du mir vertraust. Dass du mir bewiesen hast, wie sehr du …«

Sie wird ihn umbringen, wenn er nicht die Klappe hält.

Am nächsten Morgen fährt er in aller Herrgottsfrühe mit dem gackernden J7 zum Markt, um sein ganzes Geflügel zu verkaufen. Als er zurückkommt, streiten sie sich furchtbar, weil er Lulu einschläfern lassen will, er sagt, es gibt keine andere Lösung, sie brüllt, wenn er das tut, zeigt sie ihn an.

*

»Solange, ich muss mit dir reden«, sagt die Mutter von Rose, bei der sie den Nachmittagskakao trinkt.

Es ist ihr immer schwergefallen, sich im Haus von Rose zurechtzufinden. Ein ehemaliger Bauernhof, den man aber entbeint hat, so dass man sich jetzt über diverse Gänge, Zwischengeschosse und Treppen hindurch bewegt (wie durch einen Wal) – erst jetzt wird ihr klar, dass das Arbeitszimmer des Vaters direkt neben der Küche ist, sonst hätte sie einen langen Umweg genommen, von einem Zimmer zum nächsten, das ganze Haus abwickelnd wie einen Wollknäuel.

»Stimmt das, was Rose erzählt? Hat dir jemand wehgetan, Solange?«

Was hat sie von Rose (und Nathalie) gehört?

Die Mutter von Rose ist sehr einschüchternd. Ihre roten Stiefel – diese Frau nimmt sich heraus, rote Stiefel zu tragen, was sonst keiner tut – lassen aber darauf schließen, dass sie es verstehen könnte, vielleicht. Man darf doch tun, was man will, oder? (Was willst du, Solange?)

»Was ist los, Solange?«

Es ist wegen Arnaud. Er lebt jetzt in Bordeaux.

»Möchtest du eine Weile bei uns wohnen?«

Bei ihnen? Bei Rose?

Ob der Vater von Rose wohl etwas weiß?

Hier, in seinem Arbeitszimmer, das ganz dem Komitee zur Verteidigung der Rechte der Indigenen Völker von Chiapas geweiht ist. In diesem Haus, das mit so schönen Dingen angefüllt ist. Die Eltern von Rose, die immer alles richtig machen, die immer den vollen Durchblick haben, und sie mit ihrem völlig konfusen Gehirn, kaum fasst sie einen Gedanken, schiebt sich gleich der nächste rein, und das hört einfach nicht auf, alles verschachtelt sich ineinander, wie soll sie da schnell Bezüge herstellen, nein, sie muss den ganzen Weg gehen und ihr Gehirn bleibt mittendrin stecken wie zwischen zwei Spiegeln, eine unendliche Spiegelung, bis zu einem fliehenden Punkt, sie und Bihotz, sie und Arnaud.

»Solange, jetzt mal ernsthaft, schützt du dich?«

Peggy Salami hat mehrmals die Pflegefamilie gewechselt, vor kurzem hat sie Clèves verlassen, um in einem Heim zu leben, (angeblich) damit sie nicht schwanger wird (Leute wie sie müsste man sterilisieren, hat Georges gesagt).

Ob man sie jetzt dem Jugendamt überantworten wird?

»Es juckt.«

Die Mutter von Rose versteht sie anscheinend nicht.

Sie spürt, wie ihr Mund sich verzieht, das sichere Anzeichen dafür, dass sie gleich weinen wird, ihr Kinn bebt und ein riesiger Sack voller Tränen reißt auf, die Tränen kullern wie Körner, mit dem Finger deutet sie auf ihren Schritt. Es juckt wirklich, vielleicht (denkt sie voller Schrecken) sind das die ersten Symptome der Krankheit, der Krankheit, die in zwei Jahren droht?

»Eine Pilzinfektion, das kommt am Anfang oft vor, nicht weiter schlimm, ist deine Mutter denn nicht mit dir zum Arzt gegangen?«

Die Mutter von Rose öffnet ein kleines Notizbuch mit silberner Schließe, sie telefoniert, derweil wuchern im Humus ihrer Scheide Steinpilze, Pfifferlinge, Totentrompeten und Flaschenstäublinge, während hier alles so sauber und ordentlich und keimfrei ist – eine andere Welt, in der diese Dinge, diese *asozialen* Dinge, nicht gedeihen.

*

Arnaud singt zur Radiomusik, »Like a virgin, uh uh uh«, er übertreibt gnadenlos, er ist zum Kringeln. »Diese Madonna weiß, wie's läuft. Dank ihrer Jungfrauenmasche kann sie sich erst recht nuttig geben. Die wird eine Wahnsinnskarriere hinlegen. Wenn du den Unterschied zwischen ihr und Kim Wilde nicht erkennst, bist du für diese Welt verloren.«

Er hat vergessen, seine Kontaktlinsen einzusetzen, und jetzt klebt er beim Fahren mit der Nase an der Windschutzscheibe, sie würde ihm gern den Rücken streicheln (aber sie traut sich nicht). Unter den Sitzen verstreut liegt eine Ausgabe von *Le Monde*. Sie kennt keinen anderen Jungen, der diese Zeitung liest. Hier in Clèves dreht sich alles um Angelwettbewerbe, neue Verkehrskreisel, diamantene Hochzeiten und Viehmärkte.

Kim Wilde ist sanfter, sympathischer. Sie hat viel mehr Charme, finde ich.

»Charme ist uns völlig schnurz. Auf die Titten kommt es an.«

Er parodiert die blöden Chauvis. So ähnlich wie Madonna die Frauen. Und genau das ist das Problem mit der *Ironie*: Man weiß nie, was eigentlich gemeint ist.

Kim Wilde zeigt ihren BH doch auch.

»Ich habe da so meine Zweifel. Kim Wilde ist das typische nette Mädel von nebenan. Ein bisschen passiv, ziert sich nicht lange, aber hinterher macht sie dir garantiert Vorwürfe, und wenn du sie heiratest, glaubt sie, am Ziel zu sein. Madonna wird gleich wieder das Weite suchen, aber solange du mit ihr zusammen bist, hast du wenigstens deinen Spaß.«

Das Auto rast auf eine Welt ohne Kim Wilde zu. Noch könnte sie zu Bihotz in die Grotte zurückkehren (Bihotz liebt Kim Wilde fast ebenso sehr wie France Gall, und er wüsste sofort, was sie meint, dass *Güte* am wichtigsten ist).

Arnaud lässt den Schaltknüppel einen Augenblick los, um ihr die Hand zu küssen, sie könnte sterben vor Glück.

Dann legt er ihre Hand auf seinen Hosenschlitz, sie wühlt in der Unterhose voller Haare nach seinem Schwanz und holt ihm einen runter, so wie er es mag, nicht zu heftig, nicht zu fest.

Sie parken hinter dem Neubau, der auf der alten Kiesgrube errichtet wurde. Im Dorf hat nur das Schloss der d'Urbides mehr als zwei Stockwerke. Doch ihr bleibt keine Zeit, über den Wandel der Zeit nachzudenken, er drängt sie dazu, auch den Mund einzusetzen, »wenn du mich nur ein bisschen lieb hast, schluckst du diesmal«. Ob ironisch gemeint oder nicht, er hält ihren Kopf eisern fest, damit ja kein Tropfen danebengeht. Danach bietet er ihr netterweise einen Kaugummi an. So dass sie, als die Tür aufgeht und eine gewisse Jennifer Arnaud mit einem Küsschen auf den Mund begrüßt, an einer Kugel kaut, die rund 50 Millionen Spermatozoiden enthält, so viele, wie es Franzosen gibt, mit Erdbeergeschmack und hektisch kreiselnd.

Sie möchte ein Glas Wasser. Sie schmeißt den Kaugummi in den Mülleimer der Kochnische. Dann holt sie ihn wieder raus und klebt ihn in einen Serviettenring, auf dem *Jeannine* eingebrannt steht.

»Ich habe da so meine Zweifel«, sagt Arnaud. Das ist sein neuer Spruch. Er meint die Tapete, die übers Wochenende von den Eltern der mutmaßlichen Jennifer angebracht wurde. Sie ist gelb. Die Vorhänge sind darauf abgestimmt, dazu gibt es ein schwarzes Klappsofa, gelbe und schwarze Sitzkissen, einen Korbcouchtisch und ein hyperrealistisches Poster mit einer riesigen Tube darauf, aus der gelbe Gouache-Farbe tropft.

Es sieht aus wie ein Gemälde über Gemälde. Das löst einen leichten Schwindel aus. Als würde das Bild sich selbst abbilden. Oder wie wenn man einen Lastwagen sieht, der einen Lastwagen transportiert. Oder wie wenn man über das Nachdenken nachdenkt.

Es erinnert sie auch vage an Sex. Warum, kann sie sich kaum erklären.

Sie hat Hunger, aber der Kühlschrank ist leer. Es gibt nicht mal ein Stück Brot, so eine Küche ist ihr noch nie untergekommen.

Von dort, wo sie steht, sieht sie Arnaud und diese vermeintliche Jennifer nebeneinander sitzen und sich ein Bier teilen. Entdeckt eine scheinbare Ähnlichkeit mit ihren jungen Eltern, auf dem schwarz-weißen Verlobungsfoto. Aus dem Nischenfensterchen sieht sie das Auto von Arnaud (eigentlich das Auto seiner Mutter), sie kommt sich vor wie ein Plüsch-Monchhichi, nichts von dem, was hier passiert, findet wirklich statt.

Offenbar warten sie noch auf einen gewissen Fred und einen gewissen Jean-Marc, die Gras besorgen sollten, sowie auf einen Stéphane, der für den Fusel zuständig ist. Véro wollte mit dem Moped kommen, aber nur vielleicht. Arnaud öffnet weitere Bierflaschen, »setz dich doch zu uns, Angie.« – »Heißt sie wirklich so?«, fragt Jennifer.

*

Stunden später ist ein anderer Jean-Marc (nicht der, der vorgesehen war) vorbeigekommen, um zu verkünden, dass bei Frank eine Fete steigt, er aber kein Auto hat, und ein Typ in Begleitung eines Mädchens, das sich zur Krankenschwester ausbilden lässt, hat vor dem Kassettendeck Stellung bezogen, um sich die neueste Police-Platte anzuhören, während Arnaud und Jennifer auf dem Klappsofa ununterbrochen geknutscht haben. Man darf aber nicht kleinlich sein, Jennifer macht bald Abitur und sie ist Arnauds offizielle Freundin (neben der Schnepfe in Bordeaux). Sie, Solange, ist die heimliche Favoritin (und dazu so jung). Die einzige, die wirklich Bescheid weiß, diejenige, die er ins Vertrauen zieht.

Das erklärt er ihr in der Kochnische, als sie darauf besteht, dass er sie nach Hause fährt. Sie darf nur bis Mitternacht ausgehen (und das auch bloß, weil sie Bihotz vorgeflunkert hat, sie würde sich mit Nathalie *Flashdance* ansehen).

Arnaud sagt, dass sie ihm mit ihrer Aschenputtelnummer auf den Sack geht.

Worauf sie entgegnet, dass sie vor allem zu ihrem Kerl zurück will. Mit dem sie *zusammenlebt*.

Eins führt zum anderen, sie stehen auf dem Parkplatz hinter dem Gebäude und Arnaud wiederholt, er habe da so seine Zweifel, also wirklich.

Ist denn auf gar nichts mehr Verlass, wie konnte er sich nur so in ihr täuschen? So läuft das aber nicht. Er ist nicht bereit, sie mit einem anderen zu teilen. Ein Mädchen wie dich? Und überhaupt, wer ist der Kerl?

Sie beschreibt ihm den Surfer mit den rissigen Lippen und Arnaud drückt sie gegen das Auto und während sie die Reisevorbereitungen und den Umbau ihres *Van* schildert, hat er ihr schon das Höschen heruntergezogen und die Autotür fühlt sich am Po sehr hart an – das ist ungefähr alles, was sie spürt, aber es ist so wahnsinnig aufregend, Metall und Haut, Glas und Fleisch, Hitze und Kälte – dazu die erregende Vorstellung, dass Jennifer womöglich aus dem Fensterchen in der Kochnische zuschaut! Oder dass jemand plötzlich den Parkplatz betritt!

Etwas weiter weg (im Wald von Clèves) geht es wieder von vorn los.

Arnaud sagt, dass er sie ganz für sich allein will, dass es ihn um den Verstand bringt – sie lehnt sich zurück und wimmert: sie ist schön, begehrenswert, eine Frau, eine Frau dank dir, endlich habe ich mich als Fraaauuu gefühlt, wie in diesem Lied, das ihre Mutter so liebt, sie lehnt sich noch weiter zurück und ihre Haare verfangen sich in den Scheibenwischern, aua, er stößt fester zu, das tut ein bisschen weh und ihr Steißbein knallt gegen die eisige Kühlerhaube, aber er soll sie nur ansehen, soll sich ja nichts entgehen lassen, er soll sie nehmen, rammeln, stopfen. Obwohl sie sich dabei beobachtet und die Szene aufmerksam verfolgt und die Bilder vervielfacht und sich zugleich in Arnaud versetzt und in diese *hingegebene* Frau, empfindet sie nichts, aber das ist nicht schlimm, er ist ohnehin schon fertig.

»Wo soll's denn hingehen?«, fragt Arnaud.

Sie hat diesen wunderbaren Draht zu ihm wiedergefunden. Der diese tollen Gespräche ermöglicht … Daraus werden sich endlich logische Konsequenzen ergeben, sie werden wieder zusammenkommen: Nach all diesen Irrungen und Wirrungen werden sie ihre Liebe leben, er wird ganz ihr gehören und sie ganz ihm.

Wie wär's mit dem Meer?

Das hält er für eine großartige Idee. Endlich erkennt er ihr wahres Ich, begreift, wer sie ist: romantisch und spontan, witziger als gedacht und auch verführerischer. Natürlich liebt er sie. Sonst würde er diese lange Fahrt nicht auf sich nehmen.

Die Straße eilt im Scheinwerferlicht dahin. Dörfer, Felder, Dörfer. Sie singen zu einem Chanson von Michel Jonasz, *Une seule journée passée sans elle Est une souffrance Et mon cœur pendu au bout d'une ficelle Se balance* (Ein einziger Tag ohne sie Bedeutet Schmerz Und an einem Faden baumelt Mein schweres Herz), eine Hand hat er am Steuer, die andere steckt er ihr in die Muschi. Das tut ein bisschen weh (seine Gitarristennägel), ist aber auch ziemlich komisch, wann hat man beim Fahren je so eine Haltung gesehen? *Et passaient les orages et nous étions Criques et falaises Glace et fournaise Chaleur de braise.* (Und Stürme zogen vorbei Und wir waren Buchten und Felsen Feuer und Eis Glut so heiß.) Das ist das wahre Leben, ein Mann ein Auto und Chansons. Und als das Meer im Mondschein die Windschutzscheibe sprengt, sie so groß werden lässt wie das Glück, das sie empfindet, ist sie am Ziel, am Ziel ihrer Wünsche, eine maritime, lustvolle Zukunft lässt ihr Herz überquellen, dort wird es stürmisch zugehen und versöhnlich.

Auf der Düne, die nur aus Sand besteht (kein einziger Grashalm, damit es nicht kratzt), lehnt sie an seiner Schulter und lauscht seinem Atem im Rauschen der Brandung. Das große Ganze. Wovon ihre Mutter immer spricht, aber in echt. Sie sind Teil des Kosmos und die Sterne blinken, und wenn sie immer geradeaus übers Meer fahren würden, könnten sie die Freiheitsstatue in den Himmel ragen sehen. »Geradeaus geht's nach Montréal«, korrigiert sie Arnaud. Montréal ist ebenso gut.

Im Auto versucht sie unauffällig, den Sand loszuwerden, er hat die Pilze wieder auf den Plan gerufen.

*

Die Sonne geht auf, als er sie vor dem Haus von Bihotz absetzt.

In der Küche brennt Licht. Er wird sie umbringen.

Das Gesicht von Bihotz ist vom Weinen ganz verquollen.

Auf dem Resopaltisch liegt Lulu, in die Patchworkdecke seiner Mutter gewickelt, mausetot.

Mist.

Sie wartet lieber bis morgen (das heißt, bis sie wach wird), um ihm zu sagen, dass sie Schluss machen müssen.

Doch jetzt hat sie einen Bärenhunger, sie haben ja gar nichts gegessen. Sie nimmt sich einen Rest Hühnchen aus dem Kühlschrank (»warte, ich mach's dir warm«), es ist ihr ein bisschen peinlich, in seinem Beisein zu essen (und auch nicht gerade appetitlich mit der krepierten Lulu, aber da wischt er schon mit Javelwasser nach).

*

Der arme Monsieur Bihotz. Sie war ganz besonders nett zu ihm, damit er sie in guter Erinnerung behält.

War schon etwas merkwürdig, es so bald nach Arnaud wieder zu tun. Ob sich die Spermien der beiden gegenseitig aufheben? Wie im Physikunterricht, wenn man in einem Reagenzglas Wasser mit Sauerstoff mischt und nach der Explosion bloß ein bisschen Dampf übrig bleibt?

Rührend, wie er schnarcht, noch voller Empfindungen, die ihm die Nase verstopfen. Im Grunde ist er *unheimlich* liebenswert. In einem anderen Leben, unter anderen *Umständen* hätte sie ihn vielleicht – aber es kommt ihr so vor, als würde ihn sein Schwanz nicht unbedingt zum vollwertigen Mann machen. Jedenfalls nicht wie bei ihrem Vater oder Arnaud.

Wie ermüdend, über diese Dinge nachzudenken. Sie versucht, sich aufzuraffen, hier möchte sie nicht einschlafen – sie muss sich dringend aufraffen.

*

Lieber Monsieur Bihotz,

ich bin mit Arnaud weggefahren. Ich habe mich für diesen Weg entschieden. Es tut mir sehr leid, aber ich bin lieber offen, weil ich Ihnen nicht wehtun möchte. Wegen Lulu spreche ich Ihnen mein herzlichstes Beileid aus. Ich weiß, dass Sie sich darüber aufregen werden, wenn ich Ihnen das schreibe, aber nach einer Weile werden Sie sich als Ersatz eine neue Hündin nehmen. Ich wollte Ihnen auch danken für die vielen schönen Momente, die wir zusammen erlebt haben. Vergessen Sie mich und fangen Sie ein neues Leben an. Ich werde Sie ganz bestimmt nie vergessen.

Mit dickem fettem Kuss

Solange

P.S. Versuchen Sie nicht, mich zurückzuholen, sonst erzähle ich allen, was passiert ist.

♥♥♥♥

*

Bihotz ist in seinem Garten, allem Anschein nach putzmunter. Er schlägt und drischt auf etwas ein.

Arnaud hat ihr gesagt, dass er kommt. Sie weiß noch nicht, ob sie in Bordeaux mit ihm zusammenziehen wird oder ob er etwas anderes geplant hat (wegen seiner *Offiziellen*).

Ihr Herz macht einen Satz, als sie hört, wie das Gartentor aufgeht, aber es ist ihre Mutter, die nur mal schnell die Post holen und nach dem Rechten sehen will.

»Isst du auch ordentlich?« Ihre Mutter ist stark abgemagert (oder gealtert). Sie hat sich für einen Sprachkurs auf einem Bauernhof angemeldet, um intensiv eintauchen zu können (bloß dass sie wegen der Krambude täglich zwei Stunden Fahrt auf sich nehmen muss). Die Ehe mit ihrem, Solanges Vater hat erheblich dazu beigetragen, *ihre Wurzeln zu kappen*, denn er hat nichts als Verachtung übrig für das, was ihre Identität, ihre Werte bestimmt – während er sich wie ein Tourist durchs Leben bewegt, mit seiner kolonialistischen Weltsicht, aber echt! Ganz abgesehen von dem, was es bedeutet, eine Frau zu sein. Ein Glück, dass sie sich wenigstens auf Monsieur Bihotz verlassen kann. Er soll sich ja keine Sorgen machen. Papa schickt ihm demnächst einen Scheck. Sie wird sie beide besuchen, wenn sie etwas mehr Zeit hat. Einen dicken Kuss, mein Schatz. Einen fetten Kuss, mein großes Mädchen. Bald ist alles wieder gut.

Sie kann dann sogar mit auf den Sprachbauernhof.

Lulu ist tot (teilt sie ihrer Mutter zwischen Tür und Angel mit).

»Der arme Monsieur Bihotz. Du musst ganz lieb zu ihm sein. Ich zähle auf dich.«

Er schlägt und sticht immer noch, draußen. Vielleicht kämpft er stärker als sonst gegen das Unkraut an?

Von ihrem Zimmerfenster aus sieht sie ihn unter den amerikanischen Spitzeichen. Er gräbt ein Loch. Bricht mit kräftigen Hieben die Erde auf. Die Eicheln, das Laub vom Vorjahr, die Frühjahrsweidenkätzchen, alles stiebt vor seinem großen wirbelnden Körper auseinander.

Ob er den Brief gefunden hat? Sie hat ihn unter sein Kopfkissen gelegt.

Und wenn *er* alles ausplaudert? Wenn man sie in ein *Erziehungsheim* steckt? Wenn man sie und Arnaud auseinanderreißt?

Ihre Blicke treffen sich, schnell zieht sie den Vorhang mit den Freiheitsstatuen wieder vor.

*

Monsieur Bihotz liegt im Krankenhaus. Er hat Unkrautvertilger getrunken. Das erzählt ihr die Mutter von Rose, mit einem komischen Gesichtsausdruck.

Anscheinend hat er den Unkrautvertilger *absichtlich* getrunken. Selbst wenn er nicht stirbt, seine Nieren sind in jedem Fall ruiniert.

Die Nieren braucht man, um Pipi zu machen. Die Nierchen.

Ihr Gehirn erstarrt unter einer weißen Sauce. Sie sieht sich wieder mit ihm im Restaurant sitzen, vor ihrem Nierchenteller. Die ganze Zeit hat sie bereut, nicht das Confit genommen zu haben. Das Mädchen am Nebentisch, die Geburtagsjungfrau, hatte das Confit genommen.

Vielleicht wäre dann alles anders gekommen. Wäre Bihotz verschont geblieben. Wenn man aber einmal annimmt, Stalin wäre nicht nach Jalta gefahren, wäre für die Welt nicht unbedingt alles anders gekommen, denn das wäre ja eine *andere* Welt gewesen.

»Was bringt einen eingefleischten Junggesellen wie Bihotz dazu, sich wie eine kleine Teenagerin zu verhalten? Doch nicht der Tod seiner alten Hündin? Unglaublich, wie sentimental manche Leute sind.«

Der Vater von Rose war von Delphines Verzweiflungstat ganz erschüttert (sagt man). Es tut jedenfalls gut, sich unter seinem wohlwollenden Blick zu bewegen, ohne sich bewertet oder falsch wahrgenommen zu fühlen (das Allerschlimmste wäre, gerade von diesem Mann für eine Flutsch, oder übler noch, für eine Delphine gehalten zu werden).

Rose zufolge ist ihre Mutter sexuell frustriert. Wenn man sich den Vater von Rose ansieht, kommt man gar nicht auf den Gedanken.

Der andere Knüller ist, dass Nathalie noch Jungfrau sein soll. Christian hat versucht, bei ihr zu landen (nachdem sie ihn mit ihrem unaufhörlichen Gerede über die Sache mächtig angeheizt hatte), aber dann hat sie ihm unter dem Siegel der Verschwiegenheit erklärt, sie wolle damit noch warten, auf die große Liebe nämlich.

So ein Quatsch. Sie hatte bloß Schiss.

*

Ihre Mutter hat sie bei Rose abgeholt. Um Monsieur Bihotz einen Krankenbesuch abzustatten.

Sie hat keine Lust, Bihotz zu besuchen, genauso wenig wie damals Delphine. Diese Geschichten nehmen sie viel zu sehr mit.

»Was für ein Egoismus! Genau wie dein Vater. Ist dir eigentlich klar, dass Monsieur Bihotz jetzt bis ans Ende seiner Tage zur Dialyse muss?«

(**Dialyse** [*Dialyse*] Subst. Fem. (griech. *diálysis*, Trennung). Trennung von Flüssigkeiten durch Einsatz einer porösen Scheidewand. || *Peritonealdialyse*, Verfahren zur Blutreinigung bei Nierenversagen.)

Es hatte nach einem weiblichen Vornamen geklungen. In Wahrheit wird er an eine Maschine angeschlossen. Und er wird bestimmt umziehen müssen, an die Küste, um näher am Krankenhaus zu sein.

Arnaud hat sich immer noch nicht gemeldet. Wahrscheinlich ist er nach Bordeaux zurückgefahren, und seine Freundin macht sicher irgendwelche Zicken.

Und ihre Mutter hat sich offenbar mit der Mutter von Rose verkracht. Weil sie ihr übelnimmt, dass sie ihr (Solange) einen Termin bei einer Frauenärztin verschafft hat (den hat sie übrigens verpasst, weil sie ja mit Arnaud zusammen war). Ihre Mutter meint, darum kümmert sie sich schon selbst, wenn es sein muss. Was die sich nur immer einbildet, mit ihren roten Stiefeln.

Und sie hatte immer noch keine Gelegenheit, es mit Tampons zu probieren (jetzt, wo sie praktischerweise entjungfert ist). Die Mutter von Rose hat ihr einen ellenlangen Vortrag über *Empfängnisverhütung* gehalten – »das musst du schon selbst in die Hand nehmen, die Jungs denken nicht daran« – aber Monsieur Bihotz doch bestimmt, er ist so unheimlich verantwortungsbewusst, er muss daran gedacht haben, auf die eine oder andere Weise. Ihr fällt ein, wie er ihre erste Packung Monatsbinden im Bad eingeräumt hat, gleich neben seiner Rasiercreme. Und wie poetisch er gewesen ist, als er einen schwarzen Blutfleck auf dem Laken mit einem »Nachtfalter« verglichen hat. Das rührt sie beinah.

Wenn man bedenkt, wie jung sie ist, müsste es ohnehin mit dem Teufel zugehen, wenn – egal, so unheimlich interessant ist das auch wieder nicht. (Sie muss mit diesem unheimlich aufhören.) Sie hat so viel anderes im Kopf.